꼭 완벽하지 않아도 돼

꼭 완벽하지 않아도 돼

엘리 스와츠 지음 — 김선영 옮김

라임

차례

엄마 냄새

내 부츠 자국이 강당 바닥에 또박또박 찍혔다. 나는 지금 무대로 올라가는 중이다. 레이크빌 중학교 창작시 낭송 대회 반별 예선이 진행되고 있었다.

나는 주머니에 손을 넣은 뒤 행운의 유리 몽돌(버려진 유리병 등이 파도에 깎여 만들어진 인공 돌멩이)을 쥐고 조몰락거렸다. 관객석 앞에서 네 번째 줄에 해너가 앉아 있었다. 나를 향해 엄지를 척 치켜들었다.

해너는 나하고 제일 친한 친구다. 하지만 이번에 새로 한 저 머리 모양은 도무지 적응이 안 되었다. 까만 머리칼에 끝만 파란색으로 염색한 뒤 짧게 친 것까지는 좋은데, 자잘하게 층을 낸 앞머리가 개인적으로 영 별로였다.

해너가 프레드를 기리기 위해 일부러 그렇게 한 거라고 했기 때문에, 나는 진심을 숨기고서 짐짓 아주 마음에 든다고 말했다. 프레드는 해너가 기르던 파란색 샴투어(열대어)인데, 안타깝게도 이 주일 전에 죽었다.

관객들이 모두 나를 바라보고 있었다. 나는 이 순간이 참 좋다. 모든 것이 정지되어 있으며, 그 어떤 것도 가능한 순간……. 관객석의 얼굴들을 찬찬히 훑어보았다.

이윽고 내 입에서 시가 흘러나왔다.

이런, 타이밍이 나빴어
그건 마치 고장나 버린 시계
바람이 빠져 버린 타이어
침대에 눕자마자 울리는
요란한 경찰차 사이렌 소리
괜찮아, 그냥 불운이었어
그건 마치 검은 고양이
13일의 금요일
주방에서 펼쳐져 버린 우산
그런데 궁금해, 타이밍이란 거
다른 시계, 다른 시간, 다른 날의 타이밍
닫혀 버린 문과 놓쳐 버린 기회들
어제였다면?
내일이라면?
궁금해, 운이란 거
이어지는 사슬, 도미노

두 면이 열려 있는 퍼즐 모서리 조각

궁금해

마지막 행까지 낭송을 마친 뒤, 나는 객석을 향해 무릎을 살짝 굽혔다. 침묵이 서서히 빠져나가고, 앞에서 네 번째 줄까지 앉아 있던 아이들이 모두 자리에서 일어섰다. 뒤이어 환호성이 터져 나왔다. 오로지 나, 몰리를 향해서…….

나는 꾸벅 인사를 한 다음, 무대에서 내려와 해너 옆으로 가서 앉았다. 해너는 내 손을 꼭 잡아 주었다.

다음 차례는 브리짓이었다. 평소 신문의 부고란에 집착하는 아이답게 시도 슬프고 어두운 느낌이었다. 그래도 아름다운 노래를 부르듯 우아하게 낭송을 마쳤다. 나는 힘차게 박수를 보냈다. 옆자리에 앉은 해너는 짐짓 딴청을 부리며 손뼉을 치지 않았다. 해너는 그다지 좋아하지 않았다. 부고도, 브리짓도.

그건 그럴 만했다. 작년에 리치네 집에서 핼러윈 파티를 열었을 때, 해너와 브리짓은 똑같이 좀비 신부 분장을 하고 나타났다. 그 뒤로 브리짓이 해너를 줄곧 껄끄럽게 대했다.

마지막 차례는 해너였다. 해너가 고개를 숙여 인사하자, 앞머리가 이마에 경사로를 만들었다. 해너는 프레드에게 바치는 시를 낭송했다. 해너의 다음 생일 때는 샴푸어를 사 주어야겠다.

아이들이 시 낭송을 모두 마치자, 파이퍼 선생님이 무대 위로 올라가 마이크 앞에 섰다.

"본선 대회에 진출할 두 사람은 내일 발표하겠습니다."

선생님 입에서 침방울이 튀었다. 무대와 나 사이에 관객석이 석 줄이나 있어서 얼마나 다행인지…….

"모두 아주 잘했어요."

나는 수업을 마치는 종소리가 울리자마자 집으로 달려갔다. 아빠든, 케이트 언니든, 아니면 이안한테라도 오늘 시 낭송 대회에서 어떻게 했는지 얼른 말해 주고 싶었다.

그런데 막상 도착해 보니, 집이 텅 비어 있었다. 한 걸음에 두 칸씩 계단을 뛰어올라 내 방으로 갔다. 거울을 보고 활짝 웃자, 교정기가 그대로 드러났다. 그렇지만 신경 쓰지 않기로 했다. 오늘은 아주 마음에 드는 날이니까. 나는 제자리에서 열여섯 번을 돈 다음, 그대로 침대에 쓰러졌다.

아, 어지럽다. 방 안이 뱅뱅 돌고 있었다. 나는 어지럼증이 가시길 기다렸다가, 빨간색 트위즐러를 네 가닥 집어 들었다. 그리고 귀에 이어폰을 꽂은 다음, 전에 다운받아 둔 비비 킹의 노래 목록을 재생했다.

바로 네 번째 곡으로 건너뛰었다. 엄마가 좋아하는 노래였다. 다음 대회에서는 어떤 시를 쓸지, 머릿속에서 아이디어가 마구마구 치솟았다. 반드시 본선에 올라가야 한다. 당연히 결선에도 올라가야 하고. 그런 다음엔 우승으로 가는 거다. 바야흐로 내 운명이 거기에 달려 있다.

지난 토요일에는 내 계획을 한 번에 날릴 수 있을 만큼 어마어마한 실수를 저지를 뻔했다. 해너하고 액세서리 가게에 갔다가, 하마터면 기린 피규어를 살 뻔한 것이다. 기다란 목에 갈색 반점이 선명한 기린 피규어는 마치 하얀 선반에 한 방울 튄 노란색 물감처럼 아주 예뻤지만, 예선을 며칠 앞둔 그날에 샀다면 자칫 불운을 불러들일 수도 있었다.

가게 점원이 지저분한 손끝으로 결제 버튼을 누르기 직전에 다행히도 생각이 거기에 미쳤다. 해너에게는 왜 기린 피규어를 도로 가져다 놓았는지 설명하지 않았다. 만약 그걸 샀다면 내 동물 모형 유리 피규어는 총 마흔다섯 개가 될 터였다.

숫자 45는 불길한 홀수였다. 나는 기린과 캥거루 피규어를 함께 집으로 데려와도 될 때까지 꾹 참고 기다리기로 했다.

자를 집어 새하얀 서랍장 선반에 가져다 댔다. 얼룩말 피규어와 돌고래 피규어의 간격을 정확히 4센티미터로 맞추었다. 다음은 (케이트 언니와 이안이 돈을 모아 생일 선물로 사 준) 판다 차례였다. 판다를 네 발로 엎드리게 하고선, 아주 조심스럽게 코끼리 쪽으로 밀었다. 정확히 4센티미터 떨어진 곳에서 멈추었다. 마지막은 말과 소……. 드디어 모든 동물이 정확하게 정렬되었다.

나는 한 걸음 물러서서 크게 한숨을 내쉬었다. 매우 아름다웠다.

이제 분홍색 향수병을 정리하는 일만 남았다. 고래 피규어 옆의 향수병 자리가 어정쩡했다. 나는 향수병을 집어 들고는 손바닥에서 이리저리 굴렸다. 엄마가 빌려 준 거였다. 엄마는 향수를 빌려 주면서, 그날 지하철에서 체더치즈 덩어리를 스니커즈라도 되는 듯 우적우적 씹어 먹는 남자를 봤다고 말했다. 치즈가 적어도 20센티미터는 되어 보였다나.

그건 엄마와 내가 자주 하던 일이었다. 아, 커다란 체더치즈를 자주 먹었다는 뜻이 아니라, 둘이 침대에 나란히 누워서 그날 있었던 일들을 서로에게 조곤조곤 들려주곤 했다는 것이다. 그 뒤로 나는 지하철에 탈 때마다 치즈 먹는 남자를 찾아보곤 했다. 아직까지는 찾지 못했다.

엄마의 향수는 재스민과 민트가 섞인 향이었다. 열 번째 결혼기념일에 아빠가 직접 향을 배합해서 선물했다.

나는 손목에 향수를 뿌렸다. 이 한 병으로 일 년을 버틸 수 있을까? 365일은 아주 긴 시간이다.

창작시 낭송 대회의 예선이 끝났으니, 이제 파이퍼 선생님이 내준 수행 평가 과제를 할 차례였다. 주제는 창업이었다. 준비해야 할 자료는 인덱스 카드 마흔다섯 장, 포스터 한 장, 십오 분 분량의 발표문, 여섯 쪽짜리 보고서, 그리고 참고 자료였다.

라이언이 공기를 파는 사업을 하고 싶다고 했을 때, 선생님은 특유의 엄한 목소리로 사업 종목을 현명하게 선택하라고 충고했다. 내 사업은 '몰리의 맞춤형 정리정돈 서비스—혼란이 있는 곳에 질서를!'이었다. 준비물을 막 살피려는데 노크 소리가 들렸다.

똑똑.

이안이었다.

"그렇게 쑥 들어올 거면서 노크는 왜 굳이 했을까?"

"누나, 스파이더하고 놀고 싶어?"

이안은 내 얼굴 앞에 고슴도치를 불쑥 내밀었다.

나는 대번에 고개를 저었다.

"아니, 스파이더랑 놀고 싶지 않은데."

오늘은 사양이다. 아니, 언제나 사양이다. 이 고슴도치는 아빠가 이안에게 사 준 것이었다.

그때 아빠는 이렇게 말했다.

"네 동생이 밤에 잠을 잘 못 자잖아. 고슴도치는 야행성이니까, 이안한테 친구가 되어 줄 거야."

논리에 비약이 심하다. 그렇게 따지면 올빼미는 야행성 아닌가? 칫, 그럴 거면 올빼미도 사 주지. 그리고 바로 얼마 전에 잠을 이루지 못한 이안이 스파이더맨 잠옷 바람으로 내 침대맡에 다가왔다. 나는 이안에게 야행성도 아니고 생물도 아닌 하마 피규어를 주었다. 이안은 하마를 받자마자 곧바로 잠에 곯아떨어졌다.

게다가 케이트 언니는 유기견 보호소에서 오스카를 데려오기 위해 아빠를 설득하는 데 꼬박 일 년이 걸렸다. 냉동 콩만 보면 정신을 못 차린다는 점만 빼면 오스카는 꽤 평범한 개였는데도.

내 목소리에 스파이더가 가시를 곧추세우며 몸을 동그랗게 말았다. 이안은 침대로 펄쩍 뛰어올라 내 옆에 앉더니, 내 손 아래로 자기 손을 쓱 밀어 넣었다. 이안이 씩 미소를 짓자, 앞니가 빠진 게 훤히 드러났다.

작년 말에 엄마가 일하던 사무실이 문을 닫았다. 사실 거기는 사무실이라기보다는 믹서와 채소, 과일 등이 쌓여 있는 창고에 더 가까웠다. 엄마가 회사로부터 사무실을 폐쇄한다는 통보를 받았을 때, 나는 오히려 마음이 홀가분해졌다. 오 년 동안 엄마는 영양소가 풍부해서 몸에 너무나도 좋다는 주스를 만드느라 온갖 과일과 채소를 혼합해 왔기 때문이다. 다시 말해, 나와 케이트 언니, 이안을 고문하는 여러 가지 방법을 개발하는 데 아주 많은 시간을 할애했다는 뜻이다.

엄마의 사무실이 문을 닫으면 핼러윈데이 때나 먹을 법한 기묘한 녹색 주스들도 함께 끝일 거라고 생각했다. 그런데 미국이 주스를 판매하기에 적당한 시장이 아니라고 판단한 회사는 새로운 영업망을 구축하기 위해 엄마를 일 년 동안 캐나다로 보내기로 결정했다.

그래서 엄마는 캐나다의 토론토로 갈지, 아니면 이대로 직장을 그만둘지 둘 중 한 가지를 선택해야 했다. 나 또한 엄마와 함께 토론토로 이사할지, 아니면 아빠랑 여기 랜턴에 남을지 둘 중 한 가지를 골라야 했다. 나는 결국 이곳에 남기로 했다. 케이트 언니는 그 문제에 대해 입을 꾹 다물기로 했고, 이안은 어느 쪽이든 내가 하는 대로 따르기로 했다.

이안이 주머니에서 스파이더에게 줄 아몬드를 꺼냈다.

"나, 오늘 해너 누나 봤어. 해너 누나 머리가 파래졌더라."

"응, 맞아."

"누나 머리도 나중에 파랗게 돼?"

"아니야, 그건 왜?"

"그냥 물어봤어. 우리도 그거 해야 할까 봐."

그때 문가에 케이트 언니가 나타났다.

"우리가 뭘 해야 하는데?"

이안이 대답했다.

"우린 파란색 머리 안 할 거야."

그사이에 스파이더가 이안의 팔에 기어 올라갔다.

언니가 대꾸했다.

"당연하지."

언니는 구불구불한 머리칼을 손으로 쓱 빗어 내리더니, 스파이더를 번쩍 들어 올렸다. 언니에게는 뭐든지 이렇게 쉬웠다. 언니는 스파이더가 더럽거나, 가시투성이거나……, 그리고 또, 그러니까 어쨌든 더럽다는 걸 전혀 신경 쓰지 않았다.

"오늘 너, 시 끝내주던데?"

"고마워. 근데 언니가 어떻게 알아? 내가 시 낭송하는 거 들었어? 이젠 같은 학교도 아닌데?"

언니는 레이크빌 고등학교 1학년이었다.

"선생님들이 단체 연수를 가셔서 오전 수업만 했거든. 그래서 케빈이랑 시 낭송 대회 시간에 맞춰서 너희 학교 강당으로 갔지."

그 순간, 내 눈을 의심하지 않을 수가 없었다. 세상에, 언니가 스파이더에게 뽀뽀를 하려고 들었다.

"넌 분명히 본선에 진출할 거야. 케빈 생각에도 그렇대."

"고마워."

언니가 삼십 초도 떨어져 있을 수 없다는 남자 친구하고 내 얘기를 했다고 생각하니까 괜히 머쓱한 기분이 들었다.

"난 검은 고양이 부분이 좋더라. 그렇다고 미신 같은 걸 믿는다는 얘기는 아니야. 자기 운명은 자기가 결정하는 거니까. 고양이 같은 건 상관없어. 그렇지만 그 대목은 뭔가 심오한 느낌이 들었어."

나는 연방 고개를 끄덕이고 있었지만, 정작 귀로는 한 마디도 듣고 있지 않았다. 뽀뽀를 피하기 위해 언니의 어깨를 타넘은 스파이더가 내 침대로 달려오고 있었기 때문이다. 하필이면 그 근처에 수건도 한 장 없었다. 맨손으로 고슴도치를 잡는 것과 침대 커버에 고슴도치가 올라가는 것 중에서 어느 편이 더 지독할까? 다행히 이안이 때맞춰 스파이더를 번쩍 들어 올렸다.

"아빠한테 스파이더가 양말에서도 살 수 있다는 걸 보여 주고 올게."

이안은 언니와 내가 그게 무슨 말이냐고 묻기도 전에, 아빠의 남색 정장 양말 한 짝을 주머니에서 꺼내고는 그 안에 스파이더를 쏙 넣은 뒤 방에서 나갔다. 언니도 곧 뒤따라 나갔다.

내일 있을 수행 평가 준비물 목록은 침대에 그대로 놓여 있었다. 다행히 스파이더로부터 무사했다. 목록 맨 윗줄에 적힌 건 신발 상자였다. 그러니까 지금 제일 먼저 가야 할 곳은 엄마 옷장이었다.

나는 엄마의 옷장 문을 열고 황갈색 바닥에 슬그머니 올라섰다. 안에는 옷도 없고, 신발도 없고, 허리띠도 없었다. 바닥에다 행운의 유리 몽돌을 내려놓았다. 여섯 살 때 엄마하고 채핀 해변에 놀러 갔다가 주운 돌이었다. 바닷가에 깨끗하게 씻긴 유리 몽돌 두 개가 나란히 놓여 있었다. 하나는 파란색이었고, 하나는 금색이었다. 엄마는 금색을, 나는 파란색을 가졌다.

옷장에 옷가지와 신발은 없었지만, 신발 상자는 한쪽에 가지런히 쌓여 있었다. 빨간색 체크무늬 상자가 보였다. 내가 종종 빌려 신곤 했던 납작한 구두가 들어 있던 상자였다. 길고 까만 상자도 보였다. 엄마하고 내가 생일 기념으로 똑같이 한 켤레씩 장만한 가죽 부츠가 들어 있던 상자였다. 흰 줄무늬 상자도 있었다. 엄마가 아직 한 번도 신지 않은 은색 샌들이 들어 있었던…….

옷장에 이렇게 앉아 있으면 괜스레 기분이 좋아졌다. 재스민과 민트가 섞인 향기가 나는데, 그 향기를 맡으면 엄마와의 추억이 하나하나 떠올랐다.

그때 휴대폰에서 엄마가 좋아하는 비비 킹 노래의 첫 소절이 울렸다. 나는 무시 버튼을 눌렀다. 그냥 알림음이었다. 엄마가 캐나다로 가고 나서 처음으로 집에 오겠다고 약속한 날까지 이제 32일이 남았다는 걸 알려 주는…….

그 순간, 끼익 소리와 함께 옷장 문이 열렸다. 곧이어 케이트 언니가 나를 빤히 내려다보았다.

"너, 여기서 뭐 해?"

"아무것도 안 해. 언니야말로 여기서 뭐 하려고?"

언니가 옷장 안으로 들어와 내 옆에 앉았다.

"엄마가 보고 싶을 때마다 여기에 오거든."

우리는 옷장 바닥에 나란히 앉아서 손을 꼭 잡았다. 언니하고 같이 있으면 왠지 엄마 옆에 있는 듯한 기분이 들었다. 언니를 보는 사람들마다 엄마와 판박이라고들 했다. 새까만 곱슬머리와 백사장처럼 하얀 피부, 파랗게 빛나는 눈동자.

언니는 대뜸 엄마의 좋은 점을 주절주절 늘어놓았다. 녹색 주스랑 토론토로 가 버린 것만 빼면 거의 다 좋다나?

이번에는 내가 말했다.

"엄마가 웃는 거 보고 싶다."

엄마는 마치 배에서 울려 나오는 것처럼 항상 길게 웃었다. 언니도 나도 한동안 말이 없었다. 각자 엄마와의 추억에 잠겨 있는 거다. 침묵은 오래가지 않았다. 이안이 양말에 든 스파이더와 함께 옷장 안으로 머리를 쑥 들이밀면서 끝이 나 버렸다.

"아빠 못 찾겠어. 아빠 어디 있는지 알아?"

언니와 나는 동시에 고개를 저었다.

이안이 우리를 빤히 바라보았다.

"누나 둘이 왜 거기에 앉아 있어?"

내가 대답했다.

"그냥 둘이서 얘기하는 중이야."

이안은 우리가 엄마의 웃음이나 어설픈 방향 감각이나 즐겨 만들어 주던 라자냐를 그리워한다는 걸 알아야 할 이유가 없었다. 그것이 아니더라도 이안은 이미 많이 힘들하고 있었다. 엄마를 뒷자리에 태운 택시가 우리 집 마당을 빠져나간 지 벌써 삼 주가 지났는데도 아직까지 밤에 잠을 잘 자지 못했다.

"재미없겠다."

이안은 뒤로 돌아서려다가 한마디 덧붙였다.

"옷장에서 엄마 냄새 나."

"그러게."

우리가 할 수 있는 말은 그것뿐이었다.

이안이 눈앞에서 사라지자, 나는 엄마가 떠난 뒤로 내 머릿속을 온통 뒤덮고 있는 질문을 언니에게 던졌다.

"엄마가 돌아오긴 할까?"

언니가 나를 빤히 쳐다보았다.

"아니."

케이트 언니의 '아니.'란 말이 천장에 부딪혔다가 다시 내 얼굴을 세차게 때렸다. 일 년만 있다가 꼭 돌아오겠다던 엄마 목소리가 귓가에서 쟁쟁하게 울렸다.

나는 불퉁한 목소리로 말했다.

"엄마가 돌아온다고 약속했잖아. 그냥 잠깐 가 있는 거라고."

"아빠하고 별거할 때처럼?"

나는 그 말을 짐짓 못 들은 척했다.

"엄마는 일 때문에 가는 거라고 했어."

나는 달력에 엄마가 돌아오겠다고 한 날짜에 동그라미를 쳐 놓았다. 엄마가 떠난 날에서 꼭 일 년째 되는 날이었다. 언니가 '그걸 믿니? 이 바보야.' 하는 듯한 눈빛으로 나를 쳐다보았다. 전에도 이런 눈빛을 본 적이 있었다. 아니, 여러 번 보았다.

"네 마음대로 생각해."

나는 유리 몽돌을 쥔 손에 힘을 꽉 주었다. 언니는 손톱에 바른 초록색 매니큐어 젤을 괜히 긁었다.

"난 네가 엄마를 왜 감싸는지 모르겠어. 엄마는 널 두고 떠났잖아."

"엄만 돌아올 거야. 약속했어."

나는 잠시 뜸을 들였다.

"그리고 나한테 계획이 있어."

언니가 오른쪽 눈썹을 치켜올렸다. 이것도 엄마하고 똑같은 버릇이었다.

"계획이라니?"

언니가 호기심을 보였다.

"창작시 낭송 대회에서 우승하는 거야."

"엄마를 캐나다에서 돌아오게 한다는 네 계획이란 게, 고작 학교 창작시 낭송 대회에서 우승하는 거라고?"

언니 얼굴에서 비웃음이 흘러나왔다.

"그 대회에서 우승하면 부모님이 시상식에 초대된단 말이야. 하얀 식탁보가 덮인 특별 좌석이 준비된대. 내가 우승하면 엄마는 분명히 돌아올 거야. 일단 돌아오고 나면 가족과 함께한 시간이 얼마나 행복했는지 기억해 낼 거고. 그동안 우리를 얼마나 보고 싶어 했는지도 깨달을 거야. 그러면 그냥 여기에 쭉 있어야겠다고 생각하겠지."

나는 언니의 얼굴에 번졌던 비웃음이 '그거 굉장한 계획인데?'라는 뜻의 미소로 바뀌기를 기다렸다. 그렇지만 한참이 지나도록 바뀌지 않았다. 언니 입술은 여전히 굳게 맞물려 있었다.

"너하고 나, 이안, 그리고 아빠는 캐나다로 떠나는 엄마를 막지 못했어. 그건 밋밋한 식탁보나 푹 익은 칠면조 요리가 나오는 시시한 행사로는 엄마를 절대로 집으로 데려올 수 없다는 뜻이야."

심장이 텅 빈 옷장 바닥으로 쿵 하고 떨어져 내렸다. 그래도 나는 계획대로 해낼 수 있다고 믿어야 했다. 내가 엄마를 돌아오게 할 수 있다고……. 나는 굽히지 않았다.

"아니, 분명히 잘될 거야."

"몰리, 솔직히 말해서 그 대단한 유리 몽돌도, 네 원대한 계획도 엄마를 집에 데려오진 못해. 엄마는 우릴 떠났어. 싫어도 받아들여."

언니의 오른쪽 네 번째 손톱에는 이제 초록색이 거의 남아 있지 않았다.

"언니가 틀렸어."

잠깐, 그러면 이안은? 이안은 너무 어리고 너무 착하고 너무 순진해서, 엄마가 우리를 두고 떠났다고는 절대로 생각하지 못할 거다. 더구나 영원히 돌아오지 않을 거라고는…….

나는 언니를 쏘아보았다.

"언니, 이안한테는 절대로 그런 말 하면 안 돼. 아무 말 하지 않겠다고 약속해."

"알았어, 약속해. 새끼손가락 걸게."

그때 언니의 휴대폰에서 벨소리가 울렸다.

"케빈, 잠깐만."

언니는 옷장에서 허겁지겁 뛰어나가 자기 방으로 갔다.

이제 옷장에는 나와 재스민과 민트가 섞인 향기만 남았다. 나는 토론토에 가기 전의 엄마를 떠올렸다. 언니가 남기고 간 말들이 머릿속으로 하나하나 기어들었다.

나는 그 말들은 마음속 깊은 곳에 밀어 넣은 뒤, 신발 상자를 최대한 많이 들고 밖으로 나왔다. 계단을 여덟 단쯤 내려가자, 지하실의 찬 공기가 훅 끼쳐 왔다. 계단을 따라 오른쪽 벽에는 나와 이안, 언니의 생일 파티 사진이 걸려 있었다. 열네 살 생일 때 해너와 함께 초콜릿 케이크를 먹고 있는 사진도 보였다. 그때는 해너의 머리칼이 갈색이었다.

그날 해너는 포일로 싼 선물을 나에게 주었다. 처음엔 포일 공인 줄 알았는데, 그 안에 소와 새끼 돼지의 유리 피규어가 들어 있었다. 열네 살 생일파티 때는 정말 좋았다. 케이크와 같이 마실 음료로 녹갈색의 기묘한 주스가 나오기는 했지만, 그것 말고는 그야말로 완벽했다. 나는 막 열네 살이 되었고, 온 집 안에 초콜릿 향이 풍겼으며, 엄마와 아빠는 선물을 집 안 곳곳에 숨겨 놓고 보물찾기를 하게 했다.

벌써 아주 오래전의 일이었다. 그 후로 엄마와 아빠는 공식적으로 별거를 하기 시작했고, 육 개월 뒤 엄마는 혼자서 토론토로 날아갔다. 그때 이후로 우리 집 주방에서는 포장 음식 냄새만 풍겼다.

나는 주황색 카펫 위에 깨끗한 흰색 천을 깔고 상자를 쭉 늘어놓았다. 파일과 지퍼백은 그 옆에 쌓아 두었다. 오른쪽 벽에는 아빠가 엄마에게 깜짝 선물한 앤티크 거울이 눈에 띄었다. 아빠는 엄마가 그 선물을 좋아할 거라고 생각했지만, 엄마는 전혀 좋아하지 않았다. 엄마에게는 그냥 오래된 거울일 뿐이었다.

거울 속에 비친 내 모습을 보면서 엄마가 올 때까지 머리 모양을 바꾸지 말아야겠다고 다짐했다. 엄마가 떠나던 주에 미용실에 같이 가서 한 머리였다. 나는 거울을 가만히 보다가 머리 길이가 얼마나 되는지 재어 보았다. 딱 66센티미터였다.

다음에 해야 할 일은 포스터 만들기였다. 나는 미술 도구함에서 종이와 마커펜을 꺼냈다. 종이에 자를 대고 상호를 큼지막하게 썼다.

<몰리의 맞춤형 정리정돈 서비스—혼란이 있는 곳에 질서를!>

1. 물건 수거
2. 분류 및 보관
3. 라벨 부착
4. 점검 및 확인

나는 포스터를 들고 거울 앞에 섰다. 발표 연습을 시작하려는데, 라벨에서 '벨'이 조금 처진 것 같아서 자꾸만 거슬렸다. 무시하고 연습을 하려고 했지만, 도저히 그럴 수가 없었다. 나는 안경을 고쳐 쓰고 머리핀을 새로 꽂은 다음, 포스터를 잘게 잘게 찢었다.

발표 준비를 마치고 나자, 아빠가 고수하는 잠자리에 들 시각이 훌

쩍 지나 버렸다. 아빠한테 들키지 않고 방으로 돌아가야 했다. 아빠는 아직 서재의 커다란 가죽 의자에 파묻힌 채 어니언 감자칩 봉투를 뒤적이며 컴퓨터 화면을 쳐다보고 있었다.

"몰리, 늦었다. 내일 학교 가야지."

아빠는 여전히 책상 위의 서류에서 눈을 떼지 않았다. 들키지 않기는 무슨…….

"그렇게는 안 늦었어요. 브리짓은 열두 시 전에는 절대 안 잔대요."

이번에는 아빠가 서류에서 눈을 떼었다.

"몰리, 난 브리짓네 아빠가 아니야."

아빠는 언제나 저 소리다. 다른 집 애들은 어떻게 지내든지 조금도 관심이 없다는 반응이었다. 그 애들 아빠는 아니니까. 그러면서도 아빠 서재에는 《좋은 부모 되기》나 《현명한 자녀 양육》 같은 잡지가 늘 놓여 있었다. 심지어 중간중간 모서리도 접혀 있었다. 그러니까 아빠는 다른 집에서 어떻게 하고 사는지 아주 조금은 신경을 쓴다는 거다.

그렇거나 말거나 여기서 말다툼을 해 봐야 아무 소용이 없었다. 나는 밤 인사로 아빠에게 뽀뽀를 했다. 그러고 나서 내 방으로 걸어가는데, 갑자기 무슨 소리가 들렸다.

"쉿, 쉿, 쉿."

이안의 방에서 나는 소리였다. 나는 방문 틈새로 안을 들여다보았다. 스파이더가 케이지 안에서 나를 돌아보자, 이안이 침대에서 일어나 앉았다.

"잠이 안 와. 누나, 그림책 좀 읽어 줄래?"

"이안, 너무 늦었어."

이안은 이불에서 빠져나와 《달님, 잘 자요》를 내밀었다. 물론 내가 거절하지 못하리라는 걸 알고 있었다.

나는 벽에 비뚜름하게 걸려 있는 '스파이더맨과 피터 파커' 포스터를 바로 한 다음, 이안 옆에 앉아 그림책을 읽기 시작했다. 책을 다 읽고 나자, 이안은 책 속 내용처럼 방 안의 모든 것에게 차례차례 잘 자라고 인사를 했다. 고슴도치 스파이더, 내가 선물한 하마 피규어, 루시 이모한테서 받은 광대 인형, 그리고 스파이더맨과 피터 파커한테.

나는 침대에서 일어섰다. 이안이 내 소매를 움켜잡았다.

"누나, 조금만 더 있다가 가면 안 돼?"

나는 쳇바퀴를 돌고 있는 스파이더를 물끄러미 내려다보았다.

"그럼 이 분만. 아빠가 벌써 누나한테 뭐라고 하셨어."

나는 다시 침대에 주저앉았다. 그런데 영화 속 영웅이 잔뜩 그려진 벽지에 조그마한 갈색 덩어리가 열여덟 개나 보였다.

"이안, 벽에 저거 뭐야?"

이안이 휙 돌아누웠다.

"이안, 벽에 저거 뭐냐니까?"

이안이 중얼거렸다.

"내 코딱지."

순간, 목구멍으로 신물이 울컥 올라왔다. 나는 신물을 겨우 삼키고서, 침대 옆 탁자의 티슈를 손으로 가리켰다.

"바로 옆에 티슈가 있는데 왜 코딱지를 벽에다 붙였어?"

"엄청 잘 붙어서."

"이안, 지저분하잖아. 코딱지가 얼마나 잘 붙는지는 상관없어. 이제부터는 코에서 나온 건 무조건 다 티슈로 닦는 거야. 알았지?"

이안이 이불 속으로 슬그머니 숨었다.

"누나, 나한테 화났어?"

나는 이불을 걷고 이안의 얼굴을 손으로 부드럽게 감싸 쥔 다음, 내게로 가까이 끌어당겼다.

"아니. 그냥 앞으로는 벽에 코딱지를 붙이지 말자는 건데?"

나는 이안을 꼭 끌어안았다. 그러다 얼마 뒤 잠이 든 것 같아서, 침대에서 살그머니 빠져나왔다. 까치발로 방문을 향해 걸어가는데, 이안이 나른한 목소리로 웅얼거렸다.

"누나, 사랑해."

"이안, 나도 사랑해. 잘 자."

이안은 자려고 침대에 누웠을 때 엄마가 제일 보고 싶다고 했다. 한번은 밤에 뒤척이다가 아래쪽을 봤더니, 이안이 바닥에 웅크린 채 자고 있었다. 나는 이불을 이안에게 덮어 준 다음, 금방 다 괜찮아질 거라고 속삭였다.

나는 이안의 방문을 조금 열어 두고 밖으로 나왔다. 이것도 엄마가 떠난 뒤 새로 생긴 습관이었다.

내 방으로 돌아오자 피로감이 온몸으로 쏟아져 내렸다. 옷도 갈아입지 않은 채 침대에 털썩 주저앉았다.

"몰리, 왜 아직도 방에 불이 켜져 있지?"

아래층에서 아빠 목소리가 들렸다.

아빠는 어떻게 내 방까지 보는 거지? 나는 열한 살 생일 때 선물로 받은 소 인형 데이지를 집어 들고선 새까만 눈동자를 가만히 들여다보왔다. 그리고 혀를 쏙 내밀었다. 만약 아빠가 데이지에게 감시 카메라 같은 걸 심어 뒀다면 아마도 분명 뭐라고 했을 것이다.

다행히 아무 반응이 없었다.

"지금 불 끄고 있어요!"

나는 전등 스위치를 껐다. 아무래도 뭔가 잘못된 것 같았다. 불을 다시 켰다.

"딸, 왜 그러니?"

나는 데이지를 거꾸로 들고는 혹시라도 그 안에 건전지나 전선이 숨겨져 있는 건 아닌지 확인해 보았다. 다행히 아무것도 없었다.

"아, 가방에 준비물 챙겨 넣는 걸 깜빡해서요."

거짓말.

마침내 아빠가 내 방으로 올라왔다.

"이제 그만 잘 시각이야. 너무 늦었어. 이건 브리짓이래도 늦은 시각이다."

탁상시계가 빨간 불빛으로 12시 10분을 가리켰다. 아빠는 미소 지은 얼굴로 허리를 깊이 숙인 다음, 내 이마에 키스를 했다. 아빠 목에 느슨하게 걸려 있던 넥타이가 내 뺨을 스쳤다.

"별일 없는 거지?"

"어……, 네."

"이제 자, 불 끄고."

'노력해 볼게요.'

"아빠도 안녕히 주무세요."

아빠가 방에서 나갔다. 다행이다. 나는 안경을 손에 쥐고 침대에서 빠져나온 뒤, 방문을 살그머니 닫았다. 손전등을 켜고 침대 옆에 두었던 이어폰을 귀에 꽂았다. 그리고 레게 음악 목록을 검색했다. 이제는 안다, 침대에 다시 누우려면 적어도 세 곡은 필요하다는 걸.

내일은 등교하기 전에 발표 연습을 할 참이었다.

'그런데 알람을 맞춰 뒀던가? 그런 것 같아. 그래도 확인해 봐야지. 아닐지도 모르니까. 한 번 더 확인하자. 음, 맞춰 놨구나. 완벽해.'

나는 곧 음악 속으로 빠져들었다. 아빠가 또다시 올라왔을 때는 손전등 불빛에 의지해 양말을 정리하는 중이었다.

"몰리."

아빠가 문간에서 내 이름을 불렀다. 나는 귀에서 이어폰을 머뭇머뭇 빼냈다.

"아니, 그냥……. 아니, 그냥……, 찾을 게 있어서요."

입에서 나오는 대로 아무렇게나 말했다.

아빠는 방으로 들어와 내 침대 모서리에 걸터앉더니, 어서 이불 속으로 들어가라고 손짓했다. 탁상시계의 숫자가 12시 35분으로 바뀌어 있었다.

어느새 아빠의 넥타이는 사라졌고, 흰색 티셔츠와 미들버리 대학 동문회 남색 운동복 바지 차림이었다. 손에는 서류를 들고 있었다. 일이 아직 끝나지 않은 모양이었다.

"몰리, 계속 이러면 안 돼."

나는 그대로 얼어붙은 표정으로 아빠를 빤히 쳐다보았다. 아빠는 더는 뭐라고 하지 않았다. 나는 안도의 한숨을 내쉬었다.

"그런데요, 아빠도 맨날 밤새도록 일하시면 안 돼요."

나는 이불 속으로 미끄러져 들어갔다.

"그렇지, 아빠도 노력할게."

나는 고개를 끄덕였다.

"알람을 맞춰 놨는지 한 번만 확인할게요. 그래야 잘 준비가 끝난 거니까요."

내가 이불을 걷자 아빠가 어깨를 다독였다.

"그냥 누워 있어. 너무 늦었다. 알람은 아빠가 확인할게. 잘 자라, 예쁜 딸."

아빠는 곧 문을 닫고 밖으로 나갔다.

"안녕히, 안녕히, 안녕히, 안녕히 주무세요."

나는 방문 너머를 향해 가만히 중얼거렸다.

뻔뻔한 거짓말

셔츠, 다려졌고. 머리, 펴졌고. 준비물, 다 챙겼다. 나는 새 안경을 쓰고서 거울에 얼굴을 비추어 보았다. 도서관 사서 선생님 말고 9시 뉴스 앵커의 안경처럼 보였으면 좋겠다. 준비물을 다 챙겼는지 다시금 확인했다.

- 포스터
- 인덱스 카드
- 6쪽짜리 보고서
- 정리 도구 : 상자, 마커펜, 라벨, 파일, 배지, 색연필

주방에서는 이안이 알파벳 모양 시리얼로 단어를 만들고 있었다. 식탁에 널려 있는 단어들이 보였다. 엄마, 스파이다('더'인데 잘못 썼다.),

염소, 몰리. 염소는 제발 야행성이 아니었으면 좋겠다. 이러다 아빠가 염소도 한 마리 사 줘야 할지도 모르니까.

나는 현관문을 나서며 이안에게 인사했다.

"이안, 오늘 하루도 잘 보내."

멜빈 할머니네 집을 지날 즈음, 해너가 저만치에서 숨 가쁘게 달려오는 모습이 보였다. 까맣고 파란 머리칼이 상쾌한 9월의 바람에 나부꼈다. 멜빈 할머니네 집은 해너네 집과 우리 집 사이에서 정확히 중간 지점에 있었다.

"안경 예쁘다."

해너는 숨을 고르며 얼굴에 흐르는 땀을 손으로 닦았다.

"고마워. 이 안경, 어떻게 보여? 도서관 사서 선생님 같아? 아니면 과학자? 혹시 9시 뉴스 앵커?"

해너는 한 걸음 뒤로 물러나서 나를 빤히 쳐다보았다. 그러더니 어깨를 으쓱했다.

"잘 모르겠어. 그냥 안경 같아 보이는데?"

나는 해너의 손을 꼭 잡았다.

"창작시 낭송 대회 결과가 어떻게 되었을까? 너무 떨려."

"나는 떨어진 게 분명해. 그런데 넌 분명히 본선에 올라갈 거야. 네 차례에 박수 소리가 제일 컸거든."

"정말 그렇게 생각해? 정말로?"

해너는 고개를 끄덕인 다음, 맹세를 하듯이 가슴에다 십자가를 그었다. 그런 다음 자기 손목을 내 얼굴에 갖다 대었다.

"이 정도라고 할까?"

해너는 손목에 팔찌를 일곱 개나 차고 있었다. 색실을 꼬아 만든 팔찌였다. 한 개 더 있으면 딱 좋았을걸.

"지금 캘리포니아에서는 이런 팔찌가 유행이야. 실의 색깔마다 다 다른 뜻이 있어. E. B.의 법칙 16번. 유행을 읽었다면 곧장 받아들여라."

《성공하는 사업가를 위한 E. B.의 법칙》은 해너가 생활 신조로 삼는 책이었다. 아빠한테서 선물받았다고 했다. 해너와 내가 처음으로 벌인 레모네이드 사업이 완전히 망한 뒤였다.

지난 더위가 막 시작될 무렵, 해너와 나는 두 시간 동안 레모네이드를 만든 다음 밖으로 가지고 나가서 손님을 기다렸다. 하지만 손님은 단 한 사람도 오지 않았다. 그날 나는 손을 마흔네 번이나 씻었다. 자그마치 마흔네 번.

그런데 뭐가 더 이상한지 모르겠다. 하루에 손을 그렇게 많이 씻는 것이 이상한지, 아니면 손 씻은 횟수를 세고 있는 것이 이상한지……. 해너네 집 싱크대 앞에서 수도 없이 비누로 문지르고 물로 헹구기를 반복했다.

레모네이드 농축액은 시럽처럼 끈적였다. 풍선껌 색깔의 구정물이 배수구로 모두 빠져나간 것을 보고서도 나는 손 씻는 걸 멈출 수가 없었다. 내 살갗 안에 레모네이드 농축액이 갇혀 있는 듯한 기분이 들었다. 나는 자꾸 이상하게 굴지 말라고 스스로를 타일렀다. 그때는 그나마 어느 정도 효과가 있었다.

"내 사업 아이템이야. 일명 나를 표현하는 팔찌. 어떻게 생각해?"

해너의 목소리에 정신이 번쩍 돌아왔다.

"아주 좋은데?"

내 대답을 듣고 해너가 빙그레 웃었다.

"몰리, 부탁이 있어. 발표가 끝나고 난 뒤에 선생님이 아이들한테 질문 있냐고 물어보시잖아. 그때 네가 손을 들고 내 팔찌를 막 칭찬해 줘. 그리고 그 자리에서 하나를 주문하는 거야."

"응, 그럴게."

"나한텐 아주 중요한 일이야. 잊지 마."

"알았어."

"약속하는 거지?"

"응, 그런데 그 전에 네 교정기에 낀 크림치즈 좀 어떻게 해 봐."

해너는 혀로 이를 쭉 훑고 나서 활짝 웃어 보였다.

"없어졌어?"

나는 고개를 끄덕였다.

그러고 나서 오 분 정도 걸었을까? 저만치에 학교 앞 벤치가 보였다. 갑자기 해너가 심각한 표정을 지었다.

"너한테 할 말이 있는데……. 잠깐만 여기 앉을래?"

나는 벤치를 물끄러미 바라보았다. 페인트가 군데군데 벗겨져서 몹시 지저분해 보였다. 심지어 머스터드까지 말라붙어 있었다. 무진장 더러웠다.

"음, 나는 그냥 여기 서 있을게."

해너는 책가방을 벤치에다 아무렇게나 툭 던졌다. 제발 머스터드 위에만 떨어지지 않았으면 좋겠다. 해너가 벤치에 등을 기대앉으며 막 말을 꺼내려는 순간, 브리짓이 불쑥 나타났다.

"으, 오늘 스쿨버스에서 리치가 토했어."

브리짓은 마치 해너가 투명 인간이라도 되는 것마냥 나만 쳐다보며 이야기를 늘어놓았다.

"몰리, 넌 왜 그렇게 서 있어?"

내가 뭐라고 대답하기도 전에 브리짓이 다시 말을 이었다.

"네 안경 예쁘다. 컨트리 가수하고 뉴요커 느낌이 동시에 나는걸."

"진짜? 고마워."

"몰리, 창작시 낭송 대회 때문에 떨려서 죽을 것 같아. 누가 본선에 올라가는지 궁금해 미치겠어. 그리고 이게 진짜 중요한 건데, 혹시 오늘 신문에서 부고란 봤어?"

얘는 어떻게 신문의 부고란이 창작시 낭송 대회보다 중요하다고 여길 수가 있지? 내겐 오로지 창작시 낭송 대회가 전부인데.

"축구장에서 쓰러져 사망한 19세 남자, 알 수 없는 이유로 사망. 그다음엔 그 페이지의 절반이 바트 린든이라는 사람에 관한 거야. 마이크로 칩 기업을 설립한 사람이라는데, 72세에 심장마비로 사망했대. 그리고 거트루드 클레인, 86세인데 수면 중에 사망……. 이 사람은 팔십육 년을 살았는데 신문에 겨우 두 줄 남겼어."

"그래서?"

나는 브리짓의 손이 자꾸만 신경 쓰였다. 아침 식사로 먹었을 게 뻔한 부리토 찌꺼기가 말라붙어 있었다. 결국은 참지를 못하고 가방에서 손 소독제를 꺼내 브리짓의 손바닥에 칙칙 뿌렸다.

"몰리, 넌 정말 이상한 구석이 있어."

브리짓이 두 손을 마주 비비며 말을 이었다.

"그건 그렇고, 아예 일찍 죽거나 아주 유명해져야 해. 그래야 우리가 세상을 떠날 때 신문에 몇 줄이라도 남길 수 있어."

브리짓의 새끼손가락에는 여전히 치즈 찌꺼기가 묻어 있었다.

그때 마침 수업 준비종이 울렸다. 우리는 책가방을 챙겨 들고 급히 교실로 향했다.

"만약 네가 나보다 먼저 죽는다면, 내가 너를 위해 신문 한 페이지의 절반 정도는 무슨 말이든 써서 채워 줄게."

내 말에 해너가 불쑥 끼어들었다.

"내 것도?"

나는 기꺼이 고개를 끄덕였다.

브리짓은 엄지손톱의 거스러미를 물어뜯으며 쏘아붙였다.

"하나도 재미없거든? 그러다가 네가 먼저 죽으면?"

나는 빙그레 웃었다.

"그러면 네가 유명해지는 수밖에 없지, 뭐."

파이퍼 선생님이 손가락을 높이 쳐들었다. 잡담을 그만하라는 신호였다. 다음 차례가 무엇일지는 뻔했다. 창작시 낭송 대회 예선 결과 발표다. 내 마음은 구피들이 팔딱이는 어항처럼 들썩였다.

"자, 창작시 낭송 대회에 참여한 학생들 모두 아주아주 잘했다. 우리 반에서 본선에 올라갈 두 사람은 조시하고……."

'제발 내 이름이 불리기를.'

마지막으로 한 번 더 색연필의 순서를 확인했다. 빨간색, 주황색, 노란색, 초록색, 파란색, 남색, 보라색……. 완벽했다.

"……몰리."

순간, 내 얼굴에 미소가 확 번졌다. 마음속으로 기쁨의 춤을 추었다. 엄마하고 초콜릿 칩 오트밀 쿠키를 만들고선 저녁 식사 전에 다 먹어 치웠을 때처럼.

다들 축하의 박수를 쳐 주었다. 맥이 조시에게 하이파이브를 날리는 사이에 해너가 달려와 나를 꽉 껴안았다. 교실 저편에 앉아 있던 브리짓은 입 모양으로 "잘했어!" 하고 외쳤다. 내 구피들은 이제 정상급 수영 선수처럼 질서 있게 한 방향으로 질주했다.

"본선은 이번 주 금요일 마지막 교시다."

선생님은 우리 두 사람에게 잘했다며 축하와 격려를 해 준 다음, 이번 수업 수행 평가 주제인 창업으로 곧장 넘어갔다. 하지만 선생님 목소리는 귓가에서 모두 흩어져 버렸다. 나는 행복한 기분을 놓치지 않으려고 꽉 움켜쥐었다. 영원히 사라져 버리지 않도록.

첫 번째 발표자는 브리짓이었다. 사업 이름은 '조금도 이르지 않아요 : 부고 작성 서비스'였다. 다음 차례는 라이언이었는데, 사업 주제가 '혁신적인 농구 골대'였다. 내게 다른 아이들의 발표는 어찌 되든 전혀 중요하지 않았다. 그저 양말을 짝이 맞게 신어 주기나 했으면 좋겠다. 그게 힘들다면 적어도 긴 바지를 입어서 양말이 보이지 않도록 해 주든가.

드디어 내 차례였다. 나는 창작시 낭송 대회 본선에 진출한 사실에만 집중하고, 짝이 맞지 않는 양말 따위에는 신경 쓰지 말자고 내내 다짐했다. 숨을 깊이 들이마셨다. 먼저 화이트보드 한쪽에 '몰리의 맞춤형 정리정돈 서비스' 포스터를 붙인 뒤, 뒷벽 책장에 가지런히 꽂힌 (선생님, 감사합니다!) 책들을 한번 훑어보고서 발표를 하기 시작했다. 발표문이 입에서 시처럼 줄줄 흘러나왔다. 마지막 한 마디까지 마저 마치고 나서 안도의 숨을 깊게 내쉬며 자리로 가서 앉았다.

해너는 '세차 서비스'를 준비한 맥 다음이었다. 자기 차례가 되자 성큼성큼 교실 앞으로 나가 '나를 표현하는 팔찌' 사업을 설명하기 시작했다. 어젯밤에 해너는 발표할 때 초록색 운동화 대신 플랫 슈즈를 신겠다고 했다. 발표 중에 운동화 끈이 풀릴까 봐 걱정하지 않도록.

해너는 직접 차고 온 팔찌를 하나하나 소개했다. 해너 뒤쪽으로 색상표가 보였다.

빨간색 = 용기　　초록색 = 인생
분홍색 = 사랑　　파란색 = 평화
갈색 = 지구　　보라색 = 마법
주황색 = 호기심　　하얀색 = 순수
금색 = 재산　　검은색 = 죽음
노란색 = 행복　　회색 = 슬픔

글자가 너무 삐뚤삐뚤했다. 나는 다른 곳으로 시선을 슬쩍 돌렸다. 브리짓이 그레그한테 관심을 받으려고 애를 쓰는 모습이 보였다.

"사람마다 잘 맞는 색깔이 있어요."

E. B.와 비슷한 톤으로 해너의 설명이 이어졌다. 나는 그레타를 쳐다보았다. 그레타는 창틀에 앉아 있는 홍관조를 그리고 있었다. 해너의 헛기침 소리를 듣고서야 나는 앞을 똑바로 보며 미소를 지었다.

"팔찌의 색은 다섯 가지를 고를 수 있습니다. 단돈 3달러로 말이죠. 제가 차고 있는 이 팔찌는 지금 캘리포니아에서 무려 25달러에 팔리고 있습니다."

그러자 맥이 소리를 빽 질렀다.

"뭐라고? 완전 바가지잖아!"

선생님이 맥에게 주의를 주었다.

"맥, 그렇게 소리를 지르면 안 되지. 질문은 발표가 끝난 다음에 하는 거야."

"오늘의 수행 평가 주제는 창업 계획 발표지만, 저는 오늘부터 본격적으로 이 사업을 시작하려고 합니다. 캘리포니아에서 파는 것보다 훨씬 더 저렴한 가격이에요. 주문은 이따 쉬는 시간에 받도록 하겠습니다. 혹시 질문 있나요?"

해너가 내 얼굴을 똑바로 바라보았다. 내가 주문해야 할 차례였다. 바로 지금이었다! 나는 파란색으로 결정했다. 다섯 가지 색 모두 파란색으로……. 그런데 손을 막 들려는 순간, 그레그의 양말이 보였다. 한쪽은 목이 긴 갈색이고, 다른 쪽은 목이 짧은 회색이었다.

나는 반 아이들의 종아리를 차례로 살피기 시작했다. 양말이 모두 엉망진창이었다. 맥의 양말은 한쪽이 올라가 있었고 다른 쪽은 내려와 있었다. 조시의 양말은 양쪽 다 발목으로 흘러내려서 주름이 자글자글하게 잡혔다. 해너의 양말은 아예 짝짝이였다. 감사하게도 브리짓만은 까만색 아가일 체크무늬 양말을 양쪽 모두 무릎까지 딱 맞게 올려 신고 있었다.

내가 양말 탐구에 빠져 있는 사이에 다른 아이의 손이 먼저 올라갔다. 브리짓이었다. 브리짓은 손을 높이 쳐들고서 마구 흔들어 댔다. 해너는 짐짓 브리짓을 외면하고서 그레타의 이름을 불렀다.

"해너, 네 아이디어 정말 좋아."

그레타가 해너에게 칭찬의 말을 했다.

"고마워."

브리짓의 손은 여전히 공중에서 춤을 추고 있었다.

"다음은…… 그레그."

"그걸 계속 손목에 차고 다닐 거야?"

"그럼."

그때 선생님이 끼어들었다.

"이제 의견은 하나만 더 받도록 하자."

'어서 손을 들어. 해너한테 파란색 팔찌를 사겠다고 말해.'

그렇지만 나는 도저히 그럴 수가 없었다. 머릿속이 온통 양말 생각뿐이었다. 우리 반 스물두 명 중에 오직 네 명만이 짝이 맞는 양말을 신고 있었다. 갑자기 누구나 맨발에 샌들만 신던 여름이 그리워졌다. 그러면 양말 따위는 신경 쓰지 않아도 되니까.

해너는 마지못해 브리짓의 이름을 불렀다.

"이건 완전히 사기야. 검은색 팔찌를 찬다고 내가 죽는 건 아니잖아."

브리짓은 자신의 그림자 인형이나 다름없는 아리아나를 빤히 쳐다보았다. 아리아나는 기계적으로 고개를 끄덕였다.

"해너는 릴리 그랜트하고 비슷해. 릴리는 63세가 되던 어느 토요일에 사망한 사기꾼이야. 노인들을 상대로 수천 달러씩 사기를 쳤어."

선생님이 나섰다.

"브리짓, 이제 그만하자."

"선생님, 그건 다 사실이에요. 직접 확인하실 수도 있어요. 오늘자 〈보스턴 글로브〉 부고란의 4쪽 C섹션에 나와 있다고요."

선생님은 브리짓의 말을 듣는 둥 마는 둥 하고는 해너의 발표를 칭찬해 주었다.

"해너, 잘했다. 아주 대담하고 독창적인 아이디어야."

해너는 활짝 웃으며 빨간색과 주황색 팔찌를 들어 보였다.

나는 자리로 돌아온 해너에게 엄지손가락을 치켜든 다음, 파란색 팔찌로 주문하겠다는 쪽지를 건넸다. 해너는 그 쪽지를 곧바로 구겨 버렸다.

"해너, 잠깐만."

나는 쉬는 시간이 되자마자 해너를 다급히 불렀다. 해너는 막 운동장으로 나가던 참이었다. 해너가 걸음을 멈추었다.

"왜?"

"난 네 팔찌가 정말 마음에 들어. 진짜 잘 만들었어. 나도 하나 주문하고 싶어!"

해너가 눈동자를 굴리며 차갑게 쏘아붙였다.

"넌 약속을 어겼어. 질문 시간에 주문을 해 주겠다고 약속했잖아."

나도 모르게 입 안에서 혀를 깨물었다. 피 맛이 확 돌았다.

해너는 세상에서 나를 제일 잘 아는 아이였다. 내가 초등학교 5학년 때까지 옷장에 불을 켜 놓고 잠들었다는 것도 알고, 빨간 눈에 하얀 털을 가진 고양이를 무서워한다는 사실도 알았다. 어떤 경우에도 해너를 속일 순 없었다.

"미안해. 그렇지만 난 정말로 파란색 팔찌를 사고 싶어. 매일 끼고 다닐게. 아까는 잠깐 정신이 딴 데 팔려서……."

내가 해너에게 말할 수 있는 최선의 진실이었다.

해너가 물었다.

"뭐에?"

"뭐에라니?"

"뭐에 정신이 팔렸냐고?"

'양말에.'

그렇게 말할 수는 없었다.

"그냥 쓸데없는 데."

한심한 대답이란 걸 알지만, 내가 할 수 있는 말은 그것뿐이었다.

"그러니까 넌 내 발표를 듣지도 않았다는 거구나. '쓸데없는 데'에 정신이 팔려서."

나는 조금이라도 나은 거짓말을 떠올리려고 기를 썼다.

"사실……, 사실 본선에 낼 시가 너무 걱정돼서. 나는 아직 시작도 못 했는데 조시는 벌써 다 쓴 것 같더라고."

해너가 내 눈을 빤히 들여다보았다. 제발 나를 제대로 보지 못하면 좋겠다, 진짜 나를.

"조시가 시를 다 썼든 말든 무슨 상관이야? 어차피 걔는 널 못 이겨. 눈도 제대로 못 깜박이는 데다 말까지 더듬던걸, 뭐."

해너의 화가 점점 식고 있었다. 나는 운동장 모래밭으로 시선을 돌리며 말했다.

"미안해. 너무 화내지 마."

"나, 화 안 났어. 그냥 브리짓한테 말할 기회를 주기 싫었을 뿐이야."

"그래도 남한테 피해를 주는 애는 아니잖아."

자기한테만 온통 관심이 쏠려 있기 때문이겠지만.

"브리짓은 죽은 사람들한테 너무 집착해. 게다가 나를 싫어하잖아."

"브리짓이 죽은 사람들한테 집착하는 건 맞아. 하지만 너를 싫어하는 건 아니야. 단지 나만큼 너를 알지 못하는 것뿐이야."

해너는 짧은 머리카락을 손가락에 감아 비비 꼬았다. 머리카락이 돌돌 말린 손가락 끝이 검붉게 변했다.

내가 말했다.

"알았어. 그러니까 어서 말해 봐."

해너가 되물었다.

"뭘?"

"머리카락을 그렇게 꼬는 건 뭔가 속상한 일이 있다는 뜻이잖아?"

나는 해너의 손가락에 감긴 머리카락을 찬찬히 풀어 주었다.

"사실은 오늘 아침에 죽음의 여사님이 나타나기 전에 말하려고 했어. 절대로 아무한테도 말하지 않겠다고 목숨을 두 번 걸고 맹세해 줘."

나는 맹세를 하고 나서 해너와 새끼손가락까지 걸었다.

"얼마 전에 아빠가 할머니하고 통화하는 걸 들었어. 아빠는 내가 소파에서 자는 줄 알고 계셨겠지만. 우리 아빠가 얼마 전에 레스토랑에서 잘린 건 너도 알지?"

나는 고개를 끄덕였다. 해너 아빠는 얼마 전까지 베이사이드 비스트로의 주방장이었다. 그런데 그 음식점의 사장이 요즘 한창 잘나간다는 프랑스인 주방장을 데려오느라 해너 아빠를 해고해 버렸다.

나는 지금쯤은 어떻게든 해결이 된 줄 알았다. 적어도 해너 아빠는 가족을 내버려 두고 기괴한 주스를 만들러 캐나다로 떠나지는 않았으니까.

"아빠 말로는, 요새 우리 집 생활비가 빠듯하대. 그리고 이 근처에서는 새 일자리를 구하기가 어렵다나 봐. 그러면서 시애틀에 자리가 하나 났다는 거야."

나는 해너를 빤히 쳐다보았다.

"시애틀? 너희 아빠가 시애틀로 가신다고?"

"아니, 아빠는 나를 두고 혼자서 시애틀로 가시진 않아."

"혼자는 아니지. 넌 할머니랑 같이 살 수 있잖아?"

해너가 아빠하고 단둘이 산 지는 꽤 오래되었다. 아주 어릴 적에 엄마가 돌아가신 뒤부터 쭉 그래 왔다.

"아빠는 우리가 고래 떼랬어. 아빠가 가면 나도 가는 거야."

우리 가족은 고래 떼가 아닌가 보다. 고래 떼의 반대는 무엇일까?

"뭐, 진짜 고래는 아니지만. 우리는 육지에 사니까."

해너가 곧 여기를 떠날 수도 있다고? 나는 순식간에 그 말에 사로잡혔다.

"해너, 가면 안 돼. 시애틀은 너무 멀어."

"알아."

"네가 엄청 보고 싶을 거야. 혼자서 애타게 그리워하는 건 우리 엄마 하나만으로 충분하단 말이야."

"알아."

해너는 파란색 머리카락을 한 올 잡더니 또다시 손가락에 돌돌 감기 시작했다.

"너희 아빠 뭐라셨어?"

"몰라. 내가 자는 척하던 걸 집어치우고 벌떡 일어났거든. 더는 못 듣겠어서."

"왜? 끝까지 다 듣고 싶지 않았어?"

갑자기 해너의 손목에 찬 팔찌 일곱 개가 눈에 들어왔다. 초록색, 주황색, 빨간색, 노란색, 보라색, 하얀색, 분홍색, 금색. 마지막 일곱 번째 팔찌에는 모든 색깔이 다 섞여 있었다. 순서가 없었다. 나는 숨을 깊게 내쉬었다.

해너는 가만히 땅바닥을 내려다보았다.

"듣고 싶었지. 그렇지만 너무 무서웠어. 만약 정말로 이사를 가야 하면 어떡하지?"

해너의 손가락이 또 검푸르게 변했다. 나는 해너의 손가락에서 다시 한 번 머리카락을 풀어냈다.

"만약 네가 나를 두고 가 버린다면…… 매일 전화를 할 거야. 지금 우리 엄마랑 그러는 것처럼. 그리고 연휴나 방학 때는 꼭 만나는 거지."

나는 해너를 꽉 껴안았다. 해너가 말했다.

"여기완 전혀 다를 거야. 시애틀엔 비가 많이 오잖아. 가뜩이나 머릿결도 최악인데."

"최악은 아니야. 까만색과 파란색이 섞여 있는 데다 층이 좀 졌을 뿐이지."

해너는 내 어깨에 얼굴을 묻었다.

“어떻게 해야 할까? 난 가기 싫어.”

나는 해너의 어깨를 다독였다.

“걱정하지 마. 뭔가 방법을 찾을 수 있을 거야. 내가 약속할게.”

나는 해너와 함께 아무도 없는 학교의 정원을 천천히 걸었다.

해너가 말했다.

“팔찌 사업으로 돈을 벌면 아빠한테 다 드릴 생각이었어. 그러면 도움이 되겠지, 아주 조금이라도.”

“그래서 진짜로 사업을 시작하려고 했던 거야?”

해너가 고개를 끄덕였다.

“엄청난 앱이라도 개발한 게 아니라면 무슨 사업을 하든 별 도움이 안 되겠지. 그런데 난 컴퓨터 프로그램에 대해서는 아무것도 몰라. 과학은 싫고 수학은 그냥 그래. 그러니까 크게 달라지는 건 없을 거야.”

우리는 한참 동안 아무 말도 하지 않았다.

그러다가 내가 먼저 입을 열었다.

“해너, 캠프에서 만난 카일라 기억나지? 카일라가 차세대 가수 경연 대회에 나가서 상금 5,000달러를 받았다고 했어.”

“하, 말도 안 돼. 내가 노래부르는 거 너도 들은 적 있잖아. 고양이가 죽어 가면서 내는 소리 같아. 노래 경연 대회는 꿈도 꿀 수 없어.”

“알아, 너 노래 못 부르는 거. 아, 기분 나쁘라고 한 말은 아니야.”

“괜찮아.”

“다른 대회도 있지 않을까?”

해너가 걸음을 멈추고 내 눈을 바라보았다.

“몰리, 넌 천재야.”

해너가 나를 꽉 끌어안았다. 어렸을 적에 해너와 나는 껴안기 대회라는 것을 하곤 했다. 껴안은 상태에서 얼마나 오래 걷고, 먹고, 놀 수 있는지를 재는 것이었다. 보통 십 분 정도 지나면 둘 중 하나가 오줌을 누러 가야 했다. 우리는 바닥에 주저앉아 팔을 걸고 한참 동안 낄낄거리곤 했다. 물론 오늘은 낄낄거리지 않았지만.

우리는 그레타가 해너를 부르는 소리를 듣고서야 팔을 풀었다. 그레타는 노란색과 주황색이 섞인 팔찌를 주문하고 싶다고 했다. 나는 남색 스웨터를 입은 해너가 그레타에게 다가가는 모습을 뒤에서 지켜보았다. 운동장에서는 아이들 몇몇이 발야구를 하고 있었다. 외야석 옆에 쪼그리고 앉아 있던 브리짓과 아리아나가 나에게 오라는 듯 손짓을 했다. 나는 금방 가겠다는 뜻으로 고개를 끄덕였다.

브리짓과 아리아나 듀오는 내가 자기들과 비슷하다고 생각하는 듯했다. 완벽한 몰리가 가짜라는 걸 모르고 있기 때문이었다. 나는 두 사람을 향해 걸어가며 문득 바닥을 내려다보았다. 돌멩이가 제대로 정렬되어 있지 않았다.

지금은 안 돼. 그냥 걸어. 나도 모르게 다시 아래쪽을 내려다보았다. 그러다 주위를 재빨리 살폈다. 이쪽을 보는 사람은 아무도 없었다. 상아색 돌멩이를 뒤로 빼고, 저기 저 갈색 돌을 앞으로 살짝 밀자.

나는 구부렸던 허리를 펴고 손에 묻은 먼지를 툭툭 털어냈다. 나란히 놓인 돌멩이를 보자 자못 뿌듯한 기분이 들었다.

종소리와 함께 쉬는 시간이 끝났다. 해너가 다시 돌아왔다. 나는 해너와 팔짱을 끼고 교실로 돌아갔다. 막 자리에 앉아서 해너가 팔찌를 몇 개나 주문받았는지 듣고 있을 때, 그레그가 내 책상으로 몸을 날리며 턱 부딪혔다. 새로 깎은 연필, 깨끗한 지우개, 색색깔의 형광펜, 번지지 않는 마커펜, 그리고 12색 색연필까지 모두 바닥으로 와르르 쏟아져 내렸다. 인쇄물도 사방으로 흩날렸다.

'안 돼!'

그레그는 비틀거리며 일어서더니 가까스로 잡은 축구공을 조시에게 패스했다.

"미안, 미안."

'미안? 정말로 미안해? 난 모든 걸 다시 정리해야 한다고.'

나는 그레그를 보며 아주 밝게 웃었다.

"뭐, 별것도 아닌데."

거짓말이 술술 잘도 나왔다. 뻔뻔한 거짓말. 내가 대답한 건 맞지만 그건 또 다른 나였다. 모두가 좋아하는 나, 미치지 않은 나…….

파이퍼 선생님이 교실 앞에 버티고 서서 엄한 목소리로 말했다.

"그레그하고 조시, 내일 쉬는 시간에는 교실에 있도록 해. 교칙 알지? 실내에서 공 차는 건 금지야."

그레그는 나를 보며 입 모양으로 '미안'이라고 한 번 더 사과한 뒤 씩 웃었다. 그런데 남색 교정기에 오레오 과자 찌꺼기가 꺼멓게 끼어 있었다.

'헉, 역겨워.'

나는 조시를 쳐다보았다. 조시는 사과조차 하지 않았다.

"자, 수업 시작하자. 다들 《터크 에버래스팅》(죽지 못하고 영원히 같은 나이로 살아가야 하는 가족의 이야기로, 2002년에 영화로도 만들어졌다.)은 읽어 왔지? 주인공 위니가 뮤직 박스의 음악을 들으면서 왜 안도감을 느꼈는지 말해 볼 사람?"

아리아나가 손을 번쩍 들었다. 나도 답은 알고 있었다. 하지만 대답할 수가 없었다. 조시와 그레그가 바닥에 흩트린 내 필기구들을 줍는 중이니까.

"몰리, 도와줄까?"

해너가 내 색연필들을 그러모으며 말했다. 그런데 필통에 색연필을 넣는 순서가 완전히 틀렸다.

"고마워, 해너. 혼자 해도 괜찮아."

'주황색을 까만색 옆에 놓으면 안 돼. 빨간색하고 노란색 사이에 가야 한다고. 빨주노초파남보, 무지개색이잖아. 빨간색, 주황색, 노란색, 초록색, 파란색, 남색, 보라색. 그게 바른 순서야.'

해너는 내 마음을 눈곱만치도 알아차리지 못했다. 아주 어렸을 적에도 해너의 크레파스 상자에는 '불타는 엔진' 빨강이 '봄의 초원' 연두 옆에, 위아래가 뒤집힌 '꿈의 색' 까망이 반으로 부러진 '행복한 얼굴' 노랑 옆에 아무렇게나 끼워져 있었다.

자꾸만 가슴이 죄는 것 같았다. 나는 숨을 깊이 들이마셨다. 나중에 제대로 놓으면 돼.

"해너, 혼자 할게. 진짜 괜찮아."

이를 너무 악물어서 턱이 얼얼할 지경이었다.

해너는 내 말을 듣는 둥 마는 둥 하고선 책상 주위에 흩어진 인쇄물을 그러모으며 다정하게 속삭였다.

"정말 바보들이라니까."

인쇄물의 앞뒷면이 이리저리 섞이고 있었다. 몇 장은 아예 옆으로 툭 비어져 나왔다. 날짜 순서는 엉망진창이었다. 해너는 조시와 그레그에 관해 이야기했지만, 내 귀에는 하나도 들리지 않았다. 나는 인쇄물 뭉치를 받아 손에 꽉 쥐었다. 9월 9일, 9월 4일, 9월 13일.

'아아, 이걸 언제 다 정리해! 9월 5일은 최악이야. 앞뒤가 뒤집힌 것도 모자라서 위아래도 틀렸어.'

그때 선생님이 우리 쪽을 바라보았다.

"거기, 둘! 서둘러. 몰리, 책상을 정리하는 데 한 시간을 다 쓸 순 없잖니?"

해너와 나는 동시에 대답했다.

"네, 선생님."

제자리로 돌아가는 해너를 보며 진심으로 안도하는 내 모습이 끔찍하게 느껴졌다. 다행히 해너는 아무것도 눈치채지 못한 것 같았다. 휴, 이제 혼자서 정리할 수 있다. 나는 필통 속의 색연필을 모두 무릎 위로 쏟았다.

'빨주노초파남보.'

나도 그럴 수 있으면 좋겠다

마지막 수업이 자율 학습으로 바뀌었다. 역사 담당인 램퍼트 선생님이 감기로 조퇴를 했기 때문이다.

해너가 내 옆으로 의자를 끌고 와 앉으며 노트북을 열었다.

"중학생이 참가할 수 있는 경연 대회가 있는지 검색해 보자."

검색 결과 50개 중에 10개가 먼저 떴다. 해너는 스크롤을 내리며 중얼거렸다.

"디자인 대회가 많네. 시리얼 박스, 아니고. 연하장, 아니고. 종이비행기 아니고. 홈페이지 제작, 아니고."

그때 해너의 책가방에서 종이가 비어져 나와 있는 게 눈에 띄었다. 나는 가방 지퍼를 재빨리 닫았다.

시간이 얼마쯤 흐른 뒤, 해너가 흥분에 차서 외쳤다.

"이거야!"

해너는 곧 '십 대 사업가를 꿈꾸나요?' 링크를 클릭했다.

<창업가 정신을 품은 청소년들을 찾습니다!>

자기만의 온라인 기반 사업을 구축해 보세요. 방법은 간단합니다. 획기적인 사업 아이템을 기획한 뒤, 사업 계획서를 제출하세요. 현역 사업가와 전년도 우승자 5인으로 구성된 심사 위원단이 참가자 여러분의 계획서를 검토합니다.

계획서가 채택된 참가자에게는 5,000달러의 상금과 함께 실제 온라인 사업을 시작하는 데 필요한 모든 경비를 지원합니다. 참가 대상은 올해 9월 1일 기준으로 만 12세에서 16세 사이의 청소년으로, 참가 신청은 9월 15일부터 받습니다.

나는 해너의 손을 꼭 잡았다.

"해너, 완벽해. 너, 이거 꼭 해야 해."

경연 대회의 상금이 얼마든, 팔찌를 팔아서 얼마를 벌든, 해너는 이사 가는 걸 막지 못할 터였다. 그렇지만 내가 참가할 수 있는 경연 대회가 있고, 그것으로 엄마가 떠나는 것을 막는 데 아주 작은 도움이라도 된다면, 나 역시 그 대회에 참가하는 쪽을 택할 것이다.

해너가 참가 신청서를 쓰는 사이에 나는 본선 대회에 낼 시를 쓰기 시작했다. 이번에는 더 잘 써야 하는데, 자꾸만 막혔다. 다 쓰려면 아직 까마득한 시는 한쪽으로 밀어 두고, 가방에서 빨간색 가죽 표지의 일기장을 꺼냈다. 이 일기장은 엄마와 아빠가 마지막으로 함께 준 생일 선물이었다. 이 뒤로는 엄마와 아빠 모두 각자 부모의 역할을 했다. 일기장에는 '나만의 시'를 쓸 페이지가 이제 몇 장 남지 않았다.

숨겨 둔 나만의 시. 누구와도 공유하지 않고, 어떤 대회에도 제출하지 않을 것이다.

나는 연필을 새로 꺼내 뾰족하게 깎은 다음, 나만의 시를 쓰기 시작했다.

뒤엉키는 글자들
미끄러지는 글자들
길을 잃은 것 같아
숨고 싶어

뒤섞이는 색깔들
나뉘는 색깔들
두려워
가슴속에서

시를 다 끝내지도 못했는데, 해너가 공책에서 뜯어낸 종이를 불쑥 건넸다.

“참가 신청할 때 해야 할 일들을 적었어. 나, 참가 신청서 쓰는 것 좀 도와줄 수 있어?”

“그럼.”

나는 일기장을 책가방에 도로 넣었다.

종이 왼편은 강아지 그림이 잔뜩 그려져 있어서 몹시 어지러웠다. 해야 할 일의 목록 역시 단어를 아무렇게나 흘려 써 놓은 수준에 불과

했다.

나는 해너에게 종이를 돌려준 뒤 노트북을 내 앞으로 당겼다.

"네가 할 일을 불러 주면 내가 문서로 작성할게."

해너는 자기가 쓴 글씨를 알아보느라 애를 먹었지만, 그래도 얼마 뒤엔 목록이 제법 그럴싸하게 완성되었다.

<십 대 사업가 경연 대회를 위해 해너가 해야 할 일>

1. 사업 계획서 쓰기
2. 인물 사진 찍기. 특히 파란색 머리끝과 층이 진 앞머리를 강조할 것.
   (해너는 이 마지막 부분을 나중에 덧붙였다.)
3. 참가 신청서 양식 채우기
   - 이 사업을 왜 시작하려고 하는가?
   - 사업 아이디어는 어디에서 얻었는가?
   - 사업 자금은 얼마인가?
   - 사업을 어떤 방식으로 홍보할 것인가?
   - 다른 사업을 운영해 본 경험이 있는가?
   - 이 사업으로 돈을 벌면 무엇을 할 것인가?
4. 참가비 35달러 마련하기

"35달러를 어떻게 벌지?"

해너는 종이의 한 귀퉁이를 찢어 낸 뒤 라즈베리 껌을 뱉었다. 나는 찢어진 종이와 씹다 뱉은 껌 덩어리를 외면하느라 애써 시선을 딴 데로 돌렸다.

"아까 밖에서 그레타랑 그레그하고 얘기했잖아. 그걸로 얼마나 벌었어?"

"조금."

해너는 책가방에서 곤충 채집통을 꺼내더니, 아래에 깔린 지폐와 동전을 찾느라 곤충의 사체들을 마구 헤집었다.

"저기, 사람들이 이미 아주 멋진 걸 발명해 냈거든. 지갑이라고 하는 건데."

나는 몸을 움츠렸다.

"하하, 참 웃기다. 그런데 있지? 네 동생이 단기 거주라는 개념을 이해했더라면, 내가 이 통에서 딱정벌레 사체를 걱정해야 하는 일은 없었을 거야."

사실 뭐, 그렇긴 했다. 지난 일요일, 딱정벌레 일가족을 채집한 이안은 해너에게서 곤충 채집통을 빌렸다. 그 후 딱정벌레 일가족은 그다지 잘 지내지 못했다.

나는 가방에서 깨끗한 지퍼백을 하나 꺼내 내밀었다. 해너는 돈을 세며 한 손으로 대충 받았다.

"고마워. 지금 있는 돈은 6달러 50센트야. 아직 많이 부족해."

"팔찌가 더 팔릴 거야, 분명히! 그 사업, 인기였다며?"

해너가 고개를 끄덕였다.

"돈이 다 모이면 내가 케이트 언니한테 신용카드로 결제해 달라고 할게."

언니는 내가 아는 미성년자 중에서 비자카드가 있는 유일한 사람이었다. 아빠는 소비에 책임지는 법을 배워야 한다고 일장연설을 늘어놓은 다음, 즉석에서 언니 이름으로 된 신용카드를 만들어 주었다. 말하자면 특별 수당이 따라오는 몇 안 되는 연설 중의 하나였다.

해너는 돈을 옮겨 담은 지퍼백을 가방에 넣었다. 그러고는 책상에 공책을 폈다. 《성공하는 사업가를 위한 E. B.의 법칙》 중에서 해너가 특히 좋아하는 법칙들이 번호 순서와 상관없이 적혀 있었다.

E. B.의 법칙 3. 언제나 계획은 필요하다

E. B.의 법칙 8. 만반의 준비를 하라

E. B.의 법칙 1. 중요한 것은 시장, 시장, 또 시장이다

E. B.의 법칙 9. 사업에는 규칙이 필요하다

E. B.의 법칙 18. 지킬 수 없는 약속은 하지 마라

E. B.의 법칙 2. 자신 있게 행동하라

E. B.의 법칙 11. 내 아이디어를 남에게 알리지 마라

E. B.의 법칙 13. 성공을 즐겨라

E. B.의 법칙 4. 융통성 있게 대처하라

E. B.의 법칙 14. 일정한 곳에서 일하라

E. B.의 법칙 1. 고객에게 신뢰를 얻으라

E. B.의 법칙 16. 유행을 읽었다면 곧장 받아들여라

E. B.의 법칙 7. 큰 그림을 그려라

목구멍으로 신물이 올라왔다.

'왜 1이 아래에 있고 18이 위에 있을까? 그리고 5, 6, 10, 12, 15, 17, 19,

20은 어디로 간 거야? 5가 없는 건 그렇다 쳐도, 왜 곧장 7이지? 6이 아니고?'

무질서가 머릿속으로 쏟아져 들어왔다. 해너를 흘깃 보았다. 해너는 느긋하게 새 껌을 꺼내 씹으며 뒤죽박죽이 된 에마 브라운의 법칙에 따라 사업 계획서를 쓰고 있었다.

에마 브라운, 다시 말해 E. B.는 스물두 살에 《포브스》 표지를 장식했다. E. B.가 만든 어린이·청소년 대상 메신저가 수백만 달러에 팔린 뒤였다. E. B.는 요새 해너의 롤모델이었다. 모든 면에서 그랬다.

신기하게도 해너는 법칙의 순서가 뒤죽박죽인 것에 아주 태연했다. 나도 그럴 수 있으면 좋겠다.

수업이 다 끝났다. 해너는 사물함 문을 쾅 닫고서 성큼성큼 앞으로 걸어갔다. 사물함 문이 반동으로 다시 열렸다. 나는 되돌아가서 사물함 문을 닫았다. 그리고 서둘러서 해너를 따라잡았다.

"해너, 잠깐만."

해너가 걸음을 멈추었다.

"자."

나는 해너의 손바닥에 손 세정제를 뿌렸다.

"이번엔 왜?"

"그레타가 그러는데, 맥이 아파서 조퇴했대. 햄퍼트 선생님도 몸이 안 좋아서 조퇴하셨고. 브리짓도 그랬잖아, 아침에 누가 버스에서 토했다고."

해너는 손바닥을 마주 비빈 다음, 위아래로 흔들며 세정제를 말렸다. 나는 또 다른 살균제를 해너의 양손에 찌익 짰다.

"혹시 모르니까."

해너가 나를 빤히 쳐다보면 도저히 거짓말을 할 수가 없다.

"몰리, 너 괜찮아?"

나는 신발을 내려다보았다.

"괜찮아."

물론 거짓말이었다. '괜찮다'는 사전에 올라가 있는 단어 중에서 가장 최악이었다. 내 생각에 괜찮다는 것은 '아무것도 좋지 않다'는 뜻이다. 그러니까 사실 그 단어는 아무 뜻도 아닌 셈인 거다.

나는 해너에게 팔짱을 끼며 일부러 다른 이야기를 꺼냈다.

"우리, 인덜즈에 가자. 아빠가 너랑 같이 가면 지하철을 타도 된다고 하셨어."

해너는 교정기가 다 드러나도록 활짝 웃었다.

"좋아. 그렇지만 이번 젤리는 사과, 오렌지, 레몬 맛으로 고를 거야. 저번에 고른 복숭아하고 수박 맛은 속이 좀 메스꺼웠어."

인덜즈는 내가 좋아하는 젤리 가게였다. 지하철을 몇 정거장만 타고 가면 되는 곳에 있어서, 아빠한테 그리 어렵지 않게 허락을 받았다. 나는 아빠한테 문자 메시지를 보냈다. 아빠와의 약속이었다. 실시간으로 상황을 보고한다는 조건으로 자유를 보장받았다.

지하철역까지는 얼마 걸리지 않았다. 지하철 그린 라인은 수요일 오후치고 놀랄 만큼 붐볐다. 해너와 나는 마지막 칸까지 가서야 따로 떨어져 있는 자리 두 개를 발견했다. 자리에 얼룩이 보이는 건 아니었지만, 혹시나 하는 마음에 재킷을 벗어서 깔고 앉았다. 그런데 옆자리 아저씨한테서 달걀 썩는 냄새가 무지하게 났다. 입으로만 숨을 쉬기로 마음먹었지만, 역을 두 개 지나자마자 코로 숨을 들이마시고 말았다.

'으, 역겨워.'

달걀맨은 다행히도 페어크로싱 역에서 내렸다. 그렇지만 해너가 미처 다가오기도 전에 내 옆자리는 다른 남자가 차지해 버렸다. 남자는 주머니에서 체더치즈 덩어리를 꺼내더니 우적우적 씹어 먹기 시작했다. 앗, 치즈맨이다!

나와 해너는 배를 잡고 웃었다. 그리고 엄마에게 문자 메시지를 보냈다. 드디어 치즈맨을 발견했다고……. 나는 다음 역에서 내리자마자 휴대폰을 확인했다. 엄마한테서 답이 오지 않았다. 지금쯤이면 비트와 케일, 호박을 섞은 주스를 부지런히 판매하고 있을 시각이란 걸 알면서도, 엄마가 행여 나를 잊었을지도 모른다는 불안감에 숨이 막혔다.

나는 불안을 접어 오른쪽 뒷주머니에 밀어 넣었다. 엄마는 늘 이렇게 말했다. 털어낼 수도, 감당할 수도 없는 불안이 생기면 꼭꼭 접어서 주머니에 넣어 버리라고.

인덜즈에서는 초콜릿 향과 설탕 향이 완벽하게 뒤섞여서 풍겼다. 해너는 비닐봉지에 젤리를 담기 시작했다.

"몰리, 그렇게 휴대폰만 쳐다보고 있다고 답문이 오는 건 아니야. 너희 엄마는 지금 주스 파시느라 엄청 바쁘실걸."

"알아."

나는 휴대폰을 가방에 집어넣고 내가 먹을 트위즐러와 이안이 좋아하는 개구리 젤리, 아빠한테 줄 스키틀스를 비닐봉지에 담았다. 케이트 언니는 단것이라면 질색을 했다.

돌아오는 길에는 다행인지 불행인지 치즈맨이 보이지 않았다.

"몰리, 너희 집에 젤리를 가져다 놓고 나서 우리 집에 같이 가자. 나, 참가 신청서 작성하는 것 좀 도와줘. 아직 대답 못 한 질문도 있고, 또 사진도 찍어야 해."

해너는 레몬 젤리를 한 움큼 입 안에 털어놓고는 금세 얼굴을 찡그렸다.

"나, 아빠가 해 놓으라고 한 게 있어서. 너, 먼저 집에 가 있어. 내가 그것 끝내는 대로 너희 집으로 가서 도와줄게."

"뭘 해야 하는데?"

"아빠가 오늘은 방도 정리하고 집안일도 도와 달라고 하셨어. 아침에 나올 때 아주 엉망이었거든."

물론 사실이 아니었다. 나는 굳이 덧붙였다.

"본선 대회에서 낭송할 시도 새로 써서 연습해야 하고."

"좋아, 알았어. 그렇다면 더 좋은 생각이 있어."

해너가 두 손을 부채질하듯 흔들었다.

"너희 집에 먼저 가자. 집안일을 도와줄게. 그리고 나를 관객으로 생각하고 시 낭송도 연습해. 그게 다 끝나면, 네 옷장에서 내가 사진 찍을 때 입을 만한 옷을 찾아보자."

나는 고개를 끄덕였다. 사진을 찍으려면 해너는 분명 내게서 옷을 빌려야 할 것이다. 반드시 갈색과 황토색, 황갈색이 아닌 옷으로.

"그런 다음에 우리 집으로 가서 참가 신청서를 쓰는 거야. 그게 아니라도 아빠가 너희 가족 한번 초대하신다고 했거든. 다 같이 저녁 먹자고. 우리 아빠가 특제 요리를 준비하실 거야. 파르메산 치즈를 얹어 구운 닭하고 마늘빵."

"좋아, 특히 옷을 빌리는 건 아주 좋은 생각이야. 저녁도 아빠한테 여쭤 볼게. 그런데 우리 집 일은 내가 혼자서 진짜 빨리 해치울 수 있어. 그런 다음에 만나자."

"꼭 예쁜 옷으로 골라서 빨리 올 거지?"

"응, 꼭."

나는 내 하얀 거짓말을 용서해 달라는 의미로, 해너의 등 뒤에서 엄지와 검지로 하트를 만들었다.

집 안으로 들어가다가, 하마터면 엄마가 보낸 상자에 걸려 넘어질 뻔했다. 케일, 당근, 사과에 허브가 혼합되었다는 가을 특선 주스 상자가 현관문 앞에 놓여 있었다. 나는 휴대폰을 확인해 보았다. '메시지' 앱에는 아무 표시도 없었다. 상자를 넘어서 위층으로 가려는데, 웬일로 식탁 의자에 아빠의 남색 양복 재킷이 걸려 있었다.

"아빠?"

"서재에 있다."

아빠는 시내에 있는 사무실에서 일하지 않을 때면 집 안의 서재에서 일하곤 했다. 나는 서재 안으로 고개를 쓱 들이밀었다. 바닥에 어제 날짜 〈보스턴 글로브〉 스포츠 섹션이 놓여 있고, 그 옆으로 빈 프레첼 봉지와 초콜릿을 입힌 아몬드 통이 보였다.

아빠는 컴퓨터에서 시선을 떼지 않은 채 최근 들어 기르기 시작한 턱수염을 손으로 만지작거렸다.

"현관에 있는 주스는 뭐예요? 아빠는 웬일로 이 시각에 집에 계시고요?"

아빠가 집에 돌아오는 시각은 거의 저녁 6시였다. 그러니까 이안의 방과 후 활동이 끝날 때쯤이었다.

아빠는 보스턴 레드삭스 야구 모자를 벗더니 머리를 긁적였다.

"주스는 엄마가 보낸 거야."

내가 바라는 건 엄마가 만든 주스가 아니었다. 그냥 엄마였다. 엄마가 집으로 돌아오는 거.

"참, 아까 워싱턴 선생님이 이안 몸이 안 좋다고 전화하셨어."

워싱턴 선생님은 이안의 담임이었다. 나는 그 자리에서 얼어붙은 채 머릿속으로 색연필을 순서대로 잘 정리해 놓았는지 필사적으로 떠올려 보았다.

"이안은 지금 괜찮아요?"

아빠는 계속 컴퓨터 자판만 두드렸다. 나는 아빠 들으라고 일부러 헛기침을 했다.

"아빠, 이안은 어디가 아픈데요?"

지금 이안을 돌볼 수 있는 사람은 나뿐이었다. 엄마는 토론토에 있으니까. 아빠는 늘 마감에 쫓겼다. 케이트 언니는 얼마 전부터 아르바이트 시간을 늘렸다.

"그냥 감기라던데."

나는 안도의 숨을 내쉬었다.

아빠는 곧 의무적인 질문으로 넘어갔다.

"오늘 학교에서는 어땠니?"

아빠의 시선은 여전히 컴퓨터 화면에서 움직이지 않았다. 그러다 누구에겐가 욕지거리를 퍼부었다.

"젠장! 이 자식이 또."

나는 아랑곳하지 않고 말했다.

"괜찮았어요. 참, 창작시 낭송 대회 본선에 나가게 됐어요. 낭송을 잘 했거든요. 그런데 반에 어떤 남자애가 있는데……."

"아, 참! 아까 이안이 네 유리 피규어를 만졌어. 깨뜨리기 전에 떼어 놓기는 했는데."

이안에 대한 나의 염려는 이내 분노로 바뀌었다.

"정말이요? 학교에선 멍청이들이 책상을 엎더니, 집에선 동생이 내 물건을 엉망진창으로 만들다니!"

머리에 뜨거운 쇳덩이를 뒤집어쓴 것 같은 기분이었다.

"우리 딸, 진정해. 아무 일 아니야. 이안은 아직 어리잖아. 잠깐 가지고 논 것뿐이야."

'아무 일 아니라고?'

"아침에 방문을 분명히 닫고 나갔는데, 누가 이안한테 문을 열어 준 거예요?"

"문 열어 준 사람 없어. 아빠가 전화를 받는 사이에 혼자 들어갔나 봐. 미안하다. 진심이야."

아빠의 눈길이 잠시나마 컴퓨터 화면에서 떨어졌다.

"아빠가 치워 놓으려고 했는데, 내일 마감해야 하는 기사 때문에 꼼짝할 수가 없어서 그만……. 이거 하나만 마무리하고 금방 도와줄게."

나는 아무 말도 하지 않았다. 그저 숨만 크게 들이마셨다.

"몰리, 아빠가 정말로 미안해. 아빠도 정신이 없어서 그래. 이안이 아파서 집에 있는 거잖아. 아빠도 최선을 다한 거야."

"아빠가 다 잘못하신 거잖아요! 이안도, 엄마도, 몽땅 다요!"

"몰리, 그렇게 말하면 아빠가 좀 억울하지."

나는 스키틀스를 아빠 책상에 휙 던진 다음, 책가방을 질질 끌며 계단을 올라갔다. 방문을 천천히, 아주 조금만 열었다. 아무 일이 아니라는 상황을 똑바로 맞닥뜨리기가 무서웠다.

우선 바닥에 뒤집혀져 있는 기린이 보였다. 그 옆으로 고릴라, 여우원숭이, 대머리독수리, 아프리카코끼리가 널브러져 있었다. 문을 조금 더 열자 토끼, 소, 말이 주황색 카펫에 코를 박고 있는 게 눈에 띄었다. 판다, 양, 염소, 아이벡스, 스컹크, 늑대, 돌고래, 불가사리, 하마, 치타, 거미원숭이, 당나귀, 새끼 돼지, 사자, 호랑이, 곰, 그리고 보브캣은 낮에 본 그대로였다.

학교에서는 조시와 그레그가 내 필기구들을 죄다 바닥에 흩트리더니, 이번엔 내 피규어들이 순서 따윈 상관없이 바닥에 마구 나뒹굴고 있었다.

'이게 아무 일 아니라고?'

심지어 여우는 침대 옆 탁자에 올라가 있었다. 그 옆에는 너구리 휴이가…….

휴이는 내가 처음으로 가지게 된 유리 피규어였다. 원래는 외할머니 거였다. 어느 일요일, 나는 외할아버지와 점심을 먹기 위해 록빌 레스토랑에 앉아 있었다. 외할아버지와 나, 단둘이서만.

피클을 추가해서 러시안 드레싱을 뿌린 콘비프 샌드위치에 감자튀김, 초콜릿 밀크셰이크가 모두 나오자, 외할아버지는 모직 코트 주머니에서 이 아름다운 너구리 피규어를 꺼내어 내 앞에 놓았다. 그리고 이 녀석은 원래 외할머니 것인데, 오래전부터 내게 주고 싶어 했다고 했다.

"몰리, 이 녀석에게 완벽한 자리를 찾아 주거라."

그러고 나서 외할아버지는 두 달 뒤에 돌아가셨다. 이안은 외할아버지가 외할머니를 찾아 천국으로 간 거라고 생각했다.

갑자기 휴대폰에서 비비 킹의 노래가 흘러나왔다. 정확히 이 시각이면 울리는 알람음이었다. 엄마가 우리를 만나러 오겠다고 약속한 날까지 31일이 남았다. 계획이 뜻대로 풀리지 않을 경우에 그렇다는 것이다. 제대로만 풀린다면 그날은 다음 주 주말이 될 터였다. 창작시 낭송 대회 우승자를 위한 화려한 시상식이 다음 주 주말에 있으니까. 시상식에 나오는 요리는 학교 급식의 칠면조구이나 핫도그와는 비교할 수도 없는 수준이었다.

이번에는 케이트 언니가 틀렸다. 시상식은 대단한 행사였다. 비싼 식탁보에 서빙하는 종업원들……. 게다가 〈보스턴 글로브〉에서는 해마다 수상자의 가족을 인터뷰해서 G 섹션에 실었다. 모두 엄마가 좋아할 것들이었다.

나는 음악을 재생하고서 방 한가운데에 주저앉았다. 안경을 벗어 여덟 번 돌린 다음, 이걸 아무 일도 아니라고 생각할 수 있는 방법을 찾으려고 애썼다. 차라리 이 난장판을 가만히 내버려 두고 해너네 집으로 가 버리고 싶었다.

작년이었다면 그랬을 거다. 피규어들을 주워서 원래 있던 자리에 대충 올려 두고서 쌩하니 나가 버렸을 것이다. 그렇지만 지금의 나는 모든 게 제대로 되었다는 생각이 들기까지 아주 오랜 시간이 걸렸다.

나는 안경을 도로 끼고 피규어를 서식지와 색깔별로 분류했다. 그런 다음 자를 집어 들었다. 그때 방문을 두드리는 소리가 들렸다. 제발 혼자 내버려 두라고 말하기도 전에 아빠 얼굴이 불쑥 나타났다.

"안녕."

아빠는 방을 보고, 나를 보고, 내 자를 보았다.

"몰리, 미안하다. 아빠도 네가 힘들다는 거 알아."

아빠가 내 옆에 앉았다. 슬픔 한 방울이 내게로 밀려들었다.

"아빠도 이렇게 되길 바라진 않았어."

아빠가 굳은살이 박인 손을 내 손 위에 포갰다.

"누구의 잘못도 아니야. 그냥 이렇게 된 것뿐이지."

나는 아빠에게 보이지 않으려 애쓰며 입술을 깨물었다.

"몰리, 아빠가 집안일에 소질이 없긴 하지만 잘해 보려고 노력할게. 약속해."

그리고 아빠는 정말로 아무 일 없다는 듯이 음악에 맞춰 휘파람을 불기 시작했다. 예전의 나는 아빠가 휘파람 부는 걸 좋아했다. 지금은 그냥 옛날이 생각날 뿐이었다.

"하나 먹을래?"

아빠가 색색의 사탕을 한 움큼 내밀었다. 나는 초록색과 노란색 사탕을 집었다.

"오늘 시 낭송을 잘했다니, 아빠도 무척 기쁘다."

따뜻한 미소가 아빠의 얼굴에 번졌다. 내 미소는 어디론가 사라져 버렸는데.

"저, 아직도 할 거 많아요."

"아빠가 도와줄까?"

아빠는 토끼에게 손을 뻗었다.

"아니요, 괜찮아요."

"본선까지 올라가다니! 우리 딸, 대단하다."

아빠는 그 말을 남기고 방에서 나갔다. 아빠가 아래층으로 내려간 다음에야 해너네 가족하고 저녁 식사를 같이할 수 있냐고 묻지 않은 것이 기억났다. 어차피 아빠는 일에 매달려 있어야 할 거다.

나는 목에 엄마의 향수를 뿌린 뒤, 치타를 시작으로 피규어를 하나 하나 정리했다. 간격은 정확히 4센티미터…….

'거미원숭이는 좀 뒤로. 그러면 벽하고 너무 가까워지잖아. 조금 앞으로, 조금 뒤로, 앞으로, 뒤로. 이러는 거 정말 지긋지긋해. 이런 거 신경 안 쓰면 지금쯤 해너네 집에 가 있을 텐데. 좋아, 잠깐 쉬자. 아니야, 좋지 않아. 고릴라도 움직여야 해. 됐어, 훨씬 나아. 이제 제대로 된 것 같아.'

그때 휴대폰 벨소리가 나를 방해했다.

'아, 참.'

"빨리 해치우고 우리 집에 온다고 했잖아."

해너였다. 허리에 손을 짚고 있는 모습이 눈앞에 선하게 그려졌다.

"몰리, 지금 어디야?"

"집."

"아직도?"

"응, 아빠가 일하느라 바쁘셔서. 이안이 내 피규어를 엉망으로 어질러 놨지 뭐야."

"그래서?"

"그래서 그거 정리하느라고. 얼마나 엉망진창인지 너도 봐야 하는데. 시는 아직 시작도 못 했어."

"몰리, 너 약속했잖아."

"알아, 미안해."

나는 힘없이 중얼거렸다. 말하지 못하는 것을 말하고 싶어서 미칠 것 같았다.

'물건들이 순서대로 정렬되어 있지 않으면, 난 뭔가 잘못된 것 같아서 견딜 수가 없어. 꼭 제자리에 놓여야 해. 그렇지 않으면 모든 것이 무너져 버릴 것만 같아.'

"넌 우리 약속을 완전히 무시했어. 집안일 빨리 끝내고 빌려 줄 옷 챙겨서 얼른 온다며?"

"시간이 이렇게 많이 지나간 줄 몰랐어."

"너, 지금까지 뭐 했어?"

"말했잖아, 방 정리하고 있었다고."

'해너, 제발 더 설명하라고 하지 마. 그냥 나를 믿어 줘.'

"방을 정리하는 데 그렇게 오래 걸릴 리가 없어."

순간, 오물처럼 찐득한 침묵이 흘렀다.

"해너, 미안해. 이제 몇 개만 더 정리하면 끝나. 그러고 나서 시를 대강 쓴 다음에 곧바로 너희 집에 갈게."

'약속할게.'

약속한다는 말은 차마 입 밖으로 나오지 않았다. 휴대폰 너머로 침묵만이 흘렀다. 해너는 이미 전화를 끊어 버렸다.

말은 여전히 카펫에 코를 박은 채 넘어져 있었고, 사자는 기린과 간격이 4센티미터가 넘었다. 그러니까 사자 다음부터는 모두 다시 정렬해야 했다.

'그냥 그만해.'

그런데 그럴 수가 없었다.

'왜 못 하는데?'

만약 완벽한 간격으로 정렬해 두지 못한다면…….

'그러면 대체 어쩐다는 거야?'

나쁜 일이 일어날 거야, 이안에게.

'무슨 나쁜 일?'

나도 알고 싶었다. 그러나 정신이 뒤엉켜 버린 나는 아무 대답도 하지 못했다.

얼마 뒤, 휴대폰이 또 울렸다. 해너가 또 전화했다고 생각했는데, 이번에는 뜻밖에도 엄마였다.

"우리 딸, 잘 지냈어? 주스 받았니?"

"네, 받았어요. 전 잘 지내고 있어요."

나는 유리 몽돌을 손으로 만지작거리며 케이트 언니가 한 말을 애써 떨쳐 내었다. 엄마는 토론토에 계속 살지 않을 것이다. 일 년 뒤에 돌아오겠다고 한 약속을 어기지 않을 것이다.

"목소리가 잘 지내는 것 같지 않은데?"

엄마는 뭐든지 다 알아차렸다. 어쩌면 엄마가 멀리 가서 나의 진짜 모습을 못 보는 것이 더 나은지도 모르겠다. 그러면 나는 잃어버린 것

들로 뻥 뚫린 가슴을 계속 안고 살아야 한다.

엄마는 창작시 낭송 대회 본선에 진출했다는 얘기를 듣고선 '오오!', '이야!', '진짜 자랑스러워!', '행복해!' 같은 감탄사를 연발했다.

엄마가 물었다.

"오늘 제일 이상했던 일은?"

"엄마, 제 문자 메시지 보셨어요? 저, 오늘 치즈맨 봤어요."

"그럼, 봤지."

곧이어 엄마의 웃음소리가 들렸다. 예전에는 엄마가 웃으면 나쁜 일이 절대로 일어나지 않을 거라는 확신이 들었다. 그런데 지금은 내가 잃어버린 것이 무엇인지가 더욱더 절실히 느껴질 뿐이었다.

"엄마도 곧장 답 문자를 보내려고 했는데, 회사에서 행사가 있었지 뭐니? 그래, 미스터 체더치즈를 만났다고? 그 정도면 정말로 이상한 일이지."

나는 침대에 누운 채 천장을 올려다보며 옆에 엄마가 함께 있다고 상상했다.

"엄마는요?"

"우리 딸, 들을 준비 됐지? 엄마가 오늘 행사장에 있다가 화장실에 갔거든. 줄을 서서 기다리다가 앞에 있는 여자에게 예정일이 언제냐고 물었어. 배가 엄청 나와 있더라고. 그런데 그 여자가 뭐랬는지 알아? 이미 사 개월 전에 아기를 낳았다는 거 있지?"

"말도 안 돼."

나는 마음과 다르게 웃음이 터졌다.

엄마도 웃었다. 루시 이모의 앵무새 버티를 처음 맡았을 때랑 똑같았다. 엄마는 앵무새에게 먹이를 주려고 봉지를 뜯다가 그만 바닥에 죄다 쏟고 말았다. 그때 무심코 '엄마답지 않은' 단어를 외쳤는데, 버티가 그 단어를 계속 따라 하기 시작했다. 말하고, 말하고, 또 말하고……. 결국 엄마와 나는 버티가 외치는 그 거북한 단어를 귀가 따갑도록 들으며 바닥에 흩어진 먹이를 치웠다. 그 뒤 우리는 몇 시간 내내 배를 잡고 웃었다.

엄마 목소리를 들으면 기분이 참 좋아졌다. 그 목소리가 그리웠다. 엄마가 보고 싶었다.

엄마의 이야기는 한참 더 이어졌다.

"너희 방은 이미 준비해 뒀어. 아무 때나 놀러 와도 돼."

"잘됐네요."

나는 그 말밖에 할 수가 없었다. 언니는 진작에 캐나다에는 절대로 가지 않겠다고 선언했고, 이안은 나랑 같이 가야 한다는 조건을 내걸었으니까.

어색한 침묵이 엄마와 나 사이를 잠시 동안 떠돌았다.

"한번 오려면 큰마음 먹어야 하는 거 알아. 그냥 너희가 보고 싶어서 말해 본 거야."

"저도 엄마가 보고 싶어요. 그렇지만 제가 토론토에 못 간다고 해도 31일만 지나면 엄마가 이리로 오실 거잖아요."

나는 일부러 엄마에게 슬그머니 확인을 했다. 혹시 내 계획이 성공한다면 그보다 더 빨라질 수도 있겠지만. 그런데 엄마는 한동안 아무 대답이 없었다.

"맞죠?"

나는 다시 물었다.

“엄마가 집에 잠깐 오신다고 했잖아요. 기억나죠? 공항으로 가기 직전에요.”

“기억하지. 그런데 몰리, 지금 상황이 좀 복잡해.”

“엄마가 약속하신 날에 공항 가서 비행기를 타고 집에 오는 게 왜 복잡해요?”

“엄마가 그 약속을 할 때는 이 일을 본격적으로 시작하기 전이었잖아. 엄마도 그러고 싶지만, 여긴 엄연히 직장이야. 엄마 마음대로 갈 수 있을지 잘 모르겠어.”

나는 아무 말도 하지 않았다. 폐에서 공기가 모두 새어 나가면서 나의 말까지 모조리 쓸어 가 버렸다.

“그렇지만 애써 볼게. 혹시라도 엄마가 약속한 날에 못 가게 되면 다시 날짜를 잡자.”

또다시 침묵이 시작되었다.

엄마가 말했다.

“몰리, 아주 많이 사랑해. 알지?”

엄마 목소리가 사라지고 침묵이 나를 끌어 갔다. 내가 잃어버린 것은 나 자신보다 큰 듯했다. 나는 엄마를 데려와야 한다. 내 마음 가장 깊은 곳에서 그렇게 말하고 있었다. 엄마를 돌아오게 하려면 이번 창작시 낭송 대회에서 반드시 우승을 해야 했다.

이안, 케이트 언니, 아빠와 함께 시상식에 참석하고 나면, 엄마는 우리 가족이 다 함께 있을 때 얼마나 행복했는지 다시금 기억해 낼 것이다. 그리고 다시는 우리 가족을 떠나겠다고 마음먹지 않겠지, 두 번 다시는.

나는 빨간색 가죽 일기장을 폈다. 새 연필을 꺼낸 뒤 심을 뾰족하게 깎고서 시를 쓰기 시작했다.

제발 잡아 줘, 나는 떨어지고 있어
돌아갈 수 있을까, 아니면 이대로 계속되는 것일까?

시간이 갈수록 숨는 것이 어려워
미쳐 가는 마음을 숨기는 것이

틈 사이를 들여다봐, 그 얼굴을 보여 줘
왜 그냥 머무르면 안 돼?

배에서 꼬르륵 소리가 났다. 6시 30분이었다. 평소 같으면 저녁을 먹을 시각이었다. 나는 방에서 나가지 않고 선반의 피규어를 다시 배열했다. 그런 다음 뒤로 약간 물러서서 감상했다. 아름다웠다. 그제야 뻣뻣하던 목이 풀렸다.

그렇지만 이안에게 나쁜 일이 닥칠 거라는 불안감은 여전했다. 내가 뭐든 완벽하게 해내지 못하면, 이안이 혼자 아파하거나 무서운 일을 당할 거라는 생각을 떨칠 수가 없었다. 이안이 옆방에서 레고를 쌓으며 놀고 있다는 걸 분명히 알고 있을 때도 마찬가지였다.

일기장을 서랍에 넣어 두고 방에서 나왔다. 아빠가 저녁을 준비하는 기미는 보이지 않았다.

해너 아빠는 최고의 요리사였다. 차라리 해너네 집에서 저녁을 먹고 있는 편이 더 좋을 뻔했다. 우리 집 주방에서는 피자나 짜장면, 그게 아니면 세제 냄새뿐이었다. 이제 더는 엄마가 만든 땅콩버터 초콜릿 칩 쿠키나 걸쭉한 시나몬 사과 소스 냄새는 나지 않았다. 심지어 냄비가 달각거리는 소리조차 들리지 않았다.

"아빠!"

아빠를 불러 보았지만 아무 대답이 없었다. 나는 목소리를 조금 더 높였다.

"아빠!"

그래도 대답이 없었다. 할 수 없이 계단을 쿵쿵 내려갔다. 창문 너머로 주황색 노을이 보였다. 이안은 소파에 앉아서 만화 영화를 보고 있었다.

'이 파괴왕 녀석! 오늘은 나한테 말 걸 생각도 하지 마.'

주방을 힐끗 보았지만, 식탁에는 아무것도 없었다. 싱크대도 깨끗했다. 서재 문이 조금 열려 있었다. 아빠는 아직도 컴퓨터 앞에서 화면에 뜬 글자에 쉼 없이 빨려 들어가는 중이었다.

"아빠!"

아빠가 되물었다.

"응? 왜 그렇게 소리를 질러?"

"이걸로 세 번째 부르는 거예요."

"그래? 미안하다. 지금 너무 바빠서 말이야. 무슨 일인데?"

아빠는 의자를 돌려 나를 쳐다보았다.

"시간이 늦었어요. 저녁이요. 우리, 저녁 안 먹어요?"

나는 아빠를 부모의 자리로 되돌리려는 시도를 해 보았다.

"아, 이렇게 늦은 줄 몰랐네. 케이트는 아까 늦는다고 전화 왔으니까, 너하고 이안만 먹으면 되겠다."

"아빠는 저녁 안 드세요?"

예전에도 아빠는 마감이 닥치면 식사를 건너뛰곤 했다. 그렇지만 그때는 식탁에 함께할 부모가 적어도 한 사람은 있을 때였다.

"나중에. 이것 좀 끝내고 아빠도 같이 먹을게. 기사를 내일까지 써야 하거든. 안전 용품을 구매하는 소비자의 결정에 불경기가 미치는 영향에 관해 쓰고 있어."

"무척이나 흥미로운 주제네요."

나는 아빠의 말이 끝난 것인지 몰라서 잠시 기다렸다.

"그럼 이제 저녁 먹어도 돼요?"

"아, 그렇지."

아빠는 서재에서 잠깐 나갔다가 금방 다시 돌아왔다.

"이안이 몸이 좀 나아져서 지금은 피자가 먹고 싶대. 너하고 이안만 먹을 거니까, 데노스 피자에다 치즈 피자를 주문하자. 네가 전화로 주문해 줄래? 아빠는 한 번 더 퇴고해야 하거든."

이건 아빠 잘못이 아니다. 아빠는 우리를 돌보기 위해서 해야 하는 일들을 하고 있는 것뿐이다. 아마 엄마도 그렇겠지. 만약 엄마가 캐나다에 가지 않겠다고 했다면 틀림없이 직장을 잃었을 것이다. 어떤 날은 엄마가 미칠 듯이 보고 싶고, 또 어떤 날은 엄마의 빈자리에 익숙해져 가는 것 같다. 어느 쪽이 더 나쁜 일인지는 모르겠다.

주방은 마치 소독을 한 것처럼 깨끗했다. 문득 작년 추수 감사절이 떠올랐다. 칠면조구이와 사과 향이 주방 가득 퍼졌다. 엄마는 우리와 같은 집, 같은 나라에 살고 있었다. 그때 이후로 우리 집 주방에서는 배달 음식이나 주방 세제 냄새가 아닌 다른 냄새는 일절 풍기지 않았다.

나는 전단지가 들어 있는 서랍을 열었다. 무질서가 한껏 비명을 질러 댔다. 조리대 위에 전단지를 쏟아 놓고 알파벳 순서대로 정리하기 시작했다. 한참 만에 데노스 피자 전단지가 나왔다.

나는 휴대폰을 들고 전화번호를 꾹꾹 눌렀다. 집까지 오는 데 한 시간쯤 걸린다고 했다. 나는 전화를 끊고 난 후 전화번호를 빤히 바라보았다. 홀수로만 이루어진, 아무 순서도 없는 숫자들.

이상하다, 바로 나처럼.

서랍 속의 돈뭉치

해너네 집 초인종을 누른 다음, 숨을 죽인 채 한참을 기다렸다. 해너가 어느 정도로 화가 났는지 가늠할 수가 없었다.

마침내 해너가 나왔다.

"왜?"

"저기, 정말 미안해."

해너는 아무 말도 하지 않았다. 나는 일단 침묵을 좋은 신호를 받아들이기로 했다.

"이따가 이안 저녁 챙겨 주러 들어가야 하는데, 그 전까지는 시간이 좀 있어. 참가 신청서 같이 쓰자."

어색한 침묵이 계속 이어졌다.

"나, 들어가도 돼?"

해너는 일 분을 꼬박 그대로 서 있다가 오른쪽으로 슬쩍 비켜섰다.

"좋아, 그런데 팔찌부터 먼저 만들자."

창고로 가기 위해 주방을 지나가는데, 해너 아빠가 가스레인지 위로 허리를 숙인 채 나무 주걱으로 냄비를 젓고 있었다.

"여어, 몰리 왔구나."

'아빠는 최고의 요리사'라고 적힌 앞치마가 해너 아빠의 둥근 배를 감싸고 있었다. 그 덕분에 갈색 바지가 냄비에서 통통 튀어오르는 토마토소스 방울로부터 무사했다.

"안녕하세요, 아저씨. 냄새 좋네요."

"고맙다. 그래, 아빠는 저녁 먹으러 오실 수 있고?"

"오늘은 안 되신대요. 저희는 같이 못 먹을 듯해요."

"그럼, 다음에 먹으면 되지."

아저씨는 해너를 힐끔 돌아보았다.

"너희 둘이서 멜빈 할머니 댁에 저녁 식사 좀 갖다 드리면 좋겠는데."

멜빈 할머니는 얼마 전에 뇌졸중을 일으켰다. 해너 아빠는 멜빈 할머니뿐 아니라, 이웃의 다른 할아버지 할머니들의 식사도 곧잘 준비하곤 했다. 그래서 우리 동네의 칠십 대 이상 어른들은 모두 해너 아빠의 식사 대접 명단에 이름을 올리고 싶어 했다.

해너가 말했다.

"아빠, 이제 음식값을 조금씩이라도 받아야 하는 것 아니에요? 그래야 생활에 약간이라도 도움이 되죠."

해너 아빠는 나무 주걱을 받침대에 내려놓았다.

"아빠가 이웃 어른들을 도운 지 벌써 몇 년째야? 이제 와서 갑자기 돈을 내라고 하는 건 좀 그렇지 않니?"

“그렇지만 우리 집 상황이 달라졌잖아요. E. B.의 법칙 4. 융통성 있게 대처하라. E. B.라면 아빠한테 사업 계획을 재검토할 시점이라고 진지하게 조언했을 거예요.”

해너는 찬장을 열어 민트 초코 쿠키 통을 뒤적였다.

“E. B.는 네 부모가 아니야. 이 상황은 곧 해결될 거다. 아빠를 믿어.”

해너가 이참에 자는 척하며 엿들은 얘기를 죄다 털어놓을까? 그러나 뜻밖에도 해너는 아무 말 없이 쿠키를 입 안에 던져 넣고는 밖으로 나왔다.

나는 해너를 따라 창고로 들어갔다. 뭔가 위로가 되는 말을 해 주고 싶었지만, 바닥에 쌓인 먼지 때문에 도저히 다른 생각을 할 수가 없었다. 해너는 사방에 쌓인 먼지가 보이지 않든지, 아니면 전혀 신경이 쓰이지 않든지 둘 중 하나인 것 같았다. 회색 콘크리트 바닥에 털썩 주저앉더니 색실 뭉치를 나한테 건넸다.

“주황색 넷, 초록색 넷, 빨간색 넷, 분홍색 넷, 그렇게 각각 네 가닥씩만 잘라 줘.”

나는 해너한테 기준으로 쓸 흰색 실을 한 가닥 받은 다음, 다른 색 실을 정확히 같은 길이로 잘랐다.

“나는 파란색으로 해도 될까?”

나는 주머니에서 돈을 꺼내 해너에게 내밀었다. 해너는 돈을 지퍼백에 넣고선 종이에다 금액을 썼다. 종이에는 지우개 자국이 군데군데 남아 있었다. 나는 창고 양 옆벽에 걸린 코르크판으로 고개를 돌린 뒤, 판에 난 핀 자국을 하나하나 세었다. 두 판에 난 핀 자국의 개수는 정확히 똑같았다. 매우 마음에 들었다.

나는 해너가 색실로 팔찌를 땋는 모습을 지켜보았다. 소피 것, 그레타 것, 라이언 것, 미구엘 것, 그리고 마지막으로 내 것…….

잠시 후, 나는 파란색 팔찌를 손목에 끼고 빙그레 웃었다.

해너가 말했다.

"이제 너한테 평화가 함께할 거야."

그게 바로 내 계획이었다.

해너와 나는 불편한 대화는 창고에 남겨 둔 채 밖으로 나와 방으로 갔다. 참가 신청서를 써야 했다. 그제야 빌려주기로 한 옷을 가져오지 않았다는 사실을 떠올렸다. 해너의 옷장을 뒤져 보았지만 온통 갈색 옷뿐이었다.

내가 말했다.

"옷은 다음에 꼭 가지고 올게. 지금은 참가 신청서부터 쓰자."

해너 아빠가 만드는 요리에서 맛있는 냄새가 풍겨 왔다.

"알았어. 아까 학교 끝나고 와서 기본적인 건 다 썼어."

해너는 노트북 화면을 열어서 내밀었다.

<인적 사항>

이름 : 해너 앤 레빈

주소 : 매사추세츠주 랜턴, 모리스레인 88번지

생년월 : 2002년 8월

나이 : 15세

이메일 주소 : hannah.levine1357@lakevillemiddle456.edu

학교 : 레이크빌 중학교

"그런데 첫 질문부터 막혔어. '이 사업을 왜 시작하려고 하는가?'"

나는 해너의 책상 의자를 끌어와 침대 옆에 앉았다.

"팔찌 사업은 왜 시작하려고 했어?"

"아빠를 도와주고 싶어서. 차세대 E. B.가 되고 싶기도 했고. 내 생각에 두 개 다인 것 같아."

나는 종이를 한 장 꺼내 '해너의 사업 동기 목록'이라고 썼다.

"그럼 마지막 질문부터 정리하자. 돈을 벌면 그걸로 무엇을 할 것인지 묻는 거잖아. 그건 답을 알아."

"어차피 신청서 양식을 다 채워야 하잖아. 그럴 거면 순서대로 차근차근 대답하는 게 합리적이지."

나는 손목에 찬 평화의 팔찌를 손끝으로 빙글빙글 돌렸다.

그렇지만 해너는 이미 마지막 질문 밑에 커서를 둔 채 자판을 두들기고 있었다. 질문의 번호나 순서 같은 건 전혀 신경 쓰지 않았다.

자판을 두드리던 해너의 손가락이 갑자기 뚝 멈추었다.

"어쩌면 내가 아빠 말을 오해했는지도 몰라. 처음부터 이런 대회에 나갈 필요가 없었는지도 모르지. 만약에 이사할 일이 없다면 말이야."

해너가 벌떡 일어섰다.

"어쩌려고?"

"아빠한테 직접 여쭤 봐야겠어."

"지금?"

나는 마무리되지 않은 참가 신청서를 물끄러미 바라보았다.

해너가 고개를 끄덕였다.

"내가 돌아간 다음에 여쭤 보는 게 어때?"

해너는 내 손을 낚아챘다.

"네가 없으면 도망쳐 버릴 것 같아서."

우리는 다시 주방으로 갔다.

"아, 마침 잘 왔다. 둘이서 멜빈 할머니 댁에 좀 다녀와야겠다."

식탁 위에 파르메산 치즈를 얹은 닭구이와 마늘빵이 은박 접시에 담긴 채 놓여 있었다. 나는 은박 접시를 집어 들었다.

해너는 평소와 다른 목소리로 말했다.

"아빠, 며칠 전에 아빠가 할머니랑 통화하는 걸 들었는데요. 아빠가 직장을 새로 구하셔야 한다고……."

나는 식탁 위에 은박 접시를 내려놓았다. 그리고 숨을 죽인 채 해너 아빠가 해너에게, 우리 엄마가 나에게 하지 않은 말을 해 주기를 기다렸다. 아무것도 걱정할 것 없다고. 하지만 그런 말은 나오지 않았다.

"일자리는 금방 찾을 거야. 아빠가 만든 파르메산 치즈 닭구이 너도 먹어 봤잖아. 누구도 거부할 수 없는 맛이지."

해너 아빠는 빙그레 웃으며 마늘과 양파를 다음 요리에 들어갈 소스에 추가했다.

"못 찾으면요?"

"찾을 거다."

"만약 못 찾으면요? 그러면 이사해야 해요?"

나는 해너 아빠가 해너에게, 그리고 우리 엄마가 나에게 하지 않은 말을 해 주기를 또 기다렸다.

'아무도 이사 가지 않을 거야.'

끝내 그 말은 나오지 않았다. 나는 은박 접시를 들고 해너와 함께 현관문을 나섰다.

해너와 나는 멜빈 할머니네 집 옆문으로 들어가서 접시를 내려놓고는 뒷문 계단에 주저앉았다. 계단의 콘크리트 바닥이 다리에 닿아 차가웠다. 나는 답답한 마음을 삼키고서 이렇게 물었다.

"괜찮아?"

해너가 고개를 흔들었다.

내가 말했다.

"우리가 해결 방법을 찾아내자. 넌 이사 가면 안 돼."

무기력한 침묵이 우리 둘 사이를 맴돌았다.

"케이트 언니는 우리 엄마가 다신 안 돌아오실 거래."

나는 결국 입 밖으로 그 말을 뱉어 내고 말았다.

해너가 물었다.

"넌 어떻게 생각하는데?"

"난 언니 말이 틀렸다고 생각해."

해너가 내 손을 꽉 잡았다.

나는 발끝에서 올라오는 슬픔을 억지로 눌렀다.

"나, 엄마가 보고 싶어."

"네가 토론토에 가 보는 건 어때?"

"응, 나중에."

그때 현관 덧문 사이로 멜빈 할머니가 부르는 목소리가 들렸다.

"해너! 해너!"

해너 아빠가 할머니한테 전화를 건 모양이었다.

우리는 벌떡 일어나서 음식을 챙겨 들었다.

"안녕하세요, 할머니. 몰리도 같이 왔어요. 저녁 배달이에요."

우리는 할머니네 주방으로 들어갔다. 나는 파르메산 치즈 닭구이를 대리석 조리대 위에 내려놓았다. 해너는 포일에 싼 마늘빵을 할머니에게 내밀었다. 싱크대 뒤에 걸려 있는 그림 속의 농부가 나에게 슬쩍 윙크를 했다.

멜빈 할머니가 감탄 어린 목소리로 말했다.

"아휴, 맛있는 냄새가 나는구나. 셋이 보드게임이나 한판 하고 갈래? 스크래블 게임이 좋겠지?"

어느새 할머니는 식탁 앞에 앉아서 패를 섞고 있었다.

"이런, 안경을 안 썼더니 눈이 침침하구나. 안경 좀 가져다주련? 내 방에 가면 침대 옆에 탁자가 있어. 복도 끝에서 두 번째 방이야."

"네, 잠깐만 기다리세요."

나는 이렇게 말하고, 해너와 함께 일어섰다.

멜빈 할머니의 안경은《사랑에 도취하여》라는 소설책 위에 놓여 있었다. 앞표지에 잘생긴 남자가 여자를 안고 있는 그림이 그려져 있었다. 내가 표지를 해너에게 보여 주자, 누가 먼저랄 것 없이 킥 하고 웃음을 터뜨렸다. 탁자 옆에는 서랍장이 하나 있었는데, 맨 위칸 서랍이 조금 열려 있었다.

주방에서 할머니 목소리가 들렸다.

"찾았니?"

나는 책을 얼른 제자리에 내려놓았다.

"아직이에요. 지금 찾고 있어요."

해너는 이렇게 대답하며 서랍을 슬그머니 열어 보았다. 서랍 속에는 발레리나 인형과 함께 수백 장쯤 되어 보이는 50달러짜리 지폐가 가득했다.

"침대 왼쪽 탁자에 있을 게다. 오른쪽 탁자의 안경은 못 써. 그건 운전할 때 쓰는 안경이거든. 그 안경으로 보드게임은 어림도 없지."

해너는 내 옆구리를 쿡 찔렀다. 서랍 속 지폐는 아무렇게나 구겨진 채 여기저기 처박혀 있었다.

'이 세상에 지갑이 왜 존재하는지 이해 못 하시는 거야?'

나는 서랍 안을 다시 들여다보았다.

'은행엔 왜 안 가시는 거지?'

그때 해너가 속삭였다.

"이 서랍에 지폐가 몇 장이나 있는지 할머니가 어떻게 알겠어?"

해너는 몸을 뒤로 젖히고 바깥을 살폈다.

"여기서 몇 장 없어져도 할머니는 절대로 모르실 거야."

나는 멜빈 할머니의 안경을 집어 들었다.

해너가 내 팔을 움켜잡았다.

"나, 참가비 마련해야 하잖아."

"그러지 마."

"우리 아빠가 음식값을 한 번도 안 받은 거 알잖아. 이제까지 단 한 번도 안 받았어. 그렇게 생각하면 이 돈을 다 합쳐도 음식값이 안 될 거야. 사실, 멜빈 할머니는 우리한테 주셔야 할 돈이 있는 셈이지."

"해너, 그러지 마. 그건 나쁜 짓이잖아."

"우리 아빠를 돕는 일에만 쓸 건데? 나중에 다 갚을 거고."

해너는 여전히 고개를 흔드는 나를 빤히 바라보았다.

"넌 옳은 일을 하기 위해 옳지 않은 일을 한 적 없어? 단 한 번도?"

'이건 함정이 있는 질문이잖아.'

그때 마침 초인종이 울렸다. 멜빈 할머니가 현관으로 나가 누군가와 이야기를 나누는 소리가 들렸다. 해너는 서랍장에 가득 든 지폐에서 눈을 떼지 못했다.

"그러지 마."

나는 한 번 더 말하고 나서 먼저 방에서 나왔다. 그리고 식탁으로 돌아가서 할머니에게 안경을 전했다.

"아까 말씀하신 곳에 있었어요."

할머니는 은테 안경을 끼며 대답했다.

"그거 다행이구나. 이제 잘 보인다."

활짝 웃는 할머니 옆에 내 나이 또래의 키가 큰 갈색 곱슬머리 남자아이가 서 있었다.

"우리 손자 네이트, 기억나지? 한동안 우리 집에서 지낼 거야."

"아, 안녕?"

나는 괜히 헛기침을 했다. 집에서 나오기 전에 교정기에 낀 것이 없는지 미리 확인해서 천만다행이었다. 네이트를 보는 건 다섯 살 이후로 처음이었다.

이제 해너도 주방으로 돌아왔다. 점퍼의 지퍼가 잠겨 있었다. 해너는 내 눈길을 피하며 네이트를 향해 환히 웃었다. 네이트가 주머니에 손을 집어넣으며 인사를 건넸다.

"안녕?"

내가 네이트에게 물었다.

"그동안 어디에 살았어?"

나는 소파 오른쪽 모서리에 묻은 크랜베리 주스 자국에는 신경 쓰지 않기로 마음먹었다. 네이트가 입고 있는 고래 보호 캠페인 티셔츠 덕분에, 그 애의 눈동자가 얼마나 싱그러운 초록색으로 보이는지도. 그 눈동자 덕분에 이마에 난 여드름 네 개는 눈에 제대로 띄지도 않았다.

"워싱턴 DC."

멜빈 할머니가 대신 대답했다.

"얘 엄마 아빠는 지금 거기서 이삿짐을 싸고 있는 중이야. 여기로 아주 이사 올 예정이거든."

네이트가 멜빈 할머니의 어깨를 감싸 안으며 말했다.

"그때까지 난 할머니 댁에서 지낼 거야."

멜빈 할머니가 빙그레 웃었다.

"참, 네이트는 레이크빌 중학교로 전학했단다. 너희도 거기 다니지, 아마?"

해너가 고개를 끄덕였다. 층이 진 앞머리가 눈가에서 풀썩였다.

멜빈 할머니가 네이트의 어깨를 다독였다.

"우리 네이트는 공부를 아주 잘하지."

해너가 체크무늬 벽지에 걸린 벽시계를 쳐다보며 말했다.

"할머니, 전 이만 가 봐야 할 것 같아요."

"스크래블 게임 안 하고? 네이트도 같이할 텐데."

해너가 대답했다.

"다음에요. 내일 과학 시험이 있거든요."

해너가 무슨 생각으로 저렇게 대답하는지 궁금했다. 내일은 과학 시험은커녕 수업도 들지 않았는데……. 결국 서랍에서 돈을 꺼낸 걸까?

어쨌든 해너는 잽싸게 뒤돌아섰다. 창밖으로 데노스 피자 배달 트럭이 지나갔다.

"저희 집 저녁 식사가 이제 왔나 봐요. 저도 이만 가 봐야겠어요."

해너와 나는 네이트에게 작별 인사를 했다.

"만나서 반가웠어."

네이트가 밝게 미소를 지었다. 그러자 보조개가 움푹 파였다.

불안은 나눠지는 게 아니야

나는 집으로 달려갔다. 다행히 데노스 피자 배달원과 같이 현관문 앞에 도착했다. 피자를 받아 식탁에 올려놓은 뒤 손을 씻으러 싱크대로 갔다.

예전에는 다른 사람들과 똑같이 손을 씻었다. 그러다가 점차 너무 많이 씻게 되었고, 지금은 아예 살갗이 벗겨질 정도로 문질러 대었다.

'아직 안 됐어, 다시!'

비누칠, 물로 적시고, 문지르고, 헹굼. 됐다!

'아니, 다시!'

비누칠, 물로 적시고, 문지르고, 헹굼. 됐다!

'아니, 다시!'

비누칠, 물로 적시고, 문지르고, 헹굼. 됐다!

'드디어.'

나는 수건으로 손의 물기를 닦으며 이안에게 말했다.

"스파이더는 케이지에 넣어 두고 와. 우리, 저녁 먹기 전에 손 씻자."

이안은 키가 내 엉덩이께까지 왔다. 곱슬거리는 금발이 허리에 와 닿았다. 이안이 내게 물었다.

"누나, 왜 그렇게 해?"

맑디맑은 파란색 눈동자가 나를 빤히 바라보았다.

"피자 먹기 전에 손을 씻는 거야. 손이 지저분하면 안 되니까."

"아니, 내 말은 왜 계속, 계속 씻는 거냐고."

'넌 아직 어려. 네가 벌써 눈치채면 안 되는 거잖아. 다른 사람들에겐 아직 보이지 않는단 말이야.'

"맛있는 피자를 먹기 전에 아주아주 깨끗해지고 싶어서 그런가 봐. 자, 그 괴물을 빨리 케이지에 넣자. 우리 이안이 빨리 씻어야 피자를 맛있게 먹을 수 있으니까."

제발 이것으로 대화의 주제가 달라졌으면 좋겠다.

"스파이더는 괴물이 아니야."

이안은 스파이더를 케이지에 넣어 두러 자기 방으로 달려갔다.

'됐어.'

나는 이안이 손을 깨끗하게 씻고 오자, 피자를 한 조각 잘라 준 뒤 오렌지 주스를 한 컵 따라 주었다.

"고마워, 누나."

이안은 치즈만 쏙 벗겨 내서 먹었다. 싫어하는 토마토소스는 도우 위에 그대로 남겼다. 늘 소스를 먹지 않는다고 고집을 부렸다. 이안과 피자를 먹는 것은 완전히 망친 과학 실험의 잔해를 확인하는 것과 비슷했다.

나는 피자를 베어 물며 이안에게 물었다.

“아픈 건 좀 나아졌어?”

이안이 고개를 끄덕이다가 덧붙였다.

“나, 엄마 보고 싶어.”

“누나도.”

“아침 식사용 저녁 식사 먹고 싶어.”

우리 가족은 한 달에 한 번, 아침으로 먹을 법한 음식으로 저녁을 먹곤 했다. 팬케이크, 달걀 프라이, 베이컨, 소시지로…….

나는 이안의 손을 꼭 쥐었다.

“금방 괜찮아질 거야.”

나는 냅킨을 반으로 접었다. 제대로 된 것 같지 않았다. 다시 접고 싶은 걸 꾹 참고 냅킨을 이안에게 내밀었다. 이안은 접힌 부분이 삐뚠지 어떤지는 신경도 쓰지 않았다.

이안이 달랑거리는 치즈를 손가락으로 잡아 늘이는 동안, 또다시 침묵이 끼어들었다. 엄마가 있었다면 지금 어떤 풍경일까?

멍한 표정을 짓고 있는 나에게 이안이 대뜸 밖으로 나가서 땅을 파고 벌레를 잡겠느냐고 물었다. 원래는 엄마와 함께했던 장난이었다. 두 사람은 그걸 벌레 탐험이라고 불렀다. 나는 맨흙에 손을 댄다는 생각만으로도 학교에서 먹은 점심이 올라올 것만 같았다.

짐짓 헛기침을 하고서 이안에게 말했다.

“지금 말고 다음에.”

나는 이안과 함께 땅을 파고, 벌레를 잡고, 치즈를 쭉쭉 빨아 먹는 누나가 되어 주고 싶었다. 그런데 지금은 도저히 그럴 수가 없었다.

다른 냅킨을 접었다.

'아니야.'

다른 냅킨을 접었다.

'아니야.'

또 다른 냅킨을 접었다.

'됐어.'

반듯이 접은 냅킨을 내 포크 옆에 가지런히 내려놓았다.

'접시하고 더 가까이 있어야 해.'

포크를 조금 옮겼다.

'좀 낫다.'

"나, 누나 보여."

맞은편에서 조그마한 목소리가 말했다. 이안이 보고 있다는 걸 깜빡했다.

"누나도 이안 보여. 우린 마주 보고 앉아 있잖아. 서로가 안 보이면 그건 마법이지."

"그 말이 아니야. 누나가 냅킨을 엄청 많이 접은 거랑, 누나가 물건들을 나란히 줄 맞춰 놓는 걸 봤다는 말이야."

'들켰어.'

"누나는 단정한 게 좋아. 그래서 그래."

이안은 이가 빠진 자리로 치즈를 길게 빨아들였다.

"그거 이상해."

'알아.'

“정말 이상한 건 피자에서 치즈만 골라 먹는 거야.”

“그건 이상한 거 아니야. 그건 맛있는 거야.”

이안이 빙그레 웃으며 녹아내리는 치즈를 또 한 줄 잡아당겼다.

이안이 또 말했다.

“누나도 이렇게 해 봐.”

“누나는 그냥 먹던 대로 먹을래.”

이안은 사람들의 시선을 즐기는 유명 인사처럼 눈을 반짝반짝 빛내며 헤벌쭉 웃었다. 그때 이안이 번들거리는 손으로 내 손가락을 툭 건드렸다. 나도 모르게 소리를 꽥 질렀다.

“더럽잖아! 기름 범벅 손으로 누나 건드리지 마. 제발 부탁이야.”

이제 또 싱크대로 가서 끝도 없이 손을 씻어야 한다. 그런데 너무 배가 고프고 너무 피곤했다. 그냥 피자나 먹고 숙제나 하고 침대에서 뒹굴거렸으면 좋겠다. 그렇지만 나는 결국 싱크대로 걸어갔다.

비누칠, 물로 적시고, 문지르고. 헹굼!

‘다시.’

나는 다른 이야기를 불쑥 꺼냈다.

“앞으로 누나 방에서 피규어 가지고 놀면 안 돼!”

“피규어는 너무 귀여워. 특히 말이 제일 좋아.”

이안은 입 안 가득 치즈를 우물거리며 귀엽게 중얼거렸다. 그 까만색 말은 이안이 선물한 것이었다. 아니, 엄밀히 말하면 아빠가 선물한 거라고 해야겠지만, 그래도 이안이 나를 위해 골라 주었다.

일 년 전만 해도 내 방 서랍장 위쪽 벽에는 해리라는 까만색 말이 그려진 포스터가 붙어 있었다. 토요일 아침이면 이안은 내 침대로 기어 올라와 해리 이야기를 해 달라고 졸랐다. 해리는 나와 이안을 태우고 수많은 모험에 나섰다.

중학생이 되면서 나는 방을 새로 꾸몄다. 벽에서 해리 포스터를 떼어 내고, 바닥에는 주황색 카펫을 깔았다. 벽은 바닐라색으로, 천장은 초록색으로 칠했다. 포스터는 이제 사절이었다. 그로부터 일주일 뒤, 이안이 신문지 뭉치를 손에 쥐고 나타났다. 내 생일은 한참 남은 때였는데, 생일 선물이라며 불쑥 내밀었다. 그 안에서 나온 선물이 까만색 말 피규어였다.

분노는 어느새 사라졌다. 이안은 아직 어렸다. 아무것도 몰랐다.

이안이 치즈 범벅인 얼굴을 손등으로 닦으며 말했다.

"올해 또 브리지웨이 농장에 데려가. 나, 까만 말 태워 줘."

"그럴까?"

지난해 나는 이안을 말에 태운 다음, 실내 트랙을 적어도 열두 바퀴는 돌았다. 이안을 데리고 집에 돌아왔을 때, 내 신발은 흙으로 엉망진창인 데다 손도 무척 더러웠다. 그렇지만 그런 건 조금도 신경 쓰이지 않았다. 그때가 그리웠다.

방 안에 가만히 앉아 있으려니 저절로 엄마 생각이 났다. 내가 어렸을 때 엄마는 음악을 틀어 놓고 시를 읽어 주곤 했다. 엄마의 시에 맞추어 방 안을 빙글빙글 돌며 춤을 추던 날이 떠올랐다.

다음에 엄마한테서 전화가 오면 스카이프로 영상 통화를 해야겠다. 그러면 엄마가 나를 볼 수 있을 것이고, 그동안 집을 그리워하고 있었다는 사실을 문득 깨달을 수도 있으니까.

지난번에는 엄마하고 전화로 통화하고 나서 문자 메시지로 내 사진을 보냈다. 내 생일 때 함께 산 커플 부츠를 신고 찍은 사진이었다. 답문이 올 때는 엄마 사진이 들어 있으면 좋겠다. 어쩌면 캐나다로 떠나던 날, 나하고 이안이 선물한 '최고의 엄마' 머리핀을 머리에 꽂고 찍은 사진이 올지도 모르겠다. 그 선물을 할 때 언니는 굳이 자기를 빼 달라고 했다.

"최고의 엄마는 직장 때문에 자기 아이들을 떠나지 않아."

이렇게 굳이 덧붙이면서.

나는 옷에다 '영원히 사랑해' 향수를 뿌렸다. 엄마한테서 여전히 재스민과 민트가 섞인 향이 나는지 궁금했다.

책상으로 가서 창작시 낭송 대회에 낼 시를 다듬기 시작했다. 단어의 자리를 바꿨다가, 줄을 그었다가, 아예 지우고 처음부터 다시 시작했다. 본선 대회는 금요일이었다. 할 일이 너무나 많았다. 그렇지만 어느 것 하나 제대로 할 수가 없었다.

나는 공책에다 나만의 시를 써 내려갔다. 누구에게도 보여 주지 않을 거니까 최대한 솔직하게.

나는 예전의 그 아이가 아니야
나에게 무슨 일이 일어난 건지 모르겠어

화끈화끈 눈이 따끔거려
나는 끊임없이 정리하고
수시로 거짓말을 늘어놓지

불안은 나눠지는 게 아니야
깊은 곳에 숨겨 놓은 진실을 말해

누군가 찾아 줄까? 나는 어디로 갔을까?
내가 보여? 나는 알아야 해.

나는 의자 등받이에 등을 기대어 앉았다. 진짜 내 모습을 볼 수 있는 사람이 남아 있을까? 아니, 누군가 그걸 꼭 봐야 하는 걸까?

해야 할 과제가 무척 많았다. 먼저 게시판에 붙일 남북 전쟁 자료를 만들어야 했다. 그런데 서랍에 있던 가위가 보이지 않았다.

"언니!"

대답이 없었다.

"언니!"

여전히 아무 대답이 없었다.

나는 방에서 나와 이안의 방 앞을 지나갔다. 이안은 비디오 게임 속의 영웅을 도와 세상을 구하는 중이었다. 계단을 내려갔다. 언니는 지하실에 있었다. 문틈으로 R&B 음악이 새어 나왔다.

나는 문 앞에 서서 잠시 동안 음악을 들었다.

똑똑.

아무 답이 없었다.

다시, 똑똑.

"저리 가."

"언니, 나 지금 가위 써야 해."

"내 방에 있어."

순간, 나는 내가 정말로 원하는 게 가위인지 곰곰 생각해 보았다. 아닌 것 같았다.

"언니, 나랑 잠깐 얘기 좀 할 수 있어?"

"이따가. 지금 케빈이랑 스카이프로 대화 중이야."

"부탁인데……."

'밀어내지 마. 난 지금 언니가 필요해.'

"나중에."

"중요한 일이야."

"나중에 들어 줄게. 진짜야."

언니 목소리에 성가신 기색이 역력했다.

'나중에도 미쳐 있기는 마찬가지겠지.'

나는 닫힌 문 앞에서 힘없이 돌아섰다. 복도 탁자 위에 이제 몇 남지 않은 가족사진 액자가 보였다. 버몬트에 스키 타러 갔을 때 찍은 사진이었다. 쏟아지는 눈 속에서 우리 모두 행복하게 웃고 있었다. 사진 속의 저 아이가 부러웠다.

언니 방 앞에 선 나는 먼저 깊이 숨을 들이마시고는 천천히 문을 열었다. 방 안은 예상대로 엉망진창이었다. 바닥엔 먹다 만 치토스 봉지가 굴러다니고, 책상과 서랍장, 침대, 그 옆 탁자엔 마시다 만 생수병이 널브러져 있었다. 언니의 겉모습은 엄마와 많이 닮았지만, 물건을 사방에 어지럽게 늘어놓는 유전자는 아빠한테서 물려받았다.

나는 언니가 이틀 전에 입었다가 벗어 놓은 청바지를 지나, 보석함 위에 있는 가위를 집어 들었다. 그러고 보니 며칠 전, 언니는 생일 선물로 케빈한테서 특별한 걸 받았다고 자랑만 하고선 그 선물이 무엇인지는 알려 주지 않았다.

궁금증이 일어서 보석함을 슬쩍 훔쳐보았다. 빨간색 하트가 박힌 까만 팔찌가 보였다. 팔찌에 뭐라고 새겨져 있는지 들여다보려는 순간, 내 심장이 수백만 개의 조각으로 산산이 부서졌다. 놀랍게도 팔찌 옆에 그것이 있었다.

보석함의 맨 아래쪽, 언니가 선물받은 팔찌 옆에 엄마의 비즈 목걸이 두 개가 아무렇게나 헝클어진 채 놓여 있었다. 언니하고 내가 하나씩 만들어서 엄마한테 선물한 목걸이였다. 마음속 어디에서인지도 모르게 분노가 훅 치밀어 올랐다. 언니한테 이럴 권리는 없었다. 엄마한테 선물한 목걸이를 언니가 가지면 안 되는 거였다. 당연히 여기에 있어서도 안 되었다.

내가 만든 목걸이를 먼저 집어 든 뒤, 언니가 만든 목걸이도 꺼냈다. 목걸이를 두 손바닥 사이에 넣고 빙글빙글 굴렸다. 그리고 조용히 방에서 나와 문을 닫았다.

막상 내 방에 와서 보니, 그 잘난 가위는 두고 나왔다. 언니 방으로 돌아가 가위를 챙긴 다음, 보석함 뚜껑을 닫았다. 그러고는 뚜껑을 한참 동안 꼼꼼히 살폈다. 들켜선 안 되니까.

나는 서둘러 내 방으로 돌아왔다. 목걸이를 숨길 만한 장소를 찾아야 했다. 언니가 절대로 찾을 수 없는 곳으로. 외할아버지한테 선물받은, 자물쇠가 달린 철제 금고가 눈에 띄었다. 나는 서랍장 맨 아래칸을 연 뒤 조그마한 열쇠를 숨겨 둔 주황색 양말을 꺼냈다. 열쇠를 자물쇠에 끼워 넣자 찰칵, 하고 금고가 열렸다. 내가 제일 아끼는 자와 해너가 만든 생일 축하 카드가 보였다. 그리고 엄마가 캐나다로 떠나면서 준 편지가 있었다.

몰리에게

지금이 가장 힘든 상황인 거 잘 알아. 우리 모두에게 다 그렇지. 그렇지만 엄마한테 중요한 건 네가 얼마나 사랑받는 딸인지, 엄마가 네 엄마라는 사실을 얼마나 고맙게 여기는지 너에게 알려 주는 거야. 엄마는 어딘가로 도망치는 게 아니야. 뭔가를 찾으러 가는 거야. 일 년은 금방 지나갈 거야. 중간에 자주 올게. 사랑해.

— 엄마가.

편지를 끝까지 읽고 나서 목걸이를 쳐다보았다. 침대로 가서 누운 채 엄마에게 목걸이를 선물했던 날을 떠올렸다. 그날은 어버이날이었다. 아빠가 집 안 곳곳에 엄마를 위해 장미꽃을 장식해 둔 덕분에 어딜 가나 향기가 진동했다.

나는 언니 방에 숨어서 엄마에게 깜짝 선물할 비즈 목걸이를 언니랑 함께 만들었다. 당연히 비즈를 꿰는 나만의 순서가 있었다. 빨간색, 빨간색, 하얀색, 하얀색, 까만색, 까만색. 그런데 만드는 도중에 빨간색 비즈가 모자랐다.

언니는 순서 같은 거 아무도 중요하게 여기지 않으니까, 목 뒤로 갈 부분은 까만색이나 흰색으로 하라고 했다. 엄마는 머리숱이 풍성해서 어차피 안 보일 거라고 하면서. 그렇지만 나는 반드시 순서를 지켜야 했다.

언니 목걸이는 진작에 완성되어 있었다. 색깔의 순서 따위는 조금도 신경 쓰지 않은 채. 언니한테 빨간색 비즈를 몇 개 주면 안 되냐고 물었다. 그런데 하필 빨간색 비즈가 목걸이의 중간 부분에 있었다.

언니는 나를 빤히 바라보다가 말했다.

"그렇게 해."

그러고는 다 완성한 목걸이를 도로 풀어서 침대에 비즈를 모조리 쏟은 다음, 빨간색 비즈를 골라서 나에게 주었다. 나도 색깔 같은 것에 신경 쓰지 않을 수 있으면 좋겠다고 생각했다. 내 목걸이도 순서 같은 것 상관없이 무지개색일 수 있다면 얼마나 좋을까?

나는 목걸이를 금고 안에 넣고 문을 잠갔다. 계획대로 일이 풀려서 엄마가 돌아오게 되면 돌려줄 참이었다. 엄마가 이 목걸이를 보면 차마 우리를 두고 떠나지 못할 터였다.

나는 곧 아래층으로 내려가 밖으로 나갔다. 신선한 공기가 필요했다. 그런데 뜻밖에도 집 앞에 브리짓이 서 있었다. 브리짓은 다짜고짜 내 손을 끌고 가더니 갓돌 위에 주저앉혔다.

"다행이다, 집에 있어서. 꼭 할 얘기가 있었거든."

어느새 해가 졌다. 어두운 하늘에 가려 가로수가 잘 보이지 않았다.

"우리 집엔 갑자기 웬일이야?"

"우리 엄마가 이쪽에서 모임을 한다길래, 중간에 내려 달라고 부탁했어. 몇 번이나 전화를 했는데 네가 안 받잖아. 그래서 이렇게 무작정 찾아온 거야."

브리짓이 신문을 코앞으로 들이밀었다.

"응급 부고야."

"그런 말은 없는 거 알지?"

브리짓은 당연하다는 듯 고개를 끄덕이면서도 아랑곳하지 않았다.

"D섹션 14쪽, 총 네 단락에 걸친 사진 좀 봐. 성가대 연습을 하러 나갔다가 총을 맞고 48세에 사망했대. 범행 대상을 오인해서 벌어진 사고라나 봐. 같은 쪽, 전체 페이지의 절반을 차지한 사람은 집에서 아내하고 치킨 파이를 먹다가 총에 맞아 사망한 경우야. 같은 섹션 14쪽 일곱 번째 열 맨 마지막은 고작 한 줄인데, 자택에서 수면 중에 사망한 73세의 제럴드 네이선슨……."

브리짓은 잠깐 설명을 멈추었다.

"이 할아버지는 설명도 거의 없어. 할아버지가 죽었다는 걸 아는 사람도 없을 거야! 다른 사람들은 사진까지 실린 데다 생애에 대한 찬사가 넘쳐나. 왜냐하면 총에 맞았으니까! 이제 알겠지?"

그런데 나는 여전히 아무것도 알아차릴 수가 없었다.

"그러니까 부고란에서 괜찮은 분량을 받으려면 어린 나이에 죽거나, 아주 유명해지거나, 아니면 치킨 파이를 먹다가 총에 맞아야 해."

나는 웃음이 터져 나왔다.

"그래서 기쁘다는 거야? 전에는 부고란에서 몇 줄 더 차지하려면 일찍 죽거나 유명해져야 한다고 했잖아. 그런데 이제 완전히 새로운 카테고리를 찾았네?"

"근데 난 채식주의자란 말이지."

거짓말의 조각

삑, 삑, 삑, 삑! 내 알람이 울렸다는 건 지금이 6시라는 뜻이었다. 나는 재빨리 알람을 껐다. 아빠는 아직도 내가 원래부터 일찍 일어나는 아이라고 알고 있었다.

알람을 맞추기 시작한 건 삼 개월 전부터였다. 그즈음부터 나의 정리벽과 청소벽이 문제가 되기 시작했다. 학교에 갈 준비를 하는 데 걸리는 시간이 하루하루가 지날수록 점점 더 길어졌다.

오늘 아침에는 케이트 언니와 내가 이안을 유치원에 데려다주어야 했다. 시간을 옮길 수 없는 중요한 인터뷰가 있다면서 아빠가 며칠 전에 미리 부탁했다.

나는 이불을 머리끝까지 뒤집어쓴 다음, 목걸이가 없어졌다는 사실을 언니가 눈치채지 못했기를 기도했다. 오른발을 이불 밖으로 내밀고선 왼발을 쭉 뻗어 바닥에다 디뎠다. 잠옷 바지에서 오른쪽 다리를 먼저 뺀 다음 왼쪽 다리를 빼냈다. 윗도리는 오른팔, 왼팔, 머리 순서로 벗었다. 잠옷은 반듯하게 개서 바구니에 넣었다. 그러고 나선 뚜껑이 잘 닫혔는지 확인했다. 뚜껑을 다시 열고서 잘 닫혔는지 또 확인했다.

이제 학교에 입고 갈 옷을 고를 차례였다. 갈색 코듀로이 바지에 분홍색과 갈색이 섞인 긴소매 티셔츠를 집었다. 오른쪽 다리, 왼쪽 다리, 오른팔, 왼팔, 머리. 티셔츠 매무시를 가다듬고 거울 앞에 섰다. 그런데 주름이 잔뜩 져 있었다. 이런 건 입을 수가 없잖아! 티셔츠를 벗었다. 오른팔, 왼팔, 머리. 오른쪽이 안으로 가게 접어서 옷 바구니에 잘 넣은 다음 쪽지를 남겼다.

다림질해 주세요.

제대로 쓰느라 네 번이나 다시 썼다.

6시 10분.

다행히 갈색 바탕에 크림색 스웨터는 깨끗했다. 스웨터를 입고 거울에 비춰 보았다. 이번에는 머리가 메두사 같았다. 빗, 오른쪽, 왼쪽, 뒤통수, 다시 오른쪽, 왼쪽, 뒤통수.

'다시 해.'

'아니야.'

'다시 할 수밖에 없잖아!'

오른쪽, 왼쪽, 뒤통수.

'다시.'

오른쪽, 왼쪽, 뒤통수.

'다시.'

6시 20분.

양말을 집어 들었다. 오른발 신고, 왼발 신고. 이제 갈색 부츠다. 왼쪽 밑창에 흙이 묻어 있었다. 화장실로 가서 수건에 물을 적신 뒤 부츠 밑창을 닦아 냈다. 그다음엔 오른쪽. 혹시 못 본 흙이 있을지도 몰라서 오른쪽, 왼쪽, 오른쪽, 왼쪽, 오른쪽, 꼼꼼히 살폈다.

째깍째깍, 6시 30분.

방으로 돌아가서 침대를 정리했다. 먼저 푹신한 크림색 이불을 벗겨 내고 매트리스 덮개를 빳빳하게 당겼다. 주름 하나 잡히지 않은 부드러운 촉감의 시트를 보자 괜스레 가슴이 두근거렸다. 손바닥으로 시트를 찬찬히 쓰다듬었다. 그다음에는 홑겹의 흰색과 갈색 체크무늬 시트를 공중에 펄럭이며 먼지를 털었다. 시트가 사뿐히 떠오르며 내 뺨을 스쳤다.

'아, 깨끗하고 자유로워.'

체크무늬 시트를 매트리스 덮개 위에 내려놓고 구겨진 곳이 남아 있지 않도록 손으로 침대를 싹 훑었다.

6시 45분.

지금까지는 시간적 여유가 있었다. 언니가 샤워를 시작하는 소리가 들렸다. 이제 이십 분 후면 언니는 나갈 준비를 마치고 아래층에서 기다릴 것이다. 마지막 단계가 남았다. 이불을 들어 침대에 펼쳤다. 오른쪽 위를 당기고, 오른쪽 아래를 당기고, 왼쪽 위를 당기고, 왼쪽 아래를 당겼다.

'잘되고 있어.'

이제 거의 다 끝나 갔다. 그때 내 방문이 슬금슬금 열렸다. 뒤를 돌아보는 순간, 미처 손을 써 보기도 전에 오스카가 침대로 뛰어들어 이불 속으로 파고들었다.

나는 35킬로그램짜리 털뭉치에게 소리를 냅다 질렀다.

"내려와!"

오스카는 귀를 축 늘어뜨린 채 조금 전까지 흔들던 꼬리를 뒷다리 사이로 감추었다. 침대에서 곧장 뛰어내려 구석으로 가더니 카펫에 배를 깔고 낑낑거렸다.

"미안, 오스카. 일부러 그런 게 아니란 건 알아."

침대는 아빠를 기준으로 했을 때 별일 아닌 수준이 되었다. 목덜미에서 두드러기가 오소소 돋았다. 나는 흐트러진 이불 위에 주저앉은 뒤, 어느새 축축해진 손에 얼굴을 파묻었다.

그때 아빠가 나타났다.

"무슨 일이야? 몰리, 괜찮아?"

"아니요, 안 괜찮아요. 침대 좀 보세요. 오스카가 이래 놨어요."

나는 손을 들어 난장판이 된 침대를 가리켰다.

"우리 딸, 이건 뭐랄까……."

나는 아빠가 흔히 쓰는 말로 되물었다.

"별일 아니라고요?"

"속상한 건 알겠지만, 이러다가 다들 늦겠어. 나도 출근해야 하고, 너희도 등교해야 하는데."

아빠는 잠깐 말을 끊고는 나한테 일어나라는 뜻으로 손짓을 했다.

"얼른 정리하자. 아빠가 도와줄게."

나는 수염이 까칠한 아빠의 얼굴을 빤히 쳐다보았다.
“정말이세요?”
“지금 꼭 해야 하는 일이라면 어서 서두르자.”
‘사랑해요, 아빠.’
아빠는 이불 한쪽을 들어서 내가 빳빳이 펼 수 있도록 도와주었다.
얼마 뒤 침대가 다 정리되자 아빠가 밖으로 나가며 문을 닫았다.
“빨리 내려와.”
방 안에 아빠의 소나무 향 향수 냄새가 은은하게 남아 있었다. 나는 숨을 깊이 들이마셨다. 이제 남은 오 분 동안 양치질을 하면 끝이다.
‘안 되겠지만.’
나는 이를 닦으러 욕실로 들어갔다. 초록색 치약을 칫솔에 가지런히 올리려면 온 마음을 집중해야 했다.
‘똑바로 하자. 또 할 시간이 없어.’
나는 천천히 튜브를 눌러 칫솔에 치약을 짜기 시작했다. 지금까지는 완벽했다. 그런데 갑자기 배에서 꾸르륵 소리가 울렸다. 손이 바르르 떨리기 시작했다.
‘안 돼, 집중해.’
치약은 칫솔에서 벗어나 세면대로 툭! 떨어졌다. 네 번의 시도 끝에야 드디어 치약이 칫솔 위에 제대로 놓였다.
‘심호흡해.’
나는 방 한가운데 서서 완벽한 간격으로 늘어선 피규어와 주름 하나 없이 깔끔하게 정리된 침대와 단정하게 개어 놓은 옷을 바라보았다. 계속 이렇게 살 수는 없었다. 갈수록 점점 나빠지고 있었다. 내가 어찌

할 수 있는 범위를 넘어서고 있는 듯했다.

누군가에게 말해야 한다, 바로 오늘!

몸을 숙여 아래층을 살피자, 뭘 찾는지 서류 가방을 뒤적이는 아빠가 보였다.

'일단 아빠한테 말해야겠지?'

아빠가 고개를 들었다.

"얘들아, 늦었다. 어서들 내려와."

아빠는 손목시계를 연거푸 확인했다.

"아빤 지금 가야겠다. 이 사람이랑 고작 이십 분 인터뷰하려고 장장 육 개월을 공들였어."

'아닐지도.'

그때 케이트 언니가 아빠에게 말했다.

"먼저 가세요. 저희가 알아서 챙겨 나갈게요."

아빠는 언니와 나, 우리 두 사람을 빤히 바라보았다.

"할 수 있겠어?"

우리는 동시에 고개를 끄덕였다.

"그래, 그래 주면 좋지. 사랑한다, 얘들아. 이안 데려다주고 나서 문자 메시지 보내."

나는 찬장에서 단백질 바를 세 개 꺼낸 뒤, 무설탕 땅콩버터 맛을 케이트 언니 쪽으로 휙 던졌다.

언니가 말했다.

"고마워."

다행이다. 금고에 넣어 둔 목걸이는 아직 들키지 않은 것 같았다. 나는 주위를 둘러보았다.

"이안은?"

언니가 어깨를 으쓱했다. 나는 이층에 대고 외쳤다.

"이안!"

답이 없었다. 방으로 올라가 보니, 이안은 스파이더맨 잠옷 차림으로 스파이더를 끌어안은 채 바닥에 태평하게 앉아 있었다.

"이안, 옷을 갈아입는 게 좋을 것 같은데? 유치원 갈 시각이야."

"오늘은 유치원에 안 갈 거야. 스파이더가 어제 나를 엄청 보고 싶어 했어."

"누나도 알아. 그렇지만 네가 유치원에 다녀와도 스파이더는 바로 이 자리에서 너를 기다리고 있을 거야. 워싱턴 선생님 반에는 라힘도 있잖아?"

이안은 고개를 끄덕였다.

엄마가 여기에 있었으면……. 이제 고작 열다섯 살인 나는 이런 부모 역할이 너무나 벅차게 느껴졌다.

"이안, 누나 좀 봐. 빙긋 웃으면서 치-즈 해 봐, 스파이더랑 같이."

찰칵.

나는 아빠의 서재로 가서 이안이 스파이더를 안고 찍은 사진을 두 장 출력했다. 한 장은 스파이더의 케이지 앞에 붙여 놓고, 다른 한 장은 이안에게 건넸다.

"이걸 가방에 넣어 두면, 스파이더도 유치원에 같이 가는 셈이지."

이안은 활짝 웃으며 사진을 가방에 넣은 다음, 코르크판에 붙어 있던 엄마 아빠 사진을 떼어 내 함께 챙겼다. 그리고 스파이더를 케이지에 넣고 나서, 내 손을 꼭 잡으며 준비가 다 끝났다고 말했다.

나는 이안을 데리고 아래층으로 내려갔다. 스파이더맨 잠옷을 보고 한마디 하려는 언니를 향해 재빨리 고개를 저었다. 그 이야기는 꺼내지 말 것!

워싱턴 선생님의 유치부 교실은 내 기억 속의 모습 그대로였다. 나는 이안의 손을 잡고 블록 쌓기 코너로 갔다. 블록을 색깔별로 정리해 두어 이안이 원하는 걸 찾기 쉽게 해 놓았다. 빨간색, 노란색, 초록색, 파란색.

교실을 찬찬히 둘러보았다. 워싱턴 선생님은 엘리 엄마와 이야기를 나누고 있었고, 다른 엄마 아빠들은 잠깐 짬을 내어 자기 아이들과 놀아 주고 있었다.

케이트 언니는 안 보였다. 어느새 밖으로 나가 버린 모양이었다. 나도 그만 가려고 일어서는데, 이안이 바지 자락을 잡았다.

"이 분만 더 있다가 가."

나는 이안과 함께 성을 쌓았다. 다행히 배트맨 차림의 라힘이 금방 도착했다. 이안은 곧 내가 가든지 말든지 신경도 쓰지 않았다.

언니는 큰 단풍나무 아래에 앉아 있었다. 예전에는 저 단풍나무 아래에서 같이 과자를 먹곤 했다. 우리가 초등학교에 다닐 때였고, 엄마가 여기 미국에 살고 있을 때였다.

언니에게 털어놓아야겠다, 그래도 친언니니까. 언니는 절대로 나와 연을 끊을 수 없다. 내가 얼마나 미쳤든, 보석함에서 무엇을 훔쳤든.

나는 언니에게 다가갔다.

"여기, 엄마랑 함께 너 데려다주러 많이 왔었는데……. 그때 너, 맨날 블록만 정리하며 놀았지."

"사실 그거 말인데, 언니, 나 있잖아……."

"엄마는 여기 있어야 해. 이안한테는 엄마가 꼭 필요해."

"알아. 그렇지만 엄마도 회사에서 잘리지 않으려면 토론토로 가는 수밖에 없었잖아."

엄마가 떠나던 날 아침, 나는 엄마가 탄 택시의 바퀴가 공항 가는 길에서 터져 버리기를, 그게 안 되면 비행기라도 결항하기를 간절히 빌고 또 빌었다. 그런 일은 둘 다 일어나지 않았다.

떠나기 전, 엄마는 파란색 유리 몽돌을 쥔 내 손을 맞잡으며 꼭 껴안아 주었다.

"엄마가 돌아올 때까지 이걸 잡고 있어. 몰리, 딱 일 년이야. 언제든지 캐나다에 놀러 와도 되고, 날마다 저녁 6시에 통화하자. 엄마가 약속할게."

언니가 걸음을 멈추었다.

"다른 회사에 들어가도 됐잖아. 다들 그렇게 해."

나는 해너 아빠를 떠올렸다.

"케빈 엄마는 직장에서 해고되고 나서 한 달 만에 다른 일자리를 구했어. 자기 아이들을 내버려 두고 다른 나라로 떠나 버리진 않았지."

"엄마는 우릴 두고 떠난 게 아니야."

내 말에 언니가 발끈했다.

"아니, 떠난 거야. 너도 빨리 깨닫는 게 좋을걸!"

"언니가 틀렸어. 엄마는 일 때문에 캐나다로 간 거야. 그리고 일이 끝나면 반드시 돌아올 거라고."

'내 계획대로 된다면 더 일찍 돌아올 수도 있어.'

"넌 옛날부터 엄마가 하는 말을 곧이곧대로 다 믿었지. 뉴욕에 가서 〈위키드〉를 보자고 해 놓고선 당일에 나타나지 않았을 때도 그랬어. 다 같이 식스플랙스에 새로 생긴 롤러코스터를 타러 가자고 해 놓고선 일이 너무 바쁘니까 다음에 가자고 했을 때도 그랬지."

"뉴욕으로 가기로 한 날엔 엄마가 감기에 걸렸잖아. 놀이공원 가기로 한 날에는 주스 회사에서 임원급 누군가가 왔다고 했고."

잠시 동안 침묵이 흘렀다.

"언니, 엄마는 우리한테 절대로 거짓말은 안 해."

집에 오기로 약속한 날에 오지 않는 것도 거짓말에 해당하는지 궁금하기는 했다. 그때 언니가 버럭 화를 냈다.

"엄마는 아빠랑 별거하는 것도 임시라고 했어."

"맞아. 대체 언니는 무슨 말이 하고 싶은 건데?"

"캐나다로 아주 가 버린 게 확실해."

"엄마는 영원히 간 게 아니야. 길어야 일 년이랬어."

언니는 길가에 떨어진 솔방울을 집어 들었다.

"난 이제 엄마가 다시 오길 바라는지 아닌지도 모르겠어."

"진심은 아니겠지."

언니 표정에서 진심이 아니라는 기색을 조금이라도 읽고 싶었다. 하지만 찾을 수가 없었다.

"진심인 거 같아."

언니가 던진 솔방울이 유치원 잔디밭을 가로질러 울타리에 맞은 뒤

저만치로 튕겨 나갔다. 가슴속 깊은 곳에서 소름이 쭉 돋았다. 언니의 이런 마음을 안다면, 엄마는 정말로 영영 돌아오지 않을지도 모른다.

"설마 엄마한테도 그렇게 얘기했어?"

언니는 고개를 저었다. 그렇다면 마음이 놓여야 했다. 그런데 전혀 그렇지 않았다. 그냥 무서웠다. 모든 것이 산산조각 나서 부서질까 봐, 내가 어찌할 수 없을까 봐.

나는 집으로 돌아오자마자 방으로 올라갔다. 그리고 자를 꺼내 간격을 딱딱 맞춘 뒤, 피규어를 한 줄로 반듯하게 정렬했다. 잠시 후 밖으로 나와 보니, 현관 앞에서 해너가 기다리고 있었다.

그래, 해너에게 모두 다 말해야겠다.

"와, 옷 예쁘다. 안경도 옷하고 엄청 잘 어울려."

해너가 나를 보자마자 칭찬을 퍼부었다. 우리는 학교를 향해 나란히 걸어갔다. 나는 콧잔등으로 흘러내린 안경을 슬쩍 밀어 올렸다.

"고마워."

"이안은 잘 데려다줬어?"

"스파이더를 두고 가지 않겠다고 떼쓴 거랑 스파이더맨 차림을 고집한 거 말고는……. 응, 잘 데려다줬어."

케이트 언니와 나눈 이야기는 그냥 넘어가기로 했다.

"스파이더맨이라……. 흠, 짜식! 꽤 과감한데."

나는 해너의 눈을 마주 보며 두 손을 꽉 잡았다. 손을 맞잡는 건 뭔가 중요한 일이 생겼다는 우리 둘만의 신호였다. 엄마가 캐나다로 떠나게 되었다는 것을 처음 털어놓을 때도 이 방법을 썼다.

'해너한테 말할 거야, 모두 다. 해너는 나하고 제일 친한 친구니까 다 이해할 거야.'

그렇지만 내가 입을 채 떼어 보기도 전에 멜빈 할머니가 다가왔다.

"얘들아, 좋은 아침이구나."

할머니는 복숭아색 슬리퍼를 신고 있었다. 해너가 인사했다.

"안녕하세요?"

나도 거짓말을 듬뿍 담아 가짜 미소를 지었다.

"그래, 엊저녁에 이걸 잊었지 뭐니? 네이트 녀석이 나타나는 바람에 그만……."

할머니는 해너에게 지폐를 내밀었다.

"아빠한테 네 사업 이야기 들었어. 어린 학생이 참 대범하고 멋지기도 하지. 나는 빨간색하고 초록색, 노란색이 섞인 팔찌로 하련다."

"아, 네, 고맙습니다."

해너는 돌돌 말린 지폐를 받아 그대로 지퍼백에 넣었다. 아직도 지갑은 아니지만 곤충 채집통에 비하면 크게 발전한 셈이었다.

나는 해너에게 피규어 이야기부터 꺼내기로 마음먹었다. 아니면 레모네이드 사업을 할 때 손을 어떻게 씻었는지부터 말하는 게 나을지도 모르겠다. 그것도 아니면 피자를 먹다가 이안한테 들킨 걸 말하는 게 나을까? 아니, 아니, 역시 피규어가 제일 낫겠다.

할머니가 저만치로 멀어지기를 기다렸다가, 나는 어렵사리 말을 꺼냈다.

"너한테 얘기할 게 있어."

해너는 어서 말하라는 듯 고개를 끄덕였다. 그런데 해너의 뺨에 갑자기 눈물이 흘러내렸다.

"해너, 왜 그래?"

해너는 손등으로 눈물을 훔쳤다.

"아무것도 아니야. 아, 정말 이러지 않겠다고 맹세했는데. 너, 먼저 얘기해."

'그럴 순 없어. 이건 우리 사이의 신호잖아. 내가 기다려 줘야 해.'

"아니야, 네가 먼저 얘기해. 무슨 일 있었어?"

해너는 아빠가 얼마 전에 시내 레스토랑에서 면접을 봤는데 안타깝게도 떨어져 버렸다고 말했다. 그리고 오늘 아침에는 국어 담당인 삼손 선생님이 이메일을 보내서 새 교재를 사야 한다고 했다나. 게다가 테니스 코치 선생님은 문자 메시지로 28달러짜리 단체복을 새로 주문하라고 했다는 것이다.

"아빠한테 돈 달란 얘기를 못 하겠어. 팔찌로 번 돈을 거기에 써 버리면 대회 참가비는 절대로 못 모을 거야."

해너의 모습을 보고 있으려니 마음이 아파 왔다.

"여기."

나는 가방에서 지갑을 꺼낸 뒤 지난여름에 아기 돌보기 아르바이트를 해서 모은 돈을 건넸다. 원래는 다섯 칸짜리 다용도 수납장을 사려고 모은 돈이지만, 지금은 그냥 해너에게 주고 싶었다.

"나 줘도 괜찮겠어? 나, 이 돈 못 갚을 수도 있어."

해너는 머리카락을 배배 꼬기 시작했다.

"우승하면 갚을 수 있는데, 혹시라도 그렇지 못하면……."

나는 해너의 손을 당겨서 꼭 쥐었다.

"괜찮아. 이건 그냥 주는 거야."

해너가 나를 와락 껴안았다.

"넌 정말로, 정말로 좋은 친구야."

해너가 교정기가 다 드러나도록 함박웃음을 지었다. 눈까지 활짝 웃고 있었다.

"몰리, 진짜 고마워."

해너는 지퍼백에 내 돈을 넣었다. 해너의 뺨에 흐르던 눈물도 차차 말라 갔다.

"자, 이젠 네 차례야. 무슨 얘기야?"

횡단보도를 건너자 곧 학교가 보이기 시작했다. 해너는 길가의 진흙탕을 피해 내 왼쪽에 섰다.

'그러지 말지. 해너도 알고 있었더라면 얼마나 좋을까? 왼쪽에 서면 아무것도 안 된다는 걸.'

내 몸이 얼음 조각상처럼 뻣뻣하게 굳어 버렸다. 나의 고백이 입술을 떠나 멀리 사라지고 있었다.

'하필이면 왜 내 왼쪽에 섰지? 뭔가 잘못된 것 같아. 너무 불편해. 어쩌지?'

해너의 이마에 주름이 졌다. 해너가 뭐라고 말하고 있었지만, 조금도 귀에 들리지 않았다. 해너와 나는 웃음 참기 대회에 나선 사람들처럼 서로를 마주 보았다. 그렇지만 이건 대회가 아니었다. 오른쪽 신발을 왼발에 신은 느낌이었다. 어떻게 해야 할지 모르겠다.

해너가 천천히 되돌아왔다. 또, 내가 해너의 오른쪽에 서 있었다. 해너는 정말로 좋은 친구인가 보다.

"난 괜찮아."

내 얼굴 앞에서 휘휘 젓고 있는 해너의 손을 밀어냈다. 주위를 둘러보았다. 아무도 눈치채지 못했기를. 한숨을 돌리며 거짓말의 조각들을 모아 보았다.

"신발에 돌멩이가 들어갔나 봐. 발이 닿을 때마다 따끔거리네."

해너가 내 신발을 내려다보았다. 내 신발이 디디고 선 보도블록은 흙먼지 하나 없이 깨끗했다.

"맞아, 그러면 되게 아파. 어디 앉아서 신발 털고 갈래?"

'고마워.'

이건 분명히 또 다른 징조다. 아빠, 케이트 언니, 이제 해너까지. 숨겨 둔 비밀을 털어놓으려고 할 때마다 뭔가 일이 생겼다. 어쩌면 나는 이 비밀을 영원히 털어놓아선 안 되는지도 모르겠다, 그 누구에게도.

나는 학교 앞 벤치에 앉아서 신발을 벗은 다음, 그 안에 내 영혼을 갉아먹는 뭔가가 정말로 들어 있기라도 한 듯 탁탁 털었다. 앞머리가 바람에 나풀거렸다. 나는 머리핀을 단단히 고정했다.

해너가 고개를 갸웃거렸다.

"몰리, 아까 무슨 얘기 하고 있었지? 그러니까 여기 앉기 전에……."

내가 입을 열 사이도 없이 브리짓이 나타났다.

"몰리, 토요일 저녁에 맥이 파티를 연대. 내가 초대할 아이들 명단을 작성하기로 했어. 너도 올래?"

브리짓은 분홍색 풍선껌을 딱딱 소리내어 씹었다. 해너가 갑자기 기침을 했다. 당연히 헛기침이었다. 브리짓은 해너의 기침 소리에는 조금도 아랑곳하지 않았다.

"글쎄."

나는 브리짓과 해너를 번갈아 보다가 겨우 이렇게 대답했다.

"해너가 간다고 하면 같이 갈게."

브리짓이 물었다.

"진심이야?"

내가 대답했다.

"진심이야."

브리짓은 끝까지 해너를 쳐다보지 않은 채 대꾸했다.

"그럼 그렇게 해."

브리짓은 꽤 까칠한 성격이었다. 어떨 때는, 어떤 사람들한테는. 그렇지만 지금의 나에게는 같이 있기 제일 편한 친구였다. 해너가 나를 보듯이 하지 않기 때문이다. 내 이상한 행동을 꿰뚫어 보지 않는다는 뜻이다. 오직 죽은 사람과 신문의 부고란, 그리고 자기 자신에게만 관심이 쏠려 있었다.

때마침 수업 준비종이 울렸다. 브리짓을 비롯한 아이들 무리가 우리를 지나쳐 교실 쪽으로 우르르 몰려갔다. 나는 신발을 도로 신고서 해너와 함께 교실로 향했다.

해너가 말했다.

"고마워."

"너라도 똑같이 했을 거야."

우리는 나란히 복도를 걸어 교실로 들어갔다.

"몰리, 너 아까 얘기하고 싶었던 게 뭐야?"

"글쎄, 뭐였는지 기억이 안 나네."

나는 겁을 먹고 말았다. 너무 많은 징조가 외치고 있었다.

'말하지 마! 해너는 날 이상하다고 생각할 거야. 그래서 다시는 같이 다니려 하지 않겠지. 아무도 나랑 친구 하고 싶어 하지 않을 거야. 모두가 피해 다니겠지.'

1학년 때는 리자 렘프킨이 그랬다. 어느 날부터 리자가 갑자기 등교하지 않았다. 그것도 아주 오랫동안. 리자가 병원에 입원했다는 소문이 돌았다. 항암 치료나 뭐 그런 게 아니라 다른 이유가 있다고 했다. 너무 우울해하고 너무 피곤해하는 것이 그 이유라나.

리자는 1학년이 다 끝나도록 학교에 나타나지 않았다. 그러다가 2학년 개학날부터 다시 등교하기 시작했다. 나는 리자가 점심시간에 우두커니 혼자 앉아 있는 모습을 자주 보았다. 그때 옆에 가서 말을 걸어 주었어야 했는데.

솔직하게 말하면, 이유가 그것만은 아니었다. 해너한테 모두 털어놓는다 해도, 나한테 무슨 일이 일어난 것인지 제대로 설명할 자신이 없었다. 어쨌든 아무 말도 하지 않기로 했다.

"내 얘긴 됐어. 그건 그렇고, 어젯밤에 멜빈 할머니네 집에 갔을 때 말인데."

나는 내 비밀과 아주 거리가 먼 이야기를 꺼냈다.

"우리, 그 얘긴 나중에 하자."

해너가 어딘가를 가리켰다. 손끝을 따라가 보니, 내 사물함 앞에 브리짓이 서 있었다.

"몰리, 학교 끝나고 우리 집에 가자. 시 연습하고 나서 사진 찍는 것 좀 도와줘. 참가 신청서도 같이 써 주고. 1번 문항하고 3번 문항은 거의

다 썼어.”

“좋아. 그리고 토요일에는 맥네 파티에 같이 가자. 재미있을 거야.”

그런데 교실로 걸어가는 중에 이상한 버릇이 새로 나를 찾아왔다. 한 발을 내디딜 때마다 머릿속으로 2의 배수를 세고 있었다.

‘2, 4.’

짝수만 센다는 점에서 약간은 다행이지만, 이상한 버릇이 더 생기는 건 싫었다.

‘제발 나 좀 내버려 둬.’

그렇지만 내 말은 들리지 않았다.

‘6, 8, 10, 12.’

이건 또 다른 징조였다. 이제 해너에게 말할 수 없다는 것을 분명히 알아차렸다. 아니, 누구한테도 앞으로 영원히.

“몰리, 난 잘 모르겠어. 네가 날 초대한 건 좋은데, 진짜 가고 싶은지는 잘 모르겠어. 걔들은 날 좋아하지도 않는걸.”

“너를 제대로 알게 되면 걔들도 달라질 거야.”

사실은 이 주 전에 브리짓네 집에 놀러 간 적이 있었다. 브리짓과 아리아나는 내가 해너와 비슷한 점이 하나도 없다고 몇 번이나 반복해서 말했다. 나는 삼총사에 끼워 줄 수 있지만, 해너는 절대로 안 된다고 하면서. 이글네스트 어린이집 시절부터 해너하고 제일 친한 친구였다고 하자, 둘은 더 이상 삼총사 이야기를 꺼내지 않았다.

“게다가 아빠한테 토요일 저녁 식사 배달은 내가 하겠다고 말해 버렸어.”

‘14, 16, 18, 20, 22, 24. 더 이상 세지 마.’

나는 간신히 숫자와 숫자 사이를 비집고 들어가 대답했다.

"너희 아빠는 혼자서도 잘하실 거야. 만약 네가 재미없다고 하면 나도 바로 같이 나올게."

'숫자를 세. 26, 28, 30, 32, 34, 36.'

"같이 가자. 제러드도 올 거야."

해너는 1학년 때부터 제러드를 좋아했다. 나는 겨우 웃음을 지어 보이며, 속으로 계속 숫자를 세었다.

'38, 40.'

"그러든지. 나중에 아빠한테 말씀드려 볼게."

'42, 44, 46, 48, 50.'

이제 교실이다.

해너는 곧장 교실에 들어섰지만 나는 그렇게 하지 못했다. 아직이다. 지금은 50이다. 짝수다. 짝수인 건 좋지만, 4의 배수가 아니었다. 게다가 지금 멈추면 숫자에 5가 들어가는데, 5는 나쁜 숫자였다. 내가 싫어하는……. 집중해야 한다. 짝수에, 4의 배수에.

나는 걸음을 멈추지 않았다. 해너가 교실 안에서 큰 소리로 불렀다.

"몰리, 어디 가?"

나의 행복이 수챗구멍으로 빠져나가는 물처럼 스르르 사라졌다. 얼굴이 시뻘겋게 달아올랐다.

'내가 뭘 하는지 잘 알고 있어. 수업에 안 들어가겠다는 게 아니야. 단지 이유가 있어서 조금 더 걷는 것뿐이야.'

다음에는 4의 배수로 셀 것이다. 4가 더 좋다. 4는 2하고 2를 곱한 거니까. 4의 제곱은 16이고 제곱근은 2다.

"어디 갔다 오는 거야?"

해너가 내게로 달려오며 물었다. 필요 이상으로 나를 오래 바라보았다. 나는 슬그머니 눈길을 피했다. 해너한테 모든 걸 말할 수 있다면 얼마나 좋을까? 그렇지만 나는 지금 그렇게 할 수가 없다.

"여기 왔잖아. 난 괜찮아."

가짜 미소, 가짜 웃음. 다시 시작이다.

'4, 8, 12, 16.'

"우리, 얘기 좀 해."

해너가 가방에서 지퍼백을 꺼냈다. 지퍼백 맨 아래에 50달러짜리 지폐가 보였다.

1교시는 수학이었다. 파이퍼 선생님이 화이트보드에 뭔가를 썼다.

"자, 교과서하고 공책, 인쇄물 모두 집어넣어. 간단하게 단원 평가를 할 거니까."

교실 여기저기에서 불평이 터져 나왔다.

라이언이 소리쳤다.

"선생님, 단원 평가를 할 만큼 진도가 많이 나가지 않았는데요."

'20, 24, 28, 32'

나는 아무 말도 하지 않았다. 자리에 앉은 뒤에도 숫자들이 여전히 밀려들고 있었다. 숫자를 세면서 가짜 몰리를 유지하기가 너무나도 힘들었다.

"책상 밑으로 손 내려. 복습 삼아 보는 거니까 부담 가질 것 없어. 그래도 시험이니까 이제부터 잡담은 금지야. 책상 위에는 연필과 지우개만 남기고 다 집어넣어."

나는 필통을 열어 심이 뾰족한 새 연필을 조심스럽게 꺼냈다. 매끄러운 연필심 부위를 손끝으로 훑어 보았다. 이제 막 새로 꺼낸 하얀 침대 시트를 볼 때처럼 흐뭇한 기분이 온몸을 감쌌다.

선생님이 나눠 준 시험지에는 프린터의 열기가 아직도 남아 자못 따뜻했다.

"자, 시작!"

'36, 40, 44, 48.'

나는 수학 과목을 좋아하기 때문에 그다지 긴장되지는 않았다. 그런데 주관식 문제가 총 열한 개였다. 11은 나쁜 숫자였다. 게다가 홀수여서 4로 나누면 소수가 나왔다. 가장 불운한 숫자인 셈이다.

숫자를 어디까지 세었는지 기억나지 않았다. 잠시 눈을 감았다.

'좋은 쪽으로, 차분하게 생각해. 다시 시작하자. 4, 8.'

나는 눈을 뜨고 문제를 풀 준비를 했다. 그런데 아무것도 할 수가 없었다. 어떤 방법도 통하지 않았다. 좋은 쪽으로 차분하게 생각해 봐도 도무지 불안감이 사라지지 않았다.

'12, 16, 20, 24.'

손목시계를 보니 9시 9분이었다.

'괜찮아. 9시 14분까지 기다렸다가 시작하자. 그때가 행운의 시간이니까. 4가 있는 데다 9하고 1하고 4를 더하면 14잖아! 완벽해.'

사각사각사각, 사방에서 연필이 시험지를 긁는 소리가 들렸다.

'28, 32.'

드디어 9시 14분이다.

'시작해.'

1) 24개의 크레파스를 학생 4명이 똑같이 나누어 가지려고 합니다. 크레파스 중에 4분의 1은 원색입니다. 원색의 크레파스를 한 사람당 몇 개씩 가지게 될까요?

'파이퍼 선생님이 일부러 이러신 걸까? 나를 싫어해서? 정답은 분명히 한 개 반이었다. 그렇지만 누가 크레파스를 부러뜨리려고 할까? 누가 반쪽짜리 크레파스를 가지고 싶어 할까? 색깔은? 빨간색? 초록색? 아니, 파란색? 36, 40, 44, 48.'

나는 문제의 오류에 관해 쓰기 시작했다.

앗, 잘못 썼다. 연필을 뒤집어서 꼭지에 달린 지우개로 잘못 쓴 부분을 지웠다. 그 자리에 연필심 자국이 시커멓게 남았다. 나는 뺨 안쪽을 깨물었다. 다시 지우기 시작했다. 검은 자국이 점점 더 커졌다. 시험지 위쪽에 짙은 회색 구름이 생겼다.

필통을 열어 다른 연필을 꺼냈다. 연필을 뒤집어 지우개에 쓴 자국이 없는지 확인한 다음, 시험지에 남은 먹구름 자국을 세게 문질렀다. 문지르고, 문지르고, 문지르고, 문질렀다.

'52, 56, 60, 64.'

연필 자국이 점점 옅어졌다. 계속 옅어졌다. 이제 거의 없어졌다. 또 문질렀다.

'안 돼!'

시험지가 그만 찢어지고 말았다. 검은 자국이 난 자리가 흉물스럽게 찢겨 버렸다.

'교실이 왜 이렇게 덥지?'

이마에서 땀방울이 굴러내려 책상 위로 뚝 떨어졌다.

'지금은 안 돼. 진정해. 땀을 닦아. 시험지를 테이프로 붙여. 숫자를 세야지. 68, 72, 76, 78. 시험을 봐. 정신 좀 차려.'

나는 필통을 열어 테이프를 꺼냈다. 찢어진 시험지를 테이프로 붙이고 다시 시작하면 될 터였다. 테이프를 당겨 칼날에 평행하게 댄 다음 정확하게 잘랐다.

'84, 88. 비뚤어졌다.'

다시 해야겠다.

'아, 다시, 다시, 다시.'

"몰리, 괜찮니? 오늘 좀 산만한 것 같은데?"

선생님이 내 책상 위로 허리를 굽혔다.

"괜찮아요. 사실은 선생님 목소리에 깜짝 놀랐어요."

"아, 그건 미안하네. 그런데 시험을 잘 보고 있는지 궁금해서. 아무 문제 없어?"

"아, 네. 지우개가 부러져서 다른 걸로 지웠더니 시험지에 구멍이 나 버렸어요, 그걸 붙여야 해서요."

'92, 96.'

'제발 입 좀 다물어!'

나는 그 아이에게 속으로 고함을 질렀다. 나처럼 말하고 있지만, 그 아이는 절대로 내가 아니었다.

"그렇다면 다행이고. 이제 오 분밖에 안 남았다. 단원 평가는 복습의 의미니까 오래 생각할 필요 없어. 점수도 매기지 않을 거야. 편안하게 풀어."

나는 가짜 미소를 지으며 콧잔등까지 흘러내린 안경을 밀어 올렸다. 그러다 교실을 멍하니 돌아보았다. 해너가 나를 뚫어지게 쳐다보고 있었다.

'보지 마! 보지 마! 보지 마! 보지 마!'

이십 분은 참 빠르게 지나갔다. 나는 이름만 가지런히 적혀 있을 뿐 백지 상태인, 그것도 찢어진 부분을 테이프로 덕지덕지 붙인 시험지를 선생님에게 내밀었다.

'100.'

점심시간에 급식실에서 해너가 내 귀에 대고 속삭였다.

"몰리, 우리 둘이서만 꼭 할 얘기가 있어."

급식 담당 베니 아저씨가 으깬 감자를 한 주걱 덜어서 내 식판에 얹어 주었다.

"응, 먼저 앉을 자리부터 찾자."

나는 숫자들을 안으로 억누르며 급식실 탁자를 하나하나 살폈다.

"여기는 너무 더러워. 저기, 저쪽은 어때?"

나는 멀리 떨어진 오른편 탁자를 가리켰다.

"아무 데나 앉아. 별 차이도 없는데. 이쪽에 있는 케첩 튄 탁자에 앉거나, 저쪽에 있는 피자 기름 묻은 탁자에 앉거나……. 다 그게 그거지, 뭐. 난 너하고 얘기를 나누는 게 더 중요해."

"그렇다고 제일 더러운 데를 굳이 골라 앉을 필요는 없잖아."

해너가 뒤에서 투덜거렸다.

"여긴 학교 급식실이야. 정체를 알 수 없는 고기에다 영양가 낮은 음식을 먹는 데라고."

"이 자린 안 되겠어. 너무 번들번들해."

해너는 그 옆 탁자를 가리켰다.

"몰리, 이 정도면 괜찮겠다. 평균은 돼 보여."

"땅콩잼이 눌어붙어 있지만 않았어도 그럴 뻔했는데."

나는 그 옆의 탁자로 갔다.

"이러다가 서서 점심 먹겠다."

"여기. 여긴 완벽해."

나는 냅킨으로 탁자를 훔치며 말했다.

"너희도 그렇게 생각하지?"

나는 먼저 앉아 있던 브리짓과 아리아나에게 물었다. 둘은 함께 고개를 끄덕였다. 해너는 배에서 꼬르륵 소리를 내며 투덜거렸다.

"어차피 냅킨으로 그렇게 닦을 거면 어디에 앉든 별로 중요하지 않았잖아?"

나는 해너와 함께 자리를 잡았다. 얼마 지나지 않아 설탕이 있는 곳에 꼬이는 개미처럼 라이언과 그레그가 다가왔다.

라이언이 손을 흔들었다.

"몰리, 안녕?"

나는 최선을 다해 미인 대회 우승자 같은 미소를 지어 보였다.

"안녕."

"스웨터 예쁘다. 그리고 어, 으깬 감자도 좋아 보인다."

라이언은 얼굴을 붉히며 미소를 지었다. 미소 아래서 교정기가 번득였다.

"고마워."

"어, 저, 점심 맛있게 먹어."

"그래, 너도."

두 사람이 딴 데로 사라지기가 무섭게, 우리 탁자에서는 웃음소리가 터져 나왔다.

해너가 말했다.

"으깬 감자가 좋아 보인대."

웃음이 다시 터졌다.

그때 누군가 내 어깨를 툭 쳤다. 네이트였다. 네이트는 고갯짓으로 내 옆자리를 가리켰다.

"여기 앉아도 돼?"

나는 네이트가 앉을 수 있게 옆으로 조금 비켜 주었다.

"어, 그럼."

아이들의 눈길이 한꺼번에 나에게로 쏠렸다. 그다음엔 네이트에게로…….

"이쪽은 네이트야. 우리 동네에 사시는 멜빈 할머니의 손자."

누군가 네이트에게 불쑥 물었다.

"그럼 전학 온 거야?"

네이트의 뺨에 보조개가 파였다.

"응, 오늘."

아이들이 깔깔 웃었다. 내가 물었다.

"네이트, 오늘 어땠어?"

"뭐, 지금까진 괜찮아. 교실 찾느라 고생을 좀 하기는 했지만. 이 버거, 맛있다."

해너가 활짝 웃으며 말했다.

"또 교실을 못 찾으면 언제든지 얘기해."

해너의 교정기에 상추가 꼈다. 나는 해너를 바라보며 손가락으로 내 이를 가리켰다. 해너는 재빨리 눈치를 채고는 입을 오물거려 상추를 빼냈다. 그리고 입 모양으로 고맙다고 말한 다음, 문득 이렇게 물었다.

"아까 단원 평가 볼 때 파이퍼 선생님이 너한테 뭐라고 하신 거야?"

잠자코 있던 숫자들이 선생님 이름을 듣자마자 다시 살아 움직였다.

'104, 108, 112, 116.'

네이트가 물었다.

"파이퍼 선생님이 누구셔?"

"우리 수학 선생님. 내가 여쭤 볼 게 있는 줄 아셨나 봐."

'거짓말.'

식판에서 으깬 감자 덩어리가 콩과 햄버거 쪽으로 무너져 내렸다.

'120, 124. 오늘 왜 이러는 거야? 진짜 배가 고픈데. 그렇지만 네이트 앞에서 이상하게 굴 순 없어. 놀이기구 맨 꼭대기에 꼼짝없이 갇힌 기분이야.'

해너가 육즙이 흐르는 햄버거를 베어 물며 물었다.

"그래서 어땠어?"

해너의 햄버거 빵 끄트머리에서 감자가 달랑거렸다.

"뭐가?"

"단원 평가 말이야."

"괜찮았어."

나도 해너처럼 할 수 있다면 좋겠다. 아니, 감자가 붙은 빵만 걷어내며 먹을 수 있을지도 모르겠다.

'128, 132.'

해너가 햄버거를 우적우적 씹으며 말했다.

"오늘은 되게 쉬웠던 것 같아. 그런데 6번에서 막히더라. 6번 답이 뭐야?"

"기억이 안 나네."

'거짓말.'

나는 햄버거에서 빵을 뺀 다음, 고기 패티의 양면에 다른 불청객이 붙어 있지는 않은지 확인했다. 그러고는 안도의 숨을 내쉬며 한 조각을 잘라 냈다. 패티만 남은 버거를 보고 해너가 눈썹을 치켜올렸다.

"빵은 안 먹게?"

"배가 별로 안 고파서."

'136, 140. 또 거짓말.'

"진짜? 난 배고파서 죽을 것 같았는데. 어쨌든 6번 말이야. 해변에 나와 있는 불가사리가 몇 개인지 구하라고 했잖아. 난 일곱 개라고 적었는데 맞는지 모르겠어. 너도 일곱 개 적었어?"

해너는 햄버거 끝에 붙은 감자를 입으로 핥았다.

"진짜로 기억이 안 나."

그사이에 네이트는 급식판을 싹 비웠다. 햄버거도, 그레이비소스도, 으깬 감자도 모두 사라지고 없었다. 네이트는 식탁 반대편에 앉아 있는 브리짓과 아리아나에게 인사를 건넸다.

"만나서 반가웠어."

그리고 나와 해너를 향해 말했다.

"몰리, 해너, 나중에 봐."

네이트는 급식판을 들고 금방 사라졌다.

해너가 나에게 물었다.

"6번 문제를 어떻게 풀었는지 왜 안 가르쳐 줘? 그게 무슨 비밀이라도 돼?"

"아까 말했잖아, 기억이 안 난다고."

백지로 냈다고는 차마 말할 수가 없었다.

'144, 148, 152, 156.'

나는 급식실을 둘러보았다. 우리 옆 탁자에는 스테이크 성애자 지미와 레기, 그리고 축구부 아이들이 앉아 있었다. 아주 게걸스럽게 식사를 하고 있었다. 신나게 웃으며 지극히 정상적으로.

'나도 정상이고 싶어.'

그 순간, 브리짓의 날카로운 목소리를 듣고 정신이 번쩍 돌아왔다. 브리짓이 해너를 다그치고 있었다.

"아리아나한테 팔찌 값 돌려주라니까."

해너가 감자튀김을 케첩에 푹 찍으며 대꾸했다.

"환불은 안 돼."

"아리아나는 분홍색 팔찌를 샀어. 그런데 남친이랑 깨졌잖아. 넌 거짓말쟁이야. 네 사업은 다 가짜라고."

"남자 친구랑 헤어진 건 안됐다고 생각해. 그렇지만 약관을 잘 읽어 봐. 환불은 안 된다고 분명히…….”

“네가 마음대로 정한 약관 따윈 아무래도 상관없어. 돈이나 돌려줘.”

브리짓이 대뜸 고함을 질렀다. 그 바람에 아이들의 시선이 한꺼번에 이쪽으로 쏠렸다.

내가 해너를 위해 뭐라고 말해야 한다. 뭐라도 해야 한다. 그런데 아무것도 할 수가 없었다.

‘160, 164.’

뒤섞여 있는 버거와 감자와 콩을 어떻게 먹어야 할지 생각하느라 힘이 다 빠져 버렸다.

브리짓이 나를 획 돌아보았다.

“내가 말했잖아. 해너는 부고란 15쪽에 나온 그 여자랑 닮았다고. 친구들하고 가족들 돈을 사기치고 나서 혼자 쓸쓸하게 죽은 여자.”

내가 겨우 할 수 있는 말은 이것뿐이었다.

“브리짓, 말이 너무 심한 것 같아.”

‘168, 172.’

그러자 브리짓이 물었다.

“넌 파란색 팔찌 샀지? 몰리, 말해 봐. 너한테 평화가 찾아왔어?”

“그럼.” 아니면 “닥쳐.” 그게 아니라 무슨 말이든 해야 한다. 그런데 그런 말 대신에 내 얼굴에서 핏기가 사라져 버렸다. 나는 어서 거짓말을 하라고 나 자신에게 소리쳤다.

‘176, 180, 184, 188.’

“봐, 다 가짜였지? 넌 루저야.”

브리짓은 자리에서 벌떡 일어나더니 저쪽으로 휑하니 가 버렸다.

'가짜는 해너가 아니야. 나라고.'

나는 혼자서 힘없이 중얼거렸다.

방과 후, 사물함 앞에서 해너를 기다리고 있을 때였다. 파이퍼 선생님이 잠깐 들어오라며 교실에서 손짓을 했다.

"몰리, 오늘 본 단원 평가에 대해서 얘기 좀 할까? 혹시 요새 무슨 일 있니?"

숫자들이 또 기어 들어왔다.

'4, 8, 16, 20.'

"잘 모르겠어요."

나는 조그맣게 대답했다. 해너가 들을 수도 있다는 생각에 목소리가 자꾸만 작아졌다.

"몰리, 단원 평가 시험지를 백지로 제출한다는 건 너답지 않은 행동이야. 정말 아무 일 없어?"

'24, 28, 32, 36.'

"네, 시험 시간에 말씀드린 그대로예요. 지우개가 부러졌어요. 시험지는 온통 연필 자국들인데……. 그래서 필통에서 다른 지우개를 꺼내서 더러워진 시험지를 깨끗이 지웠어요. 계속 지우고 지워서 시험지가 깨끗해졌다고 생각하는 순간, 그만 찢어져 버린 거예요. 찢어진 시험지를 낼 순 없어서 테이프로 붙인 거고요. 그러고 나서 시험지에 겨우 이름을 썼는데, 그 순간 선생님이 연필을 내려놓으라고 하신 거예요."

'40, 44.'

"다 푼 문제가 하나도 없잖니?"

"시험 시간이 너무 짧았어요."

'48, 52.'

"몰리, 다른 아이들은 시간 내에 다 끝냈어. 게다가 넌 그동안 반에서 늘 일등이었잖니? 선생님은 혹시라도 너한테 무슨 일이 생긴 건지 걱정돼서 확인해 보고 싶었어."

"오늘 제가 운이 나빴나 봐요."

'완전히 틀린 말은 아니야. 내 삶 자체에 운이 나쁘니까.'

"그래, 살다 보면 그런 날도 있지. 어쨌든 재시험을 보도록 하자. 네가 수업 내용을 잘 이해하고 있는지 파악해야 하니까."

"고맙습니다, 선생님."

'56, 60, 64, 68.'

사물함으로 돌아가는 길에 머리가 몹시 지끈거렸다. 해너가 사물함 앞에서 기다리고 있었다.

"늦어서 미안. 선생님을 좀 도와 드릴 게 있었거든."

거짓말이 또 꿈틀꿈틀 기어 나왔다.

"아, 그래."

나는 해너의 대답에 신경을 곤두세웠다. 해너는 내 말을 믿는 걸까?

해너의 목소리가 벌컥 높아졌다.

"아까 브리짓 앞에서 왜 내 편을 안 들어줬어?"

적어도 내가 선생님을 도왔다는 이야기는 믿는 모양이었다.

"그 50달러 이야기 좀 해. 내 생각에는 멜빈 할머니가 5달러를 주시려다가 실수로 50달러를 주신 것 같아. 할머니네 집에는 50달러짜리 지폐가 가득한 서랍이 있었잖아. 할머니는 안경이 없으면 앞이 거의 안 보이시는데, 나한테 돈을 주신 날은 안경을 안 끼고 계셨으니까."

"그럼 그 50달러는 오늘 아침에 받은 거야?"

"응. 아니, 잠깐만! 그럼 넌 그때 내가 할머니네 서랍에서 돈을 훔쳤다고 생각했어?"

나는 어깨를 으쓱했다. 머릿속으로 숫자나 세는 데다 자기에 관한 진실은 모두 비밀로 하면서 해너만 비난할 수는 없었다.

"안 훔쳤어. 그런 충동이 잠깐 일었던 건 사실이지만. 이 돈은 멜빈 할머니가 오늘 아침에 주신 거야. 그런데 50달러를 주려고 하셨던 게 아니면 어떡하지?"

"할머니께 가서 여쭤 봐."

"만약 할머니가 나한테 50달러를 주실 생각이 아니었는데, 내가 그 돈을 다 써 버린다면 훔친 거랑 똑같이 되는 걸까?"

'72, 76, 80, 84.'

나는 같은 말을 반복했다.

"그냥 가서 여쭤 보면 되지 않을까?"

"그러다가 할머니가 돈을 돌려 달라고 하시면 난 참가비를 낼 수가 없어. 그러면 아빠를 도울 기회가 사라지게 되고."

'해너는 어쩌면 저렇게 자기 속마음을 있는 그대로 다 말할 수 있는 걸까?'

나는 부러운 마음을 애써 숨겼다.

'88, 92, 96, 100.'

"그런 말을 하다니, 브리짓이 너무했어. 난 네 팔찌가 참 좋던데."

"그러면 아까 브리짓한테 당장 입 닥치라고 말했어야지. 그런 상황에서 네가 잠자코 있었다는 게 지금도 믿기지가 않아."

해너는 너무 슬퍼서 화가 난 것처럼 보였다. 나도 뭔가 한마디 했어야 한다는 건 알고 있었다. 그런데 으깬 감자가 다 망쳐 버렸다.

"창작시 낭송 대회를 걱정하고 있다가 그만 멍해져 버렸어. 정말 미안해. 화 풀어."

'188, 192. 잠깐, 어디까지 셌지? 여기서 시작해도 되는 걸까? 숫자를 세는 데도 규칙이 있었던가?'

"다음에라도 브리짓한테 뭐라고 좀 해. 걔는 네 잘난 친구니까. 혹시나 해서 말해 두는데, 환불은 절대로 안 돼."

'196, 200.'

나는 고개를 끄덕였다. 사물함 문을 닫은 뒤, 해너와 같이 집으로 향했다. 나는 짐짓 다른 이야기를 꺼냈다.

"토요일 파티는 엄청 재미있을 거야."

해너가 가던 길을 멈추고 나를 빤히 쳐다보았다.

"너, 지금 장난하니? 난 그 파티 안 갈 거야. 죽음의 여사께서 함께하실 거잖아."

"브리짓은 무시해. 그냥 나랑 재미있게 놀자."

'204, 208.'

"아까야말로 지금처럼 했어야지, 잠자코 있을 게 아니라."

"제러드한테 너도 갈 거라고 했단 말이야. 제러드는 널 만날 생각에 한껏 신난 눈치였어."

해너는 아무 대답이 없었다. 그렇지만 입을 씰룩거리는 모양으로 보아 충분히 알아차릴 수 있었다. 파티에 꼭 가리라는 걸.

4, 8, 12, 16, 20…

학교에서 돌아와 보니, 아빠가 전화기와 컴퓨터를 동시에 붙잡고 멀티태스킹으로 일을 하고 있었다. 아빠는 내게 고개를 살짝 까닥인 다음, '오늘 학교생활이 어땠는지 궁금하지만, 지금은 얘기하지 말자.'라는 손짓을 보냈다. 몸이 안 좋은 이안은 소파에 파묻혀 있었고, 케이트 언니는 아르바이트를 하러 가고 없었다.

나는 예전에 엄마가 그랬듯, 이안의 이마를 손바닥으로 짚어 열을 재 보았다. 열은 거의 없었지만 두 눈이 매우 반짝였다. 좋은 의미로 반짝이는 건 아니었다.

"이안, 몸은 좀 어때?"

이안은 끄응 앓는 소리를 내며 돌아눕더니 이내 잠에 빠져들었다. 곧 코 고는 소리가 들렸다. 나는 이안의 이마에 입을 맞춘 다음, 책가방을 내려놓고 산책을 하러 나갔다.

멜빈 할머니네 집 앞을 지나는데, 챙이 넓은 모자를 쓴 채 토마토 줄기 위로 몸을 구부리고 있는 할머니가 보였다.

"몰리구나."

"안녕하세요?"

나는 할머니를 향해 손을 흔들고는 주위를 둘러보았다. 할머니가 바구니를 들고 다가왔다.

"자, 하나 먹어 봐. 금방 딴 거야."

할머니는 햇볕을 받아 아직 따뜻한 방울토마토를 몇 알 건네주었다.

"고맙습니다."

"새 안경이 잘 어울리는구나. 잠깐 앉았다가 갈래? 이참에 나도 좀 쉬어야겠다."

할머니는 내가 앉겠다고 말하기라도 한 것처럼 발코니에 놓인 흔들의자로 걸어갔다.

"아, 네. 그럴게요."

할머니와 나는 토마토를 중간에 둔 채 흔들의자에 앉았다. 잠시나마 내 머릿속에서 나쁜 생각들이 사라졌다. 숫자도 떠오르지 않았다. 어쩌면 숫자들이 돌아오지 않을지도 모른다, 영원히. 그 이유는 조금도 궁금하지 않았다. 흔들의자 덕분일 수도 있고, 토마토 덕분일 수도 있고, 멜빈 할머니 덕분일 수도 있다. 그저 머릿속이 고요해진 것 같아서 고마울 뿐이었다.

"너하고 해너가 정원 가꾸는 걸 도와줬지, 너희가 아주 어릴 적에."

차갑고 습한 흙바닥에 주저앉아 땅을 파는 모습이 지금은 도저히 상상되지가 않았다. 손에 까만 흙이 말라붙고 손톱에 진흙이 낀다는 생각만으로도 달콤하던 토마토에서 쓴맛이 배어났다. 나는 토마토를 도로 바구니에 넣었다.

"이제 국화를 심을 철이야. 이걸 앞마당 화분에 옮겨 심으려면 누구한테든 도움을 좀 받아야겠지."

할머니는 선반 위에 놓인, 스무 포기 정도 되어 보이는 국화 모종을 가리켰다. 노란색, 주황색, 자주색이었다.

"네이트한테는 이미 다짐을 받아 뒀다만, 너하고 해너도 함께하고 싶다면 언제든 환영이다."

"그럴게요."

물론 이건 거짓말이었다. 할머니한테 진실을 털어놓을 수는 없었다.

그때 현관문이 활짝 열리더니 네이트가 밖으로 나왔다.

"몰리, 안녕?"

할머니가 의자에서 일어섰다.

"몰리하고 국화 모종 심을 얘기를 하고 있었지. 이제 햇빛은 그만 받아야겠다. 이리로 와서 앉아."

네이트는 할머니의 뺨에 뽀뽀를 하고는 내 옆으로 와서 앉았다. 부드럽게 물결치는 갈색 머리카락과 보조개, 녹색 눈동자……. 우리는 제법 한참 동안 월드 시리즈에서 보스턴 레드삭스의 성적이 어떤지, 학교에 왜 이렇게 탄산음료 자판기가 부족한지와 같은 잡다한 이야기를 나누었다. 나는 네이트에게 좋은 선생님과 나쁜 선생님, 그리고 피해 다녀야 할 아이들을 알려 주었다. 그러다 토요일 저녁에 있을 맥의 파티 이야기로 화제가 넘어갔다.

"너하고 해너는 가는 거야?"

"응."

이 대답이 또 다른 거짓말이 되지 않았으면 좋겠다.

우리는 한동안 말없이 의자 위에 앉아서 몸을 흔들거렸다. 할 말이 다 떨어지자, 어색한 침묵이 둘 사이로 파고들었다. 나는 네이트에게 작별인사를 한 뒤 의자에서 일어나 무작정 걸었다.

얼마 후 집으로 돌아왔을 때, 아빠는 여전히 전화기를 붙들고 있었다. 나에게도 할 일이 있었다. 브리짓에게 전화를 걸었다. 약물 과다 복용으로 사망한 컨트리송 가수 블레이크 맥긴티가 부고란을 두 단락 차지한 얘기를 한참 동안 들어 준 다음, 앞으로 해너에게 친절하게 대하지 않는다면 절대로 부고를 써 주지 않겠다고 말했다.

"좋아. 그런데 너는 지금 약속을 어기는 거야. 내가 먼저 죽으면 꼭 부고를 써 주겠다고 약속해 놓고선, 이제 와서 해너한테 친절하게 굴어야만 써 준다고 하는 거니까."

"그 얘기도 네 부고에 꼭 써 넣을게."

내가 막 전화를 끊었을 때, 휴대폰에서 비비 킹의 노랫소리가 울려 퍼졌다. 엄마가 오기로 한 날까지 29일 남았다. 나는 본선 대회에서 낭송할 시를 새로 썼다가 지웠다가를 반복했다. 제발 집중해야 한다.

'우승해야 해. 엄마는 절대로 시상식 행사에 빠지지 않을 거야. 엄마는 꼭 올 거야, 집으로. 우리 가족이 모이는 거야, 모두 다. 그러면 엄마도 계속 여기에 있겠지.'

시가 중간에서 자꾸 막혔다. 잘 풀리지 않았다. 초조한 마음이 다시 기어들었다. 괜스레 이안이 괜찮을지 걱정스러워졌다. 나는 유리 몽돌을 손으로 만지작거리며 생각에 잠겼다. 내 삶이 지금과 다르면 좋겠다. 아니, 내가 지금의 나와 다르다면 참 좋겠다.

어젯밤에 음원 사이트에서 내려받은 노래를 재생했다. 노래가 마음을 가라앉혀 주기를 간절히 바라면서. 그렇지만 조금도 가라앉히지 못했다. 숫자 세기가 또 시작되었다.

'4, 8, 12, 16.'

숫자를 세면 약간 안심이 되긴 하지만 충분하진 않았다. 방 안을 둘러보았다. 해너도, 케이트 언니도, 이안도, 그리고 아빠도 이 방이 깔끔하다고 할 것이다. 그렇지만 모두 다 틀렸다.

나는 양말을 넣어 둔 서랍을 뒤집어 쏟은 다음, 하나씩 말아서 색깔별로 분류했다. 하얀색, 크림색, 노란색, 주황색, 빨간색……. 뒤로 조금 물러서서 결과물을 바라보았다.

'20, 24. 조금 괜찮아지는 것 같아.'

다음 차례로 넘어갔다. 셔츠, 바지, 신발, 마지막으로 피규어……. 나는 모든 것을 손에 닿는 대로 차근차근 정리했다. 째깍째깍, 시계 소리가 들렸다. 시간이 자꾸 흐르고 있었다.

'이안은 좀 괜찮아졌을까? 괜찮을 거야. 아빠가 그냥 감기에 걸린 거라고 했잖아. 그런데 만약 더 심각한 병이라면? 뇌척수막염이나 림프절 페스트에라도 걸린 거라면? 이런 병들도 다 처음에는 감기 증상을 보이잖아.'

나는 아래층으로 달려 내려가 이안의 상태를 살폈다. 이안은 여전히 텔레비전 앞 소파에 누워 자고 있었다. 나는 이안의 코앞에 얼굴을 들이대고 숨을 제대로 쉬고 있는지 확인했다. 이안이 움찔하며 눈을 떴다. 내 얼굴과 이안 얼굴 사이에는 손가락 한 마디 정도 들어갈 만큼의 공간뿐이었다.

'28, 32.'

이안이 재미있다는 듯한 표정으로 나를 쳐다보았다.

"누나, 뭐 하고 있어?"

"응, 혹시 너한테 필요한 거 없나 해서."

'그러니까 약을 먹어야 하다거나, 진료를 받아야 한다거나, 아니면 병원에 입원해야 한다거나.'

"누나, 나 배고파."

이건 내 계획 밖의 일이었다. 시를 완성해야 하고 색연필도 깎아서 순서대로 정리해야 하는데……. 아빠 방문은 굳게 닫혀 있었다. 오늘은 기사 마감일이어서 가 봐야 별 소용이 없었다.

"아침 식사용 저녁 먹고 싶어?"

이안은 벌떡 일어나며 빙그레 웃었다.

"히야, 그럴 줄 알았어. 주방에 숨어 있어? 아니면 내 방에 숨어 있는 거야?"

나는 주위를 둘러보았다.

"뭐가?"

"엄마."

"이안, 엄마는 지금 토론토에 계셔. 알잖아."

이안은 무너지듯 소파에 주저앉았다.

"엄마가 깜짝 선물로 집에 온 줄 알았어."

"왜 그렇게 생각했어?"

"엄마가 아침 식사용 저녁 만들어 주러 온 줄 알았거든. 왜냐하면 엄마는 내가 그걸 먹으면 힘이 나는 걸 아니까."

나는 심장이 산산이 부서지는 듯한 느낌이 들었다. 엄마가 떠나던 날처럼, 이안이 내가 가장 좋아하는 티셔츠에 울다 지쳐 눈물 자국을 남기던 그날처럼.

"누나가 이안한테 아침 식사용 저녁 만들어 줄게! 팬케이크하고 달걀 프라이하고 베이컨하고 소시지하고 다……."

이안은 아주 오랫동안 나를 꽉 끌어안았다.

아침 식사용 저녁으로 식사를 한 다음, 이안을 침대에 눕히고서《잘 자요, 달님》을 읽어 주었다. 다행히 이제는 벽에서 코딱지가 보이지 않았다.

"누나, 사랑해."

막 방을 나서는데 이안이 속삭였다.

"누나도 사랑해, 이안."

방으로 돌아오자 창작시 낭송 대회 본선에 낼 시가 나를 기다리고 있었다. 아직 끝내지 못했다. 잘 자요, 숫자들. 잘 자요, 정리벽. 잘 자요, 이상한 버릇들 모두 다…….

잠깐 동안 가만히 기다려 보았지만 내 인사는 전혀 통하지 않았다. 나는 내가 집중하지 못하도록 방해하는 숫자들과 맞서는 마음으로 시를 휘갈겨 썼다.

어두운 밤에 간절히 기도해
정상인 내가 길을 찾아가기를

비틀리고 찢어진
세상을 보기를
지쳐 버린 모든 것을
혼돈을 사랑하기를

나는 4의 배수를 속삭여
더는 내가 아닌 나를 애도해

역시나 숫자들이 돌아왔다.

'36, 40.'

나는 서랍을 빼내 카펫에 거꾸로 쏟아붓고 양말들을 다시 정리했다. 해야만 한다. 끝은 없을 것이다. 미치는 게 이런 느낌일까?

파이퍼 선생님은 늘 아는 것이 힘이라고 했다. 나는 노트북을 열고 인터넷 검색창을 클릭했다.

내가 미쳤나요?

아니, 삭제. 더 구체적으로 써야 한다.

모든 것이 완벽하게 깨끗이 정리되어 있으면 좋겠어요.

나는 엔터를 치고 숨을 죽였다.

엄마 옷장으로 자리를 옮겼다. 내가 미친 것인지 아닌지, 엄마 옆에서 알고 싶었다. 재스민 향과 민트 향을 느끼며 옷장 바닥에 주저앉았다. 유리 몽돌도 옆에 내려놓았다.

검색 결과를 읽기도 전에 옷장 문이 벌컥 열렸다. 케이트 언니가 나를 내려다보고 서 있었다.

언니가 눈치챘다.

"내 방에 몰래 들어오지 말랬지!"

소리를 빽빽 지르는 언니 얼굴이 순식간에 엄마가 자주 만들어 주던, 그 메스꺼운 비트 주스 색으로 바뀌었다.

"몰래 들어간 적 없어. 언니가 그 잘난 가위를 방에 가서 가져가라고 말했잖아."

언니가 그냥 나가 주었으면 좋겠다.

'4, 8, 12, 16.'

운이 없다. 언니는 순순히 물러나지 않았다.

"너, 그거 어떻게 했어?"

숫자들이 사방으로 흩어졌다. 처음부터 새로 세어야 했다.

'4, 8.'

언니는 내 대답을 기다리지 않았다.

"맞춰 볼까? 엄마한테 다시 보냈겠지? 그런데 그거 알아? 엄마는 그 선물을 받고 싶어 하지 않아."

'12, 16.'

"언니는 거짓말쟁이야. 언니가 엄마 목걸이를 훔쳤잖아. 엄마한테 상처 주고 싶어서. 언니는 엄마가 떠난다는 말을 들은 다음부터 계속 괴롭히고 있잖아."

'20, 24.'

그때 언니의 휴대폰에서 벨소리가 울렸다. 언니는 휴대폰을 노려보다가 다시 나를 째려보았다.

"넌 지금 네가 무슨 말을 하고 있는지도 몰라. 그 잘난 몽돌이나 여기저기 끌고 다녀 봐. 그게 마법처럼 모든 일을 다 해결해 줄 것 같지? 넌 엄마가 우릴 여전히 사랑한다고 믿는 것뿐 아니라, 일 년 뒤면 모든 게 다 정상으로 돌아온다고 생각하고 있어. 그런데 몰리, 그거 알아? 우리에게 더 이상 정상은 없어!"

언니는 홱 돌아서더니 전화를 받았다.

"케빈, 잠깐만."

언니는 손으로 휴대폰을 막은 뒤 나에게 말했다.

"소원도 봐 가면서 비는 거야."

옷장 문을 박차고 나가는 언니의 등에 대고 나는 소리를 꽥 질렀다.

"목걸이 안 돌려줄 거야!"

'28, 32.'

언니가 틀렸다. 나는 언니의 비난을 머릿속 깊고 어두운 우물 속으로 던져 가라앉혔다. 그리고 천천히 노트북을 열었다.

'36, 40.'

검색 결과는 2,310,000개였다.

'결벽증은 강박 장애인가?', '매사가 엉망진창인 사람은 절대로 이해하지 못하는 결벽증에 관한 11가지 진실', '국제강박장애협회 : 강박 장애가 아닌 증상 5가지', '결벽증 환자들이 세상에 선사하는 14가지 황홀하고 완벽한 재능', '강박 장애와 청소년 건강' 등.

머릿속에 소용돌이가 일었다. 결벽증, 강박 장애……. 언젠가 브리짓네 집에 놀러 갔을 때, 그 애는 탁자를 네 번씩이나 닦는 나를 보며 웃음을 터뜨렸다.

"너, 완전 강박 장애구나? 네 부고에는 그걸 쓰면 되겠다."

그때는 그냥 함께 웃었다. 그렇지만 뭔가 들킨 기분이기는 했다.

나는 떨리는 손으로 강박장애협회 홈페이지를 열어 상단의 '아동 강박 장애'를 클릭했다. 굵은 글씨가 이렇게 말하고 있었다.

희망은 있습니다.

'없는 것 같아.'

그리고 이렇게 묻고 있었다.

그래서 강박 장애라는 게 정확히 뭔가요?

'그 답을 알면 내가 이 사이트를 보고 있지 않겠지.'

강박 장애는 강박적 생각과 강박적 행동, 두 가지 요소로 이루어져 있습니다.

나는 계속 읽어 나갔다. 나하고 비슷한 내용도 있지만 전부 그런 건 아니었다. 나는 이안에게 나쁜 일이 일어날까 봐 늘 걱정스럽고, 짝수를 유난히 좋아하고, 좋은 성적을 얻기를 바라지만, 실수로 누군가를 다치게 하거나 불경한 생각을 품게 될까 봐 염려하지는 않는다.

강박적 생각을 얼마나 하는지 알아보는 체크리스트를 따라가며 표시해 보았다.

예 : 4개

아니오 : 6개

다행히 '예'가 적었다.

나는 계속 읽어 나갔다. 기사에 따르면 강박적인 생각을 많이 할수록 그런 식의 행동도 자주 한다고 한다. 강박적 행동 항목을 살펴보니, 몇 개는 해당하지만 전부 다는 아니었다. 세상에 손을 안 씻는 사람이 어디 있을까? '너무 자주'가 '얼마나 자주'인지 내가 어떻게 알아?

마구잡이로 쌓인 정보로 머릿속이 몹시 혼란스러웠다. 가족들을 하나하나 떠올려 보았다. 이안, 케이트 언니, 엄마, 아빠, 외할머니, 외할아버지. 가족들한테 이상한 점이 있다면, 먹다 남은 감자칩 봉지를 누가 찬장에 도로 가져다 두지 않았는지 따지는 것 정도인 듯했다.

엄마는 정리정돈을 잘하지만, 목록에 올라갈 정도로 이상하진 않았다. 아빠는 일에 관해서만 집착을 보일 뿐, 평상시에는 순 게으름뱅이였다. 케이트 언니는 게으름뱅이와 보통의 중간이고, 그렇게 치면 이안도 마찬가지였다. 외할머니는 물건을 모아 두는 습관이 있었지만, 그건 원래부터 그랬다. 그리고 외할아버지는 관심이 온통 외할머니에게만 쏠려 있었다.

청소년 강박 장애는 이백 명 중 한 명 꼴로 나타난다고 한다. 그러니까 만약 내가 강박 장애라고 해도 최소한 혼자인 건 아니다. 이걸로 마음이 놓여야 하는데, 이상하게도 전혀 그렇지가 않았다. 도리어 내 상태가 어떤지 정확히 가늠하기가 더 어려웠다.

어쩌면 그냥 단순히 미친 걸까? 그런 사람은 이 세상에 나 혼자일지도 모른다. 나는 잠시 멍해졌다. 그러다 다시 기사든, 블로그든, 그 어떤 공간이든 아이들이 자신의 비밀을 공유하는 곳을 찾아 나서기 시작했다.

파커 레이 : 숫자 세는 법을 배운 뒤로 계속 숫자를 세고 있어. 이제 그만할 때도 됐는데. 제일 좋아하는 숫자는 지금껏 쭉 11이야.

마리아 : 가끔은, 사실은 아주 자주, 나 때문에 남동생이 아플까 봐 겁이 나. 갑자기 죽을까 봐 무서워서 미치겠어. 내 손에 있는 더러운 세균에 감염돼서 죽을까 봐 무서워.

라일 : 나는 손바닥을 핥은 다음, 그 손으로 벽을 일곱 번 쳐야 방에서 나갈 수 있어. 어제는 한 시간 동안이나 내 방에 갇혀 있었지.

애너 : 나는 내 숙제를 먹어. 진짜로 먹어. 종이를 계속 먹게 돼.

마이클 : 내 문제도 그런 거였으면 좋겠다. 나는 이웃집 아줌마한테 막 소리를 질러. 하도 창피해서 내가 뭐라고 소리 지르는지는 차마 못 쓰겠다. 그런데 그 아줌마는 좋은 사람이야. 그냥 내가 나를 어쩌지 못하는 거야.

휴대폰에서 벨소리가 울렸다. 시계를 확인하고 엄마일 거라 생각했는데, 뜻밖에도 해너였다. 나는 '나중에 통화하기' 버튼을 눌렀다. 이제는 페이스북과 트위터로 넘어갔다. 페이스북은 링크스 로메인의 계정으로 접속했다.

링크스 로메인은 지난해 어느 비 내리는 여름날에 태어났다. 그날 해너 아빠와 우리 부모님은 우리의 모든 SNS 계정을 차단하기로 정했다. 우리의 모든 사회 활동이 망쳐질 위기에 처했던 것이다.

해너와 나는 여름 캠프에서 만난 벤지, 닉과 계속 연락하기 위해서 가짜 계정을 하나씩 만들었다. 나는 링크스 로메인으로, 해너는 마일리 마틴으로 회원 가입을 했다. 지금 링크스는 정찰 중이었다. 링크스가 있어서 정말 다행이다. 나는 활동이 활발한 모임을 하나 찾아냈다.

-점점 좋아지고 있긴 해. 그렇지만 책상을 정리하지 않고는 못 배기겠어.

-왜 다들 그냥 안 하면 된다고 생각할까?

-혹시 살갗 잡아 뜯는 사람은 없어?

-나는 다른 음식과 닿은 음식은 못 먹겠어.

-우리 반의 어떤 애는 자기가 강박 장애에 시달리고 있다고 떠들어 대는데, 사실 걔는 강박 장애가 아니야. 너무 싫어.

'내가 체크리스트에 표시를 잘못한 걸까? 나는 이 애들하고 비슷한 정도일까? 이 애들도 나처럼 숨어 있는 걸까?'

뭐가 뭔지 모르겠다. 다시 처음으로 돌아왔다.

나는 노트북을 덮고 엄마 옷장에서 나와 내 방으로 돌아갔다. 침대에 멍하니 앉아 있다가 얼굴을 두 손에 묻었다. 뭘 해야 할지 모르겠다. 결국 자를 집어 들었다. 소, 돼지, 올빼미, 쥐, 그리고 독수리를 정확히 똑같은 간격으로 정렬했다.

그러다 기진맥진한 상태로 잠에 빠졌다. 자는 동안은 나의 불안이 유일하게 숨을 죽이는 시간이었다. 그런데 오늘 밤은 달랐다. 꿈에도 불안이 숨어들었다.

내 방에 누군가 서 있었다. 낯선 남자가 옷장에 숨어서 나를 쳐다보고 있었다. 소리를 지르고 싶었지만 몸이 얼어붙어서 말이 나오지 않았다. 방바닥에 피규어들이 아무렇게나 널브러져 있었다. 일기장에서 찢겨 나간 시들이 바닥에 흩어져 있었다. 남자는 3의 배수를 외치며 크게 웃었다. 옆방에서 이안의 울음소리가 들려왔다. 그런데 몸이 움직여지지 않았다.

나는 소스라치게 놀라 눈을 번쩍 떴다. 잠을 자면서 비명을 질렀던 걸까? 아빠가 방문 앞에 굳은 표정으로 서 있었다. 시계 불빛이 새벽 2시를 알리며 깜박였다.

"무슨 일이야? 괜찮아?"

아빠가 다가와 내 이마에 손을 대었다. 아빠 얼굴에 서린 불안이 내게로 쏟아져 내렸다.

"괜찮아요."

'다 괜찮아요.'

또 그 소리.

"괜찮다고? 한밤중에 그렇게 소리를 지르면서 몸을 덜덜 떨고 있는데? 몰리, 네 손 좀 봐!"

내 손이 이안의 머리 흔드는 스파이더맨 인형처럼 떨리고 있었다. 나는 얼른 손을 엉덩이 밑으로 숨겼다.

"아무렇지도 않아요. 좀 괴상한 꿈을 꿨어요."

나는 스스로를 다독였다. 침묵이 잠깐 흘렀다.

"아빠?"

"응?"

"학교 숙젠데요. 그 왜, 있잖아요, 유전되는 질환을 찾아가야 하거든요. 그런데…… 그, 뭐더라, 강박 장애를 찾았거든요. 그런데……."

'지금 너, 뭐 하는 거야? 체크리스트를 해 봤잖아. 강박 장애가 아니었잖아. 그러니까 그만해, 그만 말하라고.'

그렇지만 내 안의 아주 조그마한 무언가가 말을 멈추지 않았다.

아빠가 일어섰다.

"몰리, 어디가 아픈 게 아니라면 학교 숙제는 다음에 이야기할까? 지금은 새벽 2시고, 아빠는 내일 중요한 일이 있거든."

"그럼요, 그냥 아빠가 아시는 게 있을까 해서요. 혹시 아빠 아는 사람 중에 그런 증세가 있었던 사람이 있어요? 음, 그게 유전되는 거라니까, 조상 중에 그런 병을 앓은 사람이 없으면 자손한테는 안 나타나는 거잖아요. 거의요."

아빠는 크게 한숨을 내쉬었다. 그 뒤로 길고 공허한 침묵이 이어졌다. 나는 숨을 죽이고 기다렸다. 아빠가 어떤 대답을 하길 바라는지조차 모르면서. 잠시 뒤, 아빠는 주위에 강박 장애가 있는 사람은 없다고 단호하게 말했다.

"나는 까닥 잘못하면 게으름뱅이 소리를 들을 사람이고."

아빠가 찡긋 윙크를 했다.

"엄마는 깔끔한 성격이지만 이상할 정도는 전혀 아니고. 딱히 떠오르는 사람은 없는데……. 내일 엄마한테 한번 물어봐. 혹시 엄마는 더 알지도 모르니까."

엄마라는 단어에서 아빠의 표정이 살짝 찌푸려졌다. 아빠는 방에서 나가며 한마디 툭 던졌다.

"사랑한다."

이제 어떻게 해야 할까? 기쁨의 춤은 딱 여기까지다. 강박 장애가 아니라면, 도대체 뭐가 문제인 걸까?

나는 일기장을 펴서 머릿속으로 쏟아지는 생각들을 옮겨 적었다.

너 같지 않아
외로운 작은 배

너 같지 않아
눈물 한 방울

너 같지 않아
텅 빈 카트

너 같지 않아
타 버린 숲

너 같지 않아
공허한 두 눈

너 같지 않아

시를 다 쓰고 나서 이불 속에 숨어 소금기 섞인 눈물을 베개 위로 똑똑 떨구었다.

'도와줘, 누구라도 제발.'

절반의 진실

오늘은 창작시 낭송 대회 본선이 있는 날이었다.

나는 숨을 깊이 들이마시며 다른 나로 변신할 수 있기를 간절히 기도했다. 숨기는 것 없이 당당하게 부딪히고, 말하고, 살아가는 나. 그렇지만 기도는 이루어지지 않을 것이다.

나는 책상을 다시 확인했다. 모든 것이, 제자리에, 있어야만 했다. 행운의 유리 몽돌, 뾰족하게 깎은 연필, 새 지우개.

준비 끝!

카우보이 부츠가 무대의 바닥에 또 한 번 발자국을 남겼다. 이번에는 진짜 나를 숨기기가 정말 힘들었다.

'4, 8.'

어젯밤에 나는 결국 잠들지 못하고, 시의 운율에 숫자를 슬며시 집어넣었다. 숫자들은 시에 은밀히 숨어 있었다. 아무도 그 존재를 알아차리지 못하겠지만.

박수가 잦아들자, 나는 주머니 속 행운의 유리 몽돌을 손아귀에 쥐고 한 바퀴 굴렸다. 맨 앞줄에 해너와 브리짓이 앉아 있는 게 보였다. 당연하게도 서로 멀찍이 떨어져 앉아 있었다.

나는 마음이 차분해지기를 기다리지 않았다. 어차피 차분해지지 않을 테니까.

'12, 16.'

앞으로 구십 초만은 냉정하게 버틸 수 있기를……. 숨을 깊이 들이마시자 입에서 시가 천천히 흘러나왔다.

외로워, 11이라는 숫자
무섭고, 두렵고, 제자리를 벗어났네

외로워, 구겨진 페이지
상처 입고 갈 곳 없이
찢어져 버렸어

외로워, 파란빛 유리 고래
선을 벗어나 돌아갈 수 없게
길을 잃어버렸어

외로워, 마지막 노래
음악이 끝나고 고요만이 남았네

외로워, 누워 있는 저 여자애

꼭꼭 숨어 있지만 유리문 뒤로 환히 보이지

외로워, 가끔은

그저 너무 외로운 나

나는 숨을 내쉬었다. 해냈다. 끝까지 했다. 아이들의 박수 소리가 들렸다. 손가락을 딱딱 튕기는 소리와 환호성……. 나는 자리로 돌아가 앉았다. 심장 뛰는 소리와 함께 숫자들이 쏟아져 내렸다. 무대에서는 헨쇼 선생님 반 본선 진출자들이 시를 낭송하기 시작했다.

'64, 68, 72, 76.'

시 낭송이 모두 끝나자, 파이퍼 선생님이 마이크 앞에 섰다.

"결선 진출자 발표는 다음 주 화요일 아침에 하겠습니다. 결선은 발표가 끝나는 대로 이어질 거예요. 참가자 여러분 모두 아주 멋지게 해 주었습니다."

강당에서 흩어지는 아이들 사이로 브리짓이 다가왔다.

"결선 진출은 따 놨어. 네 부고에는 창작시 낭송 대회에서 보여 준 빼어난 재능 이야기가 꼭 들어갈 거야."

"꼭 바라는 바는 아니지만 아무튼 고마워."

나는 해너를 재빨리 찾아보았지만 눈에 띄지 않았다.

그때 아리아나가 한마디 거들었다.

"시가 좀 가라앉은 느낌이었어. 그런데 그것대로 좋더라."

네이트도 다가왔다.

"시 멋지던데?"

나는 미소를 활짝 지었다. 그리고 숫자를 세었다.

'80, 84, 88, 92.'

"고마워."

네이트가 물었다.

"집으로 곧장 갈 거야?"

나는 해너를 찾아 또다시 강당을 살펴보았지만 여전히 보이지 않았다. 한참 뒤에야 해너가 학교 끝나자마자 치아 교정 때문에 바로 병원으로 가야 한다고 했던 말이 생각났다.

나는 네이트에게 고개를 끄덕였다.

집으로 오는 길에 네이트는 워싱턴에 있을 때 얘기를 들려주었다. 친구 중에 제드와 네이트 B가 있었다고 한다. 다들 자신과 네이트 B를 헷갈려 했다고 하면서 큰 소리로 웃음을 터뜨렸다.

나도 일부러 웃는 척해 보았지만, 머릿속에서는 나에게도 또 다른 몰리가 있다는 생각만 자꾸 떠올랐다. 물론 그 둘 모두 나다.

나는 계속 숫자를 세었다.

'96, 100.'

갑자기 네이트가 나를 이상하리만치 오래 쳐다보았다. 제발 내 이에 채소 찌꺼기라도 끼어 있는 거였으면 좋겠다. 그게 아니라면 내가 이상하다는 걸 알아차렸다는 뜻일 테니까.

나는 혀로 이를 쓱 훑었다. 아무것도 걸리지 않았다. 다시 혀로 문질렀다. 그리고 다시, 다시…….

'제발 나를 똑바로 쳐다보지 마.'

네이트는 이내 제드와 네이트 B 이야기로 돌아갔다. 세 사람은 함께 축구 토너먼트에 나갔다고 한다. 나는 어느 정도는 듣고, 어느 정도는 가짜 미소를 짓고, 어느 정도는 숫자를 세었다.

다행히 어느새 멜빈 할머니네 집 앞이었다. 할머니가 현관에서 네이트를 향해 손을 흔들고 있었다.

네이트가 물었다.

"내일 맥이 여는 파티에 오는 거지?"

나는 아무 대답도 하지 않은 채 그저 손을 흔들면서 잘 가라고 인사했다.

'104, 108.'

질투와 가면

토요일 아침, 손을 뻗어 알람을 껐다. 햇살이 블라인드의 미세한 구멍을 통과해 방 안으로 쏟아져 내렸다. 이불 속으로 다시 기어들었다. 아래층에서 아빠가 부르는 소리가 들렸지만, 짐짓 아직 일어나지 않은 척했다. 나는 뭐든 그런 척하는 걸 잘했다. 진짜 잘했다.

이불을 머리끝까지 덮어쓴 채 케이트 언니의 말을 곱씹었다. 언니가 틀렸다. 엄마는 우리를 두고 떠난 게 아니었다. 언니는 화가 나서 엄마가 단지 일을 하러 갔다는 사실을 받아들이지 못하는 거다.

나는 받아들인다, 물론 보통 때는. 그 사실을 받아들이기 힘들 때는 엄마가 우리를 잊어버릴까 봐 겁이 나서 사진을 찍어 보내곤 했다. 어제는 스파이더를 안은 이안과 함께 사진을 찍어서 엄마에게 보냈다. 답은 아직 없었다. 사진을 너무 늦은 시각에 보내서인 듯했다. 나는 엄마가 정말로 바쁘다는 걸 아주 잘 알고 있었다.

창작시 낭송 대회에서 꼭 결선까지 진출하면 좋겠다. 어제는 자고, 자고, 또 잤다. 뭐든 숨기는 일은 사람을 너무 지치게 만든다.

나는 인터넷으로 들어가 파커 레이와 마리아와 라일과 마이클과 애너가 올린 글을 다시 읽었다. 읽고 또 읽었다. 왠지 이 아이들을 알 것 같았다. 이 아이들의 얼굴을 안다는 것이 아니라, 나 역시 이상한 행동을 하는 아이로서 그 마음을 알겠다는 뜻이다.

새 일기장의 비닐 포장을 벗기고 거기에 시를 쓰기 시작했다.

어두운 곳에는
두려움이 있어

두려움 안에선
희망이 길을 잃어

희망을 지나면
내가 있지

완벽하지 못해 겁에 질린
내가

방금 쓴 시를 누운 채로 반복해서 읽었다. 슬픔이 나를 감아들었다. 도무지 나의 문제가 무엇인지 모르겠다. 그 답을 찾아 머릿속 가장 깊숙한 곳까지 파고 들어가 봐도 아무것도 나오지 않았다.

"누나, 뭐 해?"

이불 밖으로 고개를 내밀자, 이안이 스파이더를 안고서 나를 내려다보고 있었다. 이안은 너무 어리고, 너무 착하고, 너무 정상이다.

"아무것도 아니야."

"아무것도 아닌 것 같지 않아. 뭐 하는 것 같아."

잠시 침묵이 흘렀다.

"누나, 나도 해도 돼?"

"정말 아무것도 안 하는데?"

"그래도 누나는 침대에 아주 오랫동안 누워 있었잖아. 아빠가 누나 어디 아픈 것 같다고 했어."

이안은 깨금발로 제자리에서 열한 번을 뛰었다. 순간, 속이 뒤집혔다. 이안이 한 번만 더 뛰어 주면 좋겠다.

"누나 아파?"

나는 뭐라고 대답해야 할지 몰라서 잠깐 고민했다. 결국은 이 말뿐이었지만.

"아니."

어쨌든 이안이 말하는 식으로 아픈 건 아니니까.

"너는 어때?"

이안은 어깨를 으쓱했다.

"이제 안 아픈 거 같아. 머리가 뜨겁지도 않고 흐물흐물하지도 않아."

다행이다. 안도감이 밀려왔다.

"누나 머리는 뜨겁고 흐물흐물해?"

나는 고개를 저었다.

"그런데 왜 아직도 침대에 누워 있어? 난 벌써 아침도 먹고 점심도 먹고 아빠랑 같이 세차도 하고 왔는데."

"누나는 피곤해서."

'그리고 무서워서, 그리고 슬퍼서, 그리고 미쳐서.'

"그렇구나."

나는 이안이 내 말을 믿어 주는 것이 좋았다. 이안은 내 피규어 쪽으로 다가가더니 나를 힐끔 돌아보았다.

"나, 얼룩말 가지고 놀아도 돼?"

나는 이불에서 나와 숫자가 머릿속으로 밀려들길 기다렸다. 하지만 숫자들은 끝내 나타나지 않았다. 코앞의 전쟁에서는 침묵이 이겼다. 이안 덕분인지도 몰랐다. 이안은 어쩌면 나의 보호막인지도 모르겠다.

"스파이더 두고 오면 베토벤 가지고 놀아도 돼."

얼마 뒤에 이안이 방으로 다시 뛰어 들어오자, 나는 베토벤을 조심스레 넘겨주었다. 베토벤은 초등학교 4학년 소풍 때 파크웨이 동물원에 갔다가 산 얼룩말 피규어였다. 그날 동물원에서는 새로 태어난 얼룩말 이름 짓기 행사가 있었다. 나는 베토벤이라는 이름을 적어서 냈다. 얼룩말 줄무늬가 피아노 건반처럼 보였기 때문이다.

해너와 나는 릴리, 카일, 켄드라, 그리고 소풍 내내 전화기를 붙잡고 있었던 켄드라네 엄마와 같이 다녔다. 우리 아빠는 정말로 가고 싶다고 했지만, 마감이 있어서 함께 가지 못했다. 결국 동물원은 얼룩말 이름을 웨인으로 정했지만, 나는 동물원 기념품 가게에서 얼룩말 피규어를 사서 베토벤이라 이름 지었다.

"누나, 동물원에 가고 싶어?"

이안이 물었다. 내가 가고 싶다면 정말로 그럴 수 있는 것처럼. 동물의 똥이 즐비한 풀밭과 질척한 진흙탕 길, 또 동물들 우리에서 진동하는 냄새를 생각하는 것만으로 흡혈 기생충에게 피를 빨아먹히는 기분이 들었다.

"지금은 못 가."

'아니, 안 갈 거야.'

"다음에 가자. 알겠지?"

이안은 나에게 얼룩말을 돌려주고는 내 허리를 꼭 끌어안았다. 내가 미쳤다는 것을 안 뒤에도 이안은 나를 이렇게 계속 사랑할까?

나는 해너에게 맥의 파티에 가기 전에 먼저 해너네 집에 들르겠다고 문자 메시지를 보냈다. 둘이서 참가 신청서도 완성하고, 사진도 찍을 생각이었다.

그렇지만 해너네 집에 도착했을 때, 약속 시각은 이미 한참이나 지나 있었다. 양말 서랍장을 정리하면서 네 번이나 뒤집었기 때문이다.

해너가 물었다.

"어디 있다가 오는 거야?"

"너, 사진 찍을 때 쓸 소품 좀 챙기느라 늦었어."

절반은 진실이었다.

해너는 황토색 운동복 바지에 가래 색깔과 비슷한 긴소매 티셔츠를 입고 있었다. 티셔츠에는 '나는 캠핑카가 좋아'라고 쓰여 있었다.

"신청서에 첨부할 사진인데 그 옷 입고 찍을 순 없잖아."

나는 해너의 옷장에서 쓸 만한 옷을 찾아보았다. 보풀이 인 황토색 니트, 갈색 터틀넥, 고동색 코듀로이 바지 등등. 이제 옷을 챙겨 온 대형 캐리어가 나설 차례였다.

"5학년 때부터 입어 온 그 바지하고 할머니한테 물려받은 그 티셔츠는 좀 아니잖아. 자, 이걸 입어."

나는 케이트 언니가 일하러 간 사이에 슬쩍 빌려온 (지금쯤이면 언니는 무진장 화를 내고 있을 것이다.) 진회색 스웨이드 조끼와 제깅스, 그리고 근사한 부츠를 꺼냈다.

해너가 나를 와락 끌어안았다. 그러더니 나를 오래도록 빤히 쳐다보았다.

'내가 미친 게 보이는 걸까?'

나는 머리핀을 다시 집고는 양말을 끌어올렸다.

"왜 그렇게 봐?"

해너는 눈길을 돌리며 내가 가져온 옷을 차례로 입기 시작했다.

"아무것도 아니야."

"와! 해너, 너 되게 귀엽다."

"고마워. 너도 그래. 그 은색 핀 진짜 잘 어울려. 그리고 있잖아. 어, 어제 네 시 정말로 좋았어."

"고마워."

나는 입으로만 웃었다. 가짜 웃음이다, 또 다른 나처럼.

해너가 손가락으로 머리카락을 꼬며 말을 꺼냈다.

"나, 그 시가 정말 좋았어. 근데 조금 슬프더라."

"나도 그런 것 같아."

나는 해너의 눈길을 피했다.

"너, 괜찮아?"

"응, 다 괜찮지."

나는 가방에 따로 챙겨 온 티셔츠 두 벌을 꺼내어 개었다. 거짓말이 자꾸만 내게 매달렸다. 나는 거짓말을 못 본 척하고 휴대폰을 꺼냈다.

"사진 찍어 줄까?"

해너가 고개를 끄덕였다.

우리는 집 밖으로 나가 사진을 찍었다. 해너는 '나를 표현하는 팔찌' 종이 간판을 손에 들었다. 스텐실 도구 세트로 내가 만들어 준 간판이었다. 해너의 앞머리가 바람에 가볍게 나부꼈다. 다음엔 해너 아빠가 서재로 쓰는 방으로 갔다. 뒷벽에 광고 포스터를 붙인 뒤, 해너가 그 앞에 놓인 까만색 가죽 의자에 성공한 사업가 느낌으로 앉아 있는 모습을 사진에 담았다.

마지막 클릭 소리와 함께 해너 얼굴에서 미소가 사라졌다. 해너는 곧 고개를 책상 위로 푹 떨구었다.

"E. B.의 법칙 중에 얼굴 찌푸리지 말라는 법칙은 없어. 그치?"

해너는 아빠 앞으로 온 편지를 내게 내밀었다. 취업 불합격 통보서였다.

"나, 이사 가기 싫어."

"알아."

내가 할 수 있는 말은 그것뿐이었다. 나는 방금 찍은 사진 중에서 가장 잘 나온 것을 골라 해너에게 보여 주었다. 커다란 원목 책상을 앞에 두고 가죽 의자에 앉아 있는 사진이었다. 머리칼이 단정하고, 교정기가 안 보이고, 간판은 정면으로 나와 있었다.

우리는 문을 닫고 서재에서 나왔다. 해너는 신청서 파일에 사진을 첨부하고 남은 문항들의 답변을 완성했다. 신청서 작성이 끝나자, 해너는 침대 위에다 지퍼백의 돈을 모두 쏟아 놓았다. 참가비는 아직도 다 마련하지 못했다.

"아기 봐 주고 번 돈은 이미 다 준 건데."

나는 해너 방 벽지에 그려진 상자들을 세었다. 사실 상자가 다해서 146개라는 것은 이미 알고 있었다.

"멜빈 할머니가 준 50달러로 참가비를 내고 차용증을 써 드리면 어떨까?"

해너는 내 대답을 기다리지도 않았다.

"훔치거나 뭐 그런 건 아니잖아. 어쨌든 할머니가 나한테 주신 돈이니까."

"할머니가 너한테 그 돈을 주신 건 맞지만, 그러려고 주신 건 아닐지도 모르잖아."

"거꾸로 다 주신 걸 수도 있지."

"그럴 수도 있지. 그러니까 미리 여쭤 보자는 거야."

이렇게 말하니까 마치 내가 책임감이 강한 아이인 것 같다. 문제를 어떻게 해결해야 하는지 잘 아는 아이, 진짜 나와는 전혀 닮지 않은 아이…….

해너와 함께 맥네 집에 도착했을 때, 그 애 엄마는 지하실로 내려가는 문 앞에서 불을 붙이지 않은 담배를 한 개비 물고 서 있었다. 우리가 그 앞으로 지나가자 대뜸 이렇게 말했다.

"끊는 중이거든."

나는 숨을 죽인 채 지하실이 깨끗하기를 기도했다. 한발 한발 계단을 내려가는 사이에 숫자가 다시 찾아왔다.

'4, 8, 12, 16.'

숫자를 세면서 움직이고 웃고 말하는 것은 무척 힘들었다.

네이트는 벌써 와 있었다. 그런데 지하실에 들어서자마자 브리짓이 다짜고짜 나를 한쪽으로 끌고 갔다.

"네이트란 애, 정말 귀엽다. 나 좀 소개해 줄래?"

'20, 24.'

"저번에 점심 같이 먹었잖아."

"그땐 다른 애들이 많았잖아."

"그래, 알았어."

나는 네이트에게 다가갔다. 확실히 괜찮아 보였다. 초록색 티셔츠에 초록색 눈동자, 그리고 보조개.

"네이트, 여긴 내 친구 브리짓이야. 브리짓, 얘는 네이트."

나는 소개를 마치자마자 뒤로 돌아섰다. 감자칩을 쌓아 둔 탁자 옆에 제러드가 보였고, 그 맞은편에는 해너가 앉아 있었다. 나는 기꺼이 나의 숫자들과 홀로 남겨지기로 했다.

'28, 32, 36, 40.'

그렇지만 남겨진 시간은 그리 길지 않았다.

"그레이프, 아니면 크림 소다?"

나는 해너가 내미는 크림 소다를 받았다. 맞은편 벽 오른쪽 구석에 벽지가 벗겨진 것이 보였다.

'44, 48, 52, 56.'

"저기, 제러드한테 가서 얘기 좀 해."

나는 감자칩이 쌓인 곳을 손으로 가리켰다. 그러자 해너가 어깨를 으쓱했다. 해너와 내가 소다를 다 마셔 갈 즈음, 그레그가 우리 쪽으로 어슬렁어슬렁 다가왔다. 이번 월드 시리즈에서 보스턴 레드삭스가 우승할 거라고 생각하는지 궁금하다나 뭐라나.

나는 건성으로 대답했다.

"당연하지."

라이언이 곧바로 대꾸했다.

"그럴 리가."

라이언은 뉴욕에서 자랐다. 작년에 역사 속 인물을 써 오라는 수행평가 과제에 뉴욕 양키스의 전설적인 선수 데릭 지터를 주인공으로 잡았던 아이다.

곧 투수와 타격수의 등판 일정을 두고서 편을 나누어 토론이 불붙었다. 나는 그레그와 한편을 먹고선 올해는 반드시 보스턴 레드삭스가 우승할 것이라고 우겼다.

그러다 해너에게 짐짓 말을 시켰다.

"넌 어떻게 생각해?"

보스턴 레드삭스의 광팬인 해너가 희한하게도 지금껏 끼지 않고 있었다.

"음, 글쎄. 보스턴 레드삭스가 다 이길 거야."

해너가 가짜 웃음을 짓고 있었다. 나는 표정으로 무슨 일이 있냐고 물었지만, 해너는 애써 내 눈길을 피했다.

그때 라이언이 감자칩 그릇을 집어 들었다. 우리 넷은 소파로 가서 함께 앉았다. 소파는 생각보다 깨끗한 데다 아직 비어 있었다. 그런데 얼마 지나지 않아 미식축구 팀과 스테이크 성애자가 와서 옆에 끼어 앉았다. 꽃무늬 소파는 보통 체격의 아이 네 명이 앉을 때 딱 맞는 크기였다. 뭐, 미식축구 수비수 두 명이 앉아도 넉넉했다. 그렇지만 보통 아이 넷과 미식축구 수비수 두 명이 함께 앉기에는 전혀 넉넉지 않았다.

'60, 64, 68, 72.'

나는 소파에서 일어섰다. 지하실 덧문 밖에서 네이트와 브리짓이 이야기를 나누고 있었다. 마침 내가 좋아하는 노래가 흘러나왔다. 해너에게 춤을 추겠냐고 물어보려는데, 맥이 말없이 내 옆으로 다가와 섰다. 숫자들이 머릿속에서 춤을 추었다.

'76, 80, 84, 88, 92, 96. 숫자를 세면서 웃어. 웃으라고!'

나는 발목의 베인 상처를 손으로 벅벅 긁었다.

'100, 104.'

맥이 무슨 말이라도 했으면 좋겠다, 아무 말이라도.

결국은 내가 먼저 말을 꺼냈다.

"나, 해너한테 뭐 좀 물어볼 게 있어서."

'절반은 사실이니까.'

해너는 이제 그만 집에 가고 싶은 듯이 보였다. 계속 머리카락을 꼬고 손가락의 반지를 돌려 댔다.

그런데 해너한테 가는 길을 브리짓이 막아섰다. 브리짓은 생글생글 웃고 있었다. 하도 환하게 웃어서 하마터면 몰라볼 뻔했다. 평상시 브리짓은 이렇게 행복한 표정을 짓는 아이가 아니었다.

"너, 지금 내 부고 써야 할지도 몰라."

"너, 아직까지는 숨을 쉬고 있는 것 같은데?"

'108, 112.'

"네이트하고 키스했어. 나, 이제 죽을지도 몰라."

"네이트랑 키스했다고?"

"그것도 여러 번."

언제 다가왔는지, 해너가 불쑥 끼어들었다.

"몰리, 우리 얘기 좀 해."

"지금?"

'116, 120.'

해너는 고개를 끄덕였다. 나는 무지무지 행복해하는 브리짓을 놔두고, 해너를 따라 화장실로 들어갔다. 코코넛 방향제 아래 갈색 줄이 여러 개 뚜렷이 나 있는 변기가 보였다. 그 위에 있는 수납장의 거울에도 얼룩덜룩한 자국이 잔뜩 있었다. 바닥에 깐 리놀륨은 가장자리가 들떠 있었다.

나는 주춤 뒤로 물러섰다. 토할 것만 같았다. 숫자들이 마구 뒤엉켰다. 처음부터 다시 세야 했다.

'4, 8.'

"해너, 여기서 꼭 얘기해야 하는 거 아니지? 우리, 다른 데 가서 얘기하면 안 될까? 여기 말고 아무 데서나."

"안 돼."

해너는 화장실 문을 잠갔다. 그리고 변기 덮개를 내린 후, 그 위에 걸터앉았다. 나는 그 옆에 우두커니 서 있었다. 이 안에서 깨끗한 곳을 찾는다는 것은 더 이상 아무 의미가 없었다.

'12, 16.'

내 휴대폰에서 비비 킹의 노래가 흘러나왔다. 엄마가 꼭 오겠다고 약속했지만, 지금은 어떻게 될지 알 수 없는 그날이 딱 27일 남아 있다는 뜻이었다.

해너가 물었다.

"뭐야?"

나는 휴대폰을 주머니에 도로 넣었다.

"아무것도 아니야. 그런데 우리가 이 화장실에서 꼭 지금 나눠야 하는 이야기가 뭐야?"

"네가 나한테 어떻게 그럴 수가 있니?"

나는 주위를 두리번거리며 되물었다.

"내가 뭘 어쨌는데?"

'20, 24.'

"네이트한테 브리짓을 소개해 줬잖아."

"아니, 둘은 학교에서 이미 만난 거나 마찬가지야. 나는 다시 인사하라고 한 것뿐인걸. 그게 뭐가 문제야?"

왠지 해너는 몹시 화가 난 것 같았다. 그제야 감이 잡혔다. 해너가 네이트를 좋아하고 있었던 모양이다.

"잠깐만, 너는 제러드를 좋아하는 줄 알았는데."

'28, 32, 36, 40.'

"전에는 좋아했지. 그런데 지금은 아니야."

해너는 뜬금없이 고백을 하고선 지금껏 몇 명이나 썼을지 짐작조차 되지 않는 칫솔을 집어 들었다. 나는 칫솔을 낚아채 변기에 던져 넣고

물을 내리고 싶은 마음을 꾹 누르며 말했다.

"네이트를 좋아한다고 진작 말해 주지 그랬어?"

해너가 되물었다.

"브리짓이 네이트를 진짜로 좋아하는 것 같아?"

브리짓의 웃는 모습이 눈앞에 떠올랐다.

"잘 모르겠는데."

꼭 진실이라고는 할 수 없는 대답이지만, 해너의 마음을 다치게 하고 싶지는 않았다. 나는 머리를 묶은 집게 핀을 꽉 조였다.

"해너, 미안해. 난 네가 네이트를 좋아하는 줄 몰랐어. 내가 브리짓하고 이야기해 볼게."

나는 해너가 안심하기를, 아니 적어도 화가 풀리기를 기다렸다. 하지만 그럴 기미는 전혀 보이지 않았다.

"이제 그만 여기서 나가도 될까?"

숫자를 세는 것도, 말을 하는 것도 점점 더 힘들어지고 있었다.

'44, 48, 52, 56.'

"아니."

나는 방금 한 말을 되짚어 보았다.

"저기, 난 정말로 몰랐어."

"그게 문제가 아니야. 아니, 그것만 문제는 아니라고."

해너는 치환 암호라도 해독하는 표정으로 나를 빤히 바라보았다.

"몰리, 너 요즘 무슨 일 있지?"

그때 밖에서 누군가 화장실 문을 두드리는 소리가 들렸다. 곧이어 라이언이 화장실이 급하다며 소란을 피워 댔다. 그레이프 소다 세 캔에 뭐가 들어 있었는지는 모르겠지만, 어쨌든 그걸 당장 밖으로 내보내야 하는 상황인 듯했다.

해너는 나를 빤히 보며 대답을 기다리다가, 라이언의 '쿵쿵'이 '쾅쾅쾅'으로 바뀌자 마지못해 마음을 바꾸었다.

마침내 나는 해너와 화장실에서 나왔다. 집으로 돌아오는 차 안에서는 무거운 침묵이 흘렀다. 우리 사이에 해너의 분노가 끼어 있기 때문이었다.

나는 집에 오자마자 엄마에게 전화를 걸었다. 엄마는 전화를 받지 않았다. 잘못 걸었나 싶어서 세 번을 더 걸어 보았다. 세 번 다 받지 않았다. 엄마가 지금 여기에 있으면 좋겠다. 엄마라면 나한테 무슨 문제가 생겼는지 금방 알아차릴지도 모르니까. 다시 숫자가 찾아들었다.

'4, 8.'

엄마의 향수를 뿌린 다음, 엄마 옷장을 열었다. 그 안에는 벌써 케이트 언니가 앉아 있었다. 울고 있었다. 사방이 티슈 뭉치였다. 언니의 슬픔이 흘러내리는 모습을 보는 건 초등학교 4학년 때 스키를 타다가 다리가 부러진 이후 처음이었다. 우리는 서로를 마주 보았다. 정면 대결이라도 하려는 사람들처럼.

언니가 코를 팽 풀며 물었다.

"뭐 어쩌고 싶은 건데?"

"아무것도 아니야."

'12, 16. 난 정상이 되고 싶어.'

엄밀히 말하면, 언니와는 아직 목걸이 문제로 갈등 중이었다. 그렇다고 언니를 이렇게 두고 갈 수는 없었다. 내가 옆에 앉자 언니가 가까이 다가왔다. 언니의 슬픔 뒤로 나의 화난 마음이 빠져나갔다.

"언니, 무슨 일이야?"

티슈를 스무 장이나 써야 일이 무엇인지 도무지 짐작되지 않았다.

'20, 24.'

"케빈한테 차였어."

언니 뺨에는 마스카라 자국이 길게 남았다. 언니는 깨끗한 티슈를 한 장 더 뽑더니, 고맙게도 젖은 티슈 더미를 자기 쪽으로 끌어당겼다.

무슨 말을 해야 할지 모르겠다. 나는 이제까지 한 번도 남자 친구를 사귄 적이 없으니까. 1학년 때 만났던 매트는 남자 친구로 칠 수 없었다. 겨우 이 주일 만났는데, 오래된 치즈 냄새를 참지 못해서 끝내고 말았다.

"진짜 슬프겠다. 언니를 차다니, 케빈이 멍청이네."

'28, 32.'

축축해진 티슈 아래로 언니의 미소가 드러났다.

"고마워."

언니가 내 머리를 땋아 주는 동안, 나는 케빈이 그간 마음에 들지 않았던 이유를 길게 나열했다.

'36, 40.'

한참 만에 언니가 속삭였다.

"저번에 목걸이 가져갔다고 소리질러서 미안해."

"그때 나도 소리질러서 미안해. 그리고 언니한테 못된 말 해서 미안해."

"못된 말?"

내가 빙그레 웃자 언니는 웃음을 터뜨렸다.

"그런데 언니가 왜 목걸이를 가졌는지는 여전히 모르겠어. 그건 우리가 같이 만들었잖아. 엄마한테 선물하려고."

그 점에 관해서는 설명을 들어야 했다. 나로서는 어떤 이유도 생각할 수 없었다.

"그랬지. 그런데 몰리, 목걸이는 내가 엄마 걸 가져온 게 아니야. 엄마가 여기다 놓고 가신 거야."

순식간에 폐에서 산소가 모조리 빠져나가는 듯했다. 언니가 내 손을 꼭 잡았다.

"엄마가 떠나고 나서 처음으로 이 옷장에 들어왔을 때 바닥에 떨어져 있는 걸 내가 발견했어. 엄마가 그걸 놓고 가신 걸 알면 네가 슬퍼할 듯해서 내 방에 가져다 둔 거야."

몇 분 지나지 않아, 언니의 휴대폰에서 벨소리가 울렸다. 케빈이었다. 아무래도 방금 케빈에 대해서 마구 쏟아 냈던 말을 곧 후회하게 될 것 같았다. 나는 언니를 남겨 두고 내 방으로 갔다.

'엄마는 왜 목걸이를 두고 갔을까?'

모든 것이 뒤죽박죽이 된 느낌이었다. 아무것도 이해할 수 없었다. 나는 로메인 링크스 이름으로 페이스북에 로그인했다.

'용기를 내자. 뭐라도 쓰는 거야.'

링크스 : 여긴 처음이야. 나는 계속 숫자를 세게 돼. 계속 정리하게 되고. 내 동생이 죽을까 봐 너무 무서워. 그런데 그런 모습을 숨기기가 점점 힘들어. 제발

도와줘.

나는 숨을 죽이고 기다렸다. 어떤 걸 기대하는지조차 모르겠다.

파커 레이 : 나도 그래. 난 11의 배수를 세.

링크스 : 질서가 없는 게 싫어. 더러운 것도 싫고. 홀수도 싫어. 그리고 그런 게 나한테 중요하다는 사실이 싫어. 계속 뭘 싫어하는 것이 지긋지긋해.

그때 마리아의 글이 올라왔다.

마리아 : 안녕? 나는 세균이 싫어. 세균은 정말 싫어. 세균은 정말 싫어. 세균은 정말 싫어.

셋이서 한창 대화를 하고 있을 때, 아빠가 방으로 들어왔다. 나는 화들짝 놀라서 노트북을 황급히 닫았다. 우리 집에서 페이스북은 절대 금지였다. 아빠가 육아 잡지에서 얻은 팁 중 하나였다.

"아빠, 왜요?"

"늦었다. 아빤 잘 거야. 너도 그래야 하고."

나는 고개를 끄덕였다. 피규어와 양말, 그 외 모든 것을 정리하지 않고도 침대에 누울 수 있다는 듯이.

문이 닫히길 기다렸다가 해너에게 문자 메시지도 보내고 전화도 걸었다. 하지만 답 문자도 없었고 통화도 되지 않았다. 해너는 브리짓과 네이트가 데이트를 한 일과, 아무 일도 없다는 듯이 구는 나의 어설픈 연극에 화가 났다.

그렇지만 브리짓 일은 내 잘못이 아니다. 나는 해너가 네이트를 좋아하는 걸 모르고 있었다. 그리고 나머지에 관해서는, 가짜 몰리가 연기력을 더 갈고닦아야 할 것이다.

나는 이안의 방으로 갔다. 이안은 잘 자고 있었다. 스파이더는 케이지 안을 부지런히 돌아다니며 오른쪽 모서리에 톱밥을 높이 쌓고 있었다. 나는 방으로 돌아와 겨우 선잠이 들었다.

다음 날 아침에 눈을 떴을 때, 간밤의 꿈들은 머리에서 빠르게 사라졌다. 휴대폰을 확인했지만 해너에게서는 여전히 답이 없었다. 나는 단백질 바를 집어 들고 해너네 집으로 걸어갔다. 어떻게든 사과를 해야 했다, 직접 얼굴을 보고서.

해너네 집 주방에서 해너 아빠가 애플 크리스프를 만들고 있었다. 오래전에 우리 집 주방에서 자주 났던 냄새가 훅 풍겨 왔다.

"해너 지금 차고에서 사업 계획서 쓰고 있는데."

"고맙습니다, 아저씨. 냄새 되게 좋네요."

해너 아빠는 삼십 분이면 다 되니까 그때까지 가지 말고 있으라고 말했다. 나는 차고로 가서 문을 열었다. 바닥에 앉아 있는 해너의 뒷모습이 보였다.

"안녕."

나는 인사를 하고 들어가면서, 진짜 나를 겹겹의 거짓말 아래 안전하게 숨겼다. 해너는 아무 대답이 없었다. 일주일은 묵은 것 같은 쓰레기 냄새가 훅 끼쳐 왔다. 해너가 왜 차고를 사업장으로 쓰는지 아직도 이해가 되지 않았다.

나는 천천히 다가가 해너의 표정을 살폈다.

"저기, 난 네가 네이트를 좋아하는 줄 정말 몰랐어. 너희 아빠가 그러시는데 네가……."

나는 말을 끊었다. 눈이 저절로 커졌다. 콘크리트 바닥에서 해너가 보고 있는 건 링크스 로메인의 페이스북 타임라인이었다.

'내가, 올린, 글이, 다, 보이고, 있어.'

나의 숨이 목구멍 깊은 곳 어딘가에 걸려 빠져나오지 못하고 맴을 돌았다. 숫자들이 쏟아져 내렸다.

'4, 8, 12, 16, 20.'

해너는 고개를 들어 나를 쳐다보았다. 해너의 눈물이 뺨을 타고 흘러내려 무릎으로 떨어졌다. 그 순간, 나의 세계가 와르르 무너졌다. 마치 공포 영화에서 최후의 희생자가 된 기분이었다. 자신의 가장 친한 친구가 모두를 죽인 살인범이란 걸 알게 된…….

"지금, 뭐, 하는, 거야?"

잘 알아들을 수 없는 낮은 목소리가 내 입에서 새어 나왔다. 나의 불안이 째깍거리기 시작했다.

'24, 28, 32. 이안은? 이안은 괜찮을까? 아빠한테 전화해 볼까?'

해너가 말했다.

"미안해. 너는 다 괜찮다고 그랬지만, 요즘 너한테 뭔가 문제가 생겼다는 걸 눈치채고 있었어. 그러다가 갑자기 로메인 링크스가 생각난 거야. 어쩌면 네가 그 이름으로 뭔가 글을 올렸을 수도 있겠다는 생각이 들어서. 그러니까 요즘의 너에 관해서."

나는 해너를 빤히 쳐다보았다. 내가 링크스라는 건 해너 말고는 아무도 몰랐다. 해너는 나를 너무 잘 알고 있었다.

"비밀번호는 몇 번 만에 알았어. 우리 둘이 레모네이드 사업한 적 있잖아. 비밀번호가 'lemonadeonlaurellane'더라. 비밀번호를 너무 쉽게 해 놓은 걸 보고, 내가 알아주길 바랄지도 모른다는 생각이 들었어. 너만의 방식으로 나에게 털어놓은 거라고……."

해너가 미소를 지었다. 내 속마음을 읽게 되어서 뿌듯한 것이다. 해너는 자리에서 일어나 내 손을 잡았다.

"나한테 얘기해 줘."

나는 충격으로 온몸이 바르르 떨렸다. 잡힌 손을 사납게 빼낸 뒤, 날 건드리지 말라고 눈빛으로 소리를 질렀다. 그리고 아빠한테 급히 문자 메시지를 보냈다.

이안 괜찮아요?

나는 양손을 모두 주머니에 넣었다.

'36, 40.'

해너가 다가왔다. 나는 뒤로 물러섰다.

다가, 오지, 마!

"파커 레이가 누구야? 이안한테 무슨 일 생겼어? 네가 무슨 숫자를 센다는 거야? 아니, 내 말은……. 난 너하고 계속 붙어 다녔는데, 네가 올린 글을 이해할 수가 없어서. 어떻게 된 거야?"

머릿속이 뒤죽박죽이었다. 아무 말도 나오지 않았다.

'44, 48, 52, 56.'

해너의 목소리는 무척 다정했다.

"널 돕고 싶어."

분노가 온몸을 죄어 왔다.

"이게 나를 도와주는 거야? 내 계정을 해킹하는 게? 내 사생활을 훔쳐보는 게? 내가 보여 주고 싶지 않은 글을 읽는 게?"

나는 휴대폰을 뚫어지게 노려보았다. 아빠가 답을 하지 않았다.

"나는 단지, 나는 그냥, 네가 너무 걱정됐어. 제발 나한테 다 말해 줘."

"말해 달라고? 지금은 아니야. 아니, 영원히 아니야. 넌 내 친구가 아니야. 친구라면 이런 일을 절대로 안 해."

'60, 64, 68, 72.'

나는 벽에 걸린 코르크판의 핀 자국에 정신을 집중했다.

그때 휴대폰에서 벨소리가 울렸다. 아빠였다. 이안이 아끼는 스파이더한테 열이 있다고 했다.

해너하고 말을 하지 않은 지 스물여덟 시간이 지났다. 우리 둘 중 한 사람이 이렇듯 오래 화를 풀지 않은 건 처음 있는 일이었다. 오늘은 선생님들의 단체 연수가 있어서 학교에 가지 않았다.

그래서 나는 지금 브리짓네 집에 와 있다. 숨은 것이다. 브리짓에게는 내 문제를 숨기기가 쉬웠다. 브리짓에겐 내가 잘 보이지 않으니까. 진짜 내가 보이지 않는다. 하지만 해너 앞에는 나설 자신이 없다. 해너에게는 내가 빤히 보이는데, 나는 보일 준비가 되지 않았다.

휴대폰에서 진동음이 울렸다. 문자 메시지였다.

제발 화 풀어. 정말 미안해. 나한테 넌 가장 친한 친구야. 그리고 정말 소중한 친구고. 그래서 페북에 적힌 글을 읽은 거야. 네가 찾아올지도 모르니까, 오늘은 집에서 팔찌 만들고 있을게. 전화해.

"그래서 해너가 뭐라고 했냐니까? 그때 맥네 집에서 널 화장실로 끌고 갔잖아."

브리짓은 벌써 세 번째 같은 질문을 하고 있었다.

"별일 아니었어."

나도 같은 대답을 반복했다. 브리짓이 오른쪽 눈썹을 치켜올렸다.

"확실해? 어쩌면 걔도 네이트랑 키스하고 싶었는지도 모르지."

브리짓은 나를 떠보고 있었다. 그렇지만 난 절대로 해너의 마음을 폭로하지 않을 셈이었다, 아무리 화가 났다고 해도.

"몰리, 넌 맨날 걔를 되게 좋은 애라고 생각하더라. 널 위해서라면 뭐든지 할 거라고. 글쎄, 난 잘 모르겠던데."

나는 잠자코 헤어 스트레이너를 들어 구불거리지도 않는 머리칼을 애써 쫙쫙 폈다.

"너, 오늘 좀 이상해. 계속 똑같은 자리만 그렇게 펴다간 머리카락 다 끊어져."

머릿속에서 숫자들이 무너지기 시작했다.

브리짓은 나를 제대로 볼 수 없어야 한다. 그것이 내가 여기 와 있는 이유니까.

"난 뭐 별일 없는데."

그리고 가짜 미소를 지었다.

"그렇다면 뭐."

모든 것이 다시 제자리에 숨었다. 내가 알던 브리짓이었다. 아무것도 보지 않는…….

브리짓은 다시 맥네 집에서 네이트와 있었던 일을 하나에서 열까지 낱낱이 늘어놓았다. 그리고 본론으로 접어들어 부고를 읽기 시작했다.

> 젤다 제인 여사가 75세의 나이로 세상을 떠났다. 남은 가족으로는 오십 년의 세월을 함께한 남편, 그리고 세 자녀와 다섯 명의 손자 손녀, 두 명의 증손녀가 있다. 젤다 여사는 사십 년 전에 남편 그리어 씨와 공동으로 영화 제작사를 설립한 뒤 쭉 함께 일해 왔다. 널리 알려져 있듯, 이 부부가 만들어 온 영화의 주제는 고통받는 영혼이었다.

브리짓은 계속 읽었지만 나는 귀를 닫았다. 제인 부부는 내 인생도 영화로 만들 수 있었을 것이다. 그 영화의 결말은 어떻게 될까?

> 부부는 줄곧 관심을 기울이던 소재인 홀로코스트, 대공황, 세계의 기아 등을 여러 편의 영화에 절절히 녹여내었다.

부고를 읽던 브리짓이 갑자기 고개를 들었다.

"우리도 죽을 때, 남들이 기억해 줄 만한 사람이 되어 있어야 해."

"왜?"

나는 몹시 피곤했다. 죽은 사람들 이야기를 계속 듣는 것이 힘들었다. 진짜 내 모습을 누군가 기억해 주기를 바라고 있는지도 잘 모르겠다. 식탁 위에 떨어져 있는 호박 머핀의 부스러기가 자꾸 신경 쓰였다.

"그런데 넌 왜 죽은 사람이나 부고 같은 것에 그렇게 관심이 많아?"

이미 몇 번 물었지만, 브리짓은 한 번도 대답한 적이 없었다. 그런데 오늘은 달랐다. 브리짓은 젤다 여사의 사진이 위로 오도록 신문을 접으며 대꾸했다.

"우리 아빠 때문에."

브리짓한테서 자기 아빠 이야기를 듣는 건 처음이었다.

"너희 아빠가 왜?"

"우리 아빤 돌아가셨어."

"아, 정말 미안해. 그런 줄 몰랐어."

브리짓은 아빠가 가족들을 떠난 다음, 엄마와 함께 뉴저지에서 이곳으로 이사 왔다. 내가 알고 있는 건 그게 전부였다.

"오래된 일이야. 오 년 전쯤에 아빠는 엄마랑 나랑 살던 집에서 나가 플로리다로 이사했어. 거기까진 뭐 그런대로 괜찮았어. 어차피 두 분은 맨날 싸우기만 했으니까. 이제 최소한 싸움은 끝났다고 생각했거든. 그리고 방학 때마다 디즈니랜드에 놀러 갈 수 있겠다 싶었고."

브리짓은 머핀을 한입 베어 물고 나서 말을 이었다.

"아빠한테 물어봤어. 겨울 방학에 놀러 가도 되냐고. 그랬더니 아빠가 아직 집을 못 구했다고 하셨어. 대신에 봄 방학에는 놀러 올 수 있을 거라고……. 그리고 나서 한 달 뒤에 아빠는 어이없게도 보트 사고로 돌아가셨어."

나는 자리에서 벌떡 일어나, 식탁에 떨어져 있는 머핀 부스러기들을 한쪽으로 쓸어냈다. 브리짓이 말을 멈추고 나를 빤히 쳐다보았다.

완전히 깨어난 숫자들이 머릿속으로 기어들었다.

'4, 8, 12, 16.'

"그런데 몇 년 전에 뭘 찾다가 엄마 서랍에서 우연히 아빠 유품 상자를 발견했어. 아빠 부고도 같이……. 보통 부고는 아주 유명한 사람 빼고는 가족이나 친구가 써 주잖아. 그런데 우리 아빠 부고는 아빠를 전혀 모르는 사람이 쓴 거야. '43세의 마이클 켄트 씨는 1월 16일 금요일에 플로리다키스에서 일어난 보트 사고로 안타깝게 사망했다.' 이 한 줄이야. 내 이름은 나오지도 않았어. 아빠 인생 이야기도 하나도 없고. 그냥 죽었다는 게 다야."

"정말 너무하다."

"마치 이 세상에 아예 없었던 사람처럼, 하나도 중요하지 않았던 사람처럼."

'20, 24, 28, 32.'

그 순간, 깨달았다. 브리짓도 그동안 자기 안에 숨어 있었다는 걸.

나는 브리짓네 집에서 돌아오자마자, 안경을 쓰고서 내 부고를 작성해 보았다.

몰리 로즈 네이선스가 15세의 나이로 세상을 떠났다. 유가족은 부모님과 언니 케이트, 남동생 이안, 이안이 기르는 고슴도치, 가족이 함께 기르는 개다. 몰리의 어머니는 소식을 들은 즉시 토론토에서 날아와 가족의 곁을 지켰다. 가족 외에 가까운 친구로는 해너와 브리짓이 있다. 몰리는 시 창작에서 뛰어난 재능을 보이는 모범생이었으나, 희귀 질병이 그만 목숨을 앗아 갔다. 뇌세포를 공격해 스스로 미쳐 간다고 생각하게 하는 질병이었다. 몰리의 장래 희망은 의사였다.

한 자 한 자 정확하게 쓰느라 시간이 꽤 오래 걸렸다. 희귀 질병이라는 말이 맞는 것 같다. 엄밀히 말해, 강박 장애가 맞는지는 잘 모르겠고. 아무리 인터넷을 검색해 봐도 완벽하게 일치하는 용어는 찾기가 어려웠다.

부고에 일부러 브리짓의 이름을 넣었다. 나중에 분명히 내 부고를 읽을 텐데, 괜히 따돌림을 당했다고 생각하게 만들기는 싫었다. 스파이더는 순전히 이안을 위해서 넣었다. 해너는 마지막에 추가했다. 아직도 피가 들끓을 만큼 화가 나 있는 상태지만, 내 인생에서 해너를 빼놓을 수는 없으니까.

나는 부고를 네 번 반듯하게 포개어 접은 다음, 서랍을 열어 오른쪽에 있는 자 바로 옆에 넣어 두었다. 결선에 올라갈 때를 대비해 시를 써야 하는데, 머릿속이 단어가 아니라 온통 숫자로 가득했다.

휴대폰에서 비비 킹의 노래가 흘러나왔다. 엄마가 집에 온다는 날까지 꼭 26일 남았다. 제발 일정이 변경되지 않기를 간절히 기도했다.

잠시 후 방문이 조금 밀리더니, 오스카가 들어와 방 한가운데에서 나를 빤히 쳐다보았다. 그러고 보니 오스카의 먹이를 챙겨 주지 않았다.

"이리 와. 가자."

나는 오스카를 베란다의 사료통으로 데리고 가려고 현관문을 열었다. 뜻밖에도 문 앞에 브리짓이 서 있었다.

"브리짓, 이런 거 좀 하지 마."

"이런 게 뭔데?"

"불쑥 나타나는 거."

"아까 전화했어. 네가 안 받은 거지."

휴대폰 화면을 들여다보니, 브리짓이 건 부재중 통화가 네 개나 찍혀 있었다.

"그러네, 미안."

사실은 그 시각에 부고를 쓰고 있었다.

"괜찮아. 그런데 나, 뭐 달라진 거 모르겠어?"

"우리, 조금 전까지 같이 있었잖아. 그사이에 뭐가 달라질 수 있어?"

"한번 잘 봐, 아주 자세히."

나는 브리짓의 머리에서 시작해 얼굴, 자주색 스웨터, 꼬아서 만든 벨트, 물 빠진 청바지, 까만색 부츠까지 찬찬히 살펴보았다.

"가르마가 평소하고 반대쪽인데?"

"그거 말고는?"

'다른 걸 또? 그것만으로도 엄청난 차이인데.'

"점퍼 오른쪽 아래에 올이 살짝 나갔고, 왼쪽 검지에 바른 매니큐어 젤이 거의 다 벗겨졌어."

"다 틀렸어. 그게 아냐. 내 귀고리를 봐 줘."

브리짓은 기다란 밤색 머리카락을 귀 뒤로 넘겼다.

"머리카락에 가려진 걸 내가 어떻게 알아봐?"

"아빠가 우릴 떠나기 전에 사 주신 귀고리야. 그동안 잃어버린 줄 알았어. 온 집안을 다 뒤졌는데도 못 찾았거든. 그때 엄마가 엄청 짜증을 내셨지. 엄마 보석함이랑 침대 탁자랑 아빠 유품함까지 다 헤집었으니까. 아, 그때 아빠 유품함이 있다는 걸 처음 알게 된 거야. 그런데 알고 보니까 우리 엄마……, 결혼할 때 낀 반지랑 사귈 때 아빠한테 받은 편지, 서른다섯 번째 생일에 아빠한테 받은 목걸이, 다 간직하고 계셨던 거 있지?"

나는 브리짓이 말을 하는 동안, 오른쪽 귀고리의 도마뱀을 몇 번이나 돌리는지 세었다.

"그래서 귀고리를 어디서 찾았다고?"

"그게 묘하다니까. 내 생각엔 이 귀고리에 아빠의 영혼이나 뭐 그런 게 들어 있는 것 같아."

"누구의 영혼?"

"우리 아빠의 영혼. 아까 너하고 그런 얘기 했잖아. 그다음에 휴대폰을 찾느라고 쪼그려 앉았거든. 그런데 그 옆에 이 귀고리가 있는 거야."

브리짓은 팔짱을 끼고 내 반응을 기다렸다.

머릿속이 숫자로 가득해서 생각을 할 수 있는 부위가 거의 남아 있지 않았다.

"흠, 와우!"

그 정도가 내가 말할 수 있는 최선의 전부였다.

"난 진심으로 이 귀고리를 아빠가 보낸 계시라고 생각해."

브리짓은 쉴 새 없이 귀를 만지작거렸다. 누구한테서든 좋으니까, 나도 모든 것이 괜찮아질 거라는 계시를 받았으면 좋겠다.

그때 휴대폰에서 알림음이 울렸다.

엄마의 문자 메시지였다.

얼마 전에 전화 못 받아서 미안해. 일이 너무 많아서……. 그리고 어쩌지? 엄마가 가기로 했던 주말에도 일을 해야 할 거 같아. 내일 통화해서 다시 날짜를 잡자. 사랑해.

나의 세계가 와르르 무너져 내렸다. 이런 계시를 기대한 건 절대로 아니었다.

내 편 들지 마!

한밤중이 되었는데도 잠이 오지 않았다. 나는 공책을 폈다. 머리에서 새어 나오는 숫자를 줄에 맞춰 적기 시작했다.

어느새 새벽 3시였다. 해너에게서 문자가 여덟 개, 부재중 통화가 세 개 와 있었다.

정말 미안해. 도와주려고 한 거야. 제발, 제발, 제발 우리 얘기 좀 해.

나는 휴대폰을 닫고서 다시 처음부터 세기 시작했다. 4, 8, 12, 16.

해너는 내가 미쳤다는 걸 알고 있었다. 내 안에 자리 잡은 불안이 내가 숫자를 세지 않고, 물건을 정리하지 않고, 머리카락을 펴지 않기를 기다리고 있는 듯한 느낌이 들었다. 이러다 이안에게 나쁜 일이 닥칠 것만 같았다.

아빠는 이안이 중이염에 걸린 것뿐이라고 했지만, 그 말을 도저히 믿을 수가 없었다. 브리짓이 보여 준 부고에 따르면 어린아이들도 갑작스런 사고로, 말라리아로, 세균 감염으로, 그리고 갖가지 끔찍한 이유로 세상을 떠났다. 이안이라고 예외일 수는 없었다.

'20, 24.'

엄마가 여기 있어서 이안을 지켜 주면 좋겠다. 아니, 애초에 엄마가 여기를 떠나지 않았다면 더 좋았겠다. 밤이 깊어지면 우리 집은 버려진 건물처럼 고요했다. 그 어둠 속에서 아빠와 케이트 언니, 이안, 그리고 내가 각자 따로따로 걷고 있는 듯한 느낌이었다.

나는 발목에 난 상처를 긁으며 어디까지 숫자를 세었는지 기억을 더듬었다.

'20까지였던가? 아니, 24였나? 그래, 24였던 것 같다. 24, 28, 32.'

안경을 쓰고 노트북을 무릎에 올려놓은 뒤 페이스북에 로그인했다.

페이스북 비밀번호를 'hueytheglassracoon4'로 바꾸었다. 링크스는 언제나 내 것이다. 나는 스크롤을 내려서 소피아가 올린 글을 읽었다.

내가 죽을 것 같다는 생각을 떨칠 수가 없어.

댓글을 달고 싶은 충동이 일었다. 그렇지만 해너가 내 계정을 훔쳐본 뒤로, 나는 세상과 비밀을 공유할 준비가 되었는지 확신이 서지 않았다.

'36, 40.'

노트북을 덮은 채 자리에 누워 이불을 머리끝까지 올려 덮은 다음 눈을 질끈 감았다. 강박 장애를 생각하고 싶지 않았다. 이안을 생각하고 싶지 않았다. 해너를 생각하고 싶지 않았다. 해너는 네이트와 브리짓 일 때문에 나한테 화가 났지만, 나는 해너한테 그보다 백 배는 더 화가 났으니까. 해너는 약속을 어겼다.

'44, 48.'

베개를 고쳐 베었다. 눈물은 흘리지 않았다. 차고에서 그렇게 나온 뒤로 지금껏 해너와 한 마디도 하지 않았다. 해너는 내가 자기의 제일 친한 친구라고 했다. 그래서 도와주고 싶다고.

나는 베개에 얼굴을 묻었다. 이건 불공평했다. 해너가 다 알아 버렸다. 나는 해너에게 이런 식으로 알리고 싶지 않았다. 아니, 알리고 싶어 했는지조차 잘 모르겠다. 더는 해너 앞에서 괜찮은 척할 수가 없다.

'52, 56.'

모든 것이 내가 어찌할 수 있는 범위에서 벗어나고 있었다. 나는 침대에서 일어나 양말을 벗은 뒤 바구니에 가지런히 넣었다. 이안의 방을 슬쩍 살폈다. 이안은 자고 있었다. 가까이 다가가 보았다. 이안은 숨을 잘 쉬고 있었다. 나는 안도의 한숨을 내쉬고 조용히 내 침대로 돌아왔다.

아침에 눈을 뜨자마자 낭패감이 들었다. 알람을 못 듣고 계속 잤으니, 해야 할 일을 반도 못 하게 생겼다. 아빠는 베이컨과 달걀을 먹으라고 성화를 부렸고, 이안은 자꾸만 말을 걸었다. 다행히도 케이트 언니만은 나를 가만히 내버려 두었다. 언니는 케빈과 다시 만나기로 했다. 케빈이 멍청이처럼 굴어서 미안하다고 사과를 했다나.

지금은 그 누구하고도 얘기를 하고 싶지 않았다, 누구와도. 너무 피곤했다. 어젯밤에는 이안이 자다가 죽을지도 모른다는 망상이 끝도 없이 밀려왔다. 이안이 뇌척수염에 걸리거나 바이러스에 감염되어서 죽을 것만 같았다.

하나의 나는 이안이 그냥 자고 있다는 걸 아는데, 또 하나의 나는 이안이 괜찮은지 걱정되어서 밤새 여덟 번이나 확인을 했다. 그러다 조용히 속으로 숫자를 세기 시작했다. 그래야 이안이 괜찮은지 확인해봐야 한다는 불안감이 사라지니까.

'4, 8, 12, 16.'

그만 세야 한다.

'20, 24, 28, 32.'

나는 멜빈 할머니 집을 그대로 지나쳐 학교로 향했다. 일부러 해너를 기다리지 않았다.

'36, 40.'

손으로 머리카락을 쓸어 넘기는데, 어디가 엉켰는지 자꾸만 턱턱 걸렸다.

'44, 48.'

아침에는 본선 결과 발표가 있을 예정이었다. 벌써부터 이 하루가 싫었다.

해너가 사물함 앞에서 나를 찾아냈다. 나는 너무 뻔한 곳에 숨어 있었다.

'52, 56.'

해너가 인사를 건넸다.

"안녕? 아까 한참 기다렸는데."

나는 아무 말도 하지 않았다, 겉으로는.

'60, 64.'

해너는 멋쩍고 민망한 표정을 지었다.

"혹시 내 문자 받았어?"

나는 해너를 쳐다볼 뿐, 아무 대답도 하지 않았다.

'68, 72.'

"미안하다고 여러 번 보냈는데."

이번에도 대답하지 않았다.

'76, 80.'

"너, 괜찮은 거야?"

나는 해너를 그대로 두고 뒤로 돌아섰다.

그때 조시와 라이언이 내 앞에 나타났다. 내 사물함에 육포 냄새가 배기 전에 서둘러 문을 쾅 닫았다.

조시가 나서서 큰 소리로 외쳤다.

"자, 지금 창작시 낭송 대회 결선 진출자를 보고 계십니다."

해너가 나를 힐끔거리며 말했다.

"아직 결과가 나오지 않았잖아."

'내 편 들지 마.'

"그렇지만 누가 올라갈지는 안 봐도 뻔하지."

조시는 라이언과 하이파이브를 하고는 힘껏 점프해 급식실 문틀을 툭 쳤다. 나는 두 사람을 무시한 채 교실로 터벅터벅 걸어갔다.

'84, 88, 92, 96.'

해너가 급히 뒤따라왔다.

"몰리, 있잖아. 너 말이야. 조금, 너 같지 않아."

나는 아무 말도 하지 않았다.

"좀 피곤해 보인다고 할까? 네가 자꾸 걱정돼."

해너는 내 손을 잡으며 나직이 속삭였다.

"나한테 모두 털어놔."

나의 차가운 시선이 해너에게 매섭게 꽂혔다. 나는 손을 빼냈다.

"할 말 없어. 며칠 전에 분명하게 말한 것 같은데? 지금 우리가 왜 수업 시간에 늦었는지 선생님께 설명할 이유를 찾자는 건 아니잖아?"

"네가 말하지 않아도 난 다 알아. 이건 뭔가 잘못됐어. 너도 언제까지고 나한테 그렇게 화를 낼 건 아니잖아."

해너는 내 대답을 기다렸다. 하지만 나는 대답하지 않았다. 해너가 방법을 바꾸었다.

"최소한 너는 나라 반대편으로 이사해야 할 처지에 놓이진 않았지."

해너를 쳐다보는 순간, 불안이 내 머리를 덮쳤다.

'100, 104, 108, 112.'

혹시 그사이에 아빠한테서 문자 메시지가 오지 않았는지 궁금해서 휴대폰을 확인했다.

"116, 120."

내 입에서 그만 숫자가 흘러나왔다.

"뭐라고? 못 들었어. 다시 말해 봐."

'어, 어…….'

"아무 말도 안 했어."

숫자를 처음부터 다시 세야 했다. 교실에 도착하기 전까진 절대로 끝낼 수 없을 터였다.

'4, 8, 12, 16. 미안해, 해너. 날 용서해. 이안이 날 필요로 해. 나는 숫자를 세야만 해.'

"20, 24, 28, 32."

"뭐라고? 무슨 말인지 모르겠어."

해너의 말이 날카로운 칼처럼 나를 베었다. 또다시 시작할 수는 없었다. 나는 이안을 지켜야 했다. 그래서 해너를 빤히 쳐다보며 말했다.

"저리 가."

'36, 40, 44, 48. 제발 부탁이야.'

이 말은 해너에게 들리지 않았다. 해너가 덫에 걸린 새끼 사슴 같은 눈빛으로 나를 바라보았다. 그렇지만 신경 쓸 겨를이 없었다. 정신을 집중해서 어디까지 셌는지 기억해 내야 했다.

'52, 56. 이안, 걱정하지 마. 너한테 나쁜 일이 일어나도록 놔두진 않을 거야. 60, 64.'

수업 시작종이 울릴 때쯤, 나는 교실로 들어가 자리에 앉았다.

파이퍼 선생님이 손가락 두 개를 들었다. 나는 선생님 말씀에 집중하려고 애를 썼다. 드디어 합격자 발표였다.

'자, 이제 그만 세.'

"발표가 끝나면 곧장 강당으로 이동할 거다. 결선 대회가 바로 시작되니까."

나는 색연필이 순서대로 나란히 놓여 있는지 확인해 보았다.

"레이크빌 중학교 창작시 낭송 대회 결선에 나갈 2학년 대표는 바로, 몰리 네이선스다."

곧이어 박수가 터져 나왔다. 다들 신이 나서 환호를 보냈다. 해너가 내 자리로 달려왔다.

"멋지다, 진짜! 우승도 틀림없을 거야."

'68, 72.'

나는 고개를 돌렸다.

'해너는 나를 속였어. 나는 아직 용서한 게 아니야. 축하하지 마.'

나는 일부러 브리짓을 껴안았다.

'76, 80.'

선생님의 손가락 두 개가 위로 올라갔다. 교실이 순식간에 조용해지면서, 모두들 자기 자리에 앉았다. 나는 교실 건너편의 조시를 힐끗 쳐다보았다. 시무룩한 얼굴로 멀뚱히 앉아 있었다.

"몰리가 감정을 잘 살려서 진솔하게 시를 낭송한 덕에 관객들이 감동한 모양이야."

선생님이 나에게 따뜻한 미소를 보냈다. 나도 가짜의 나를 힘껏 끄집어내어 미소로 답했다.

릴리가 아리아나 귀에 대고 뭐라고 속닥이며 나를 가리켰다. 곧이어 아리아나가 나를 돌아보았다. 나는 활짝 웃어 주고는 미인 대회 입상자처럼 손을 흔들었다. 내가 이겼다. 내가 결선에 올라간다. 계획대로 착착 진행되고 있는 거다.

'84, 88.'

릴리와 아리아나는 동시에 뒤로 돌더니, 브리짓에게 뭔가를 속삭였다. 이윽고 세 사람은 포르말린에 마취된 개구리처럼 나를 낱낱이 해부했다. 나는 고개를 돌려 교실 안을 둘러보았다. 해너가 나를 보고 있었다. 소문 따윈 상관없다는 듯이, 아주 다정한 눈빛이었다.

행복한 기분을 느끼고 싶은데, 머릿속이 숫자로 가득 차서 너무 복잡했다.

'92, 96.'

온통 숫자뿐이었다.

'100, 104, 108, 112.'

선생님이 결선 대회의 채점 규칙에 관해 설명했다. 그러나 나는 듣고 있지 않았다. 숫자를 세야 했다. 어디까지 셌는지 잊어버리면 안 되니까.

"자, 이제 몇 분 뒤에 결선 대회가 시작된다. 모두 수학책 집어넣고 소지품을 챙겨서 강당으로 이동하자."

나는 종이를 네 번 반듯하게 접어서 주머니에 넣은 다음, 그 안에 있을 유리 몽돌을 손으로 더듬어 찾았다.

없다! 다시 확인해 보았다. 없어졌다.

교실 바닥을 내려다보았다. 없었다. 주머니에도 없었다. 책상 서랍을 뒤져 보았다. 거기에도 없었다.

숫자들이 머릿속에서 폭발했다.

'4, 8, 12, 16, 20, 24, 28, 32.'

선생님이 아이들을 교실 밖으로 인솔했다.

"자, 강당으로 가자. 복도에서는 조용히."

'36, 40, 44, 48.'

나는 움직일 수가 없었다. 선생님이 가까이 다가왔다.

"몰리, 어서 가야지."

"아, 저, 저는, 저, 저는 조금 있다 가도 될까요?"

'52, 56, 60, 64.'

"하지만 너무 오래 걸리면 안 된다. 네가 안 오면 대회를 시작할 수 없으니까."

선생님이 빙그레 웃었다. 나는 고개를 끄덕였다. 혼란과 불안과 구역질이 뒤섞인 파도가 밀려와 가슴속에서 철썩였다. 마음이 째깍거리기 시작했다.

'어디로 갔을까?'

나는 교실을 둘러보았다. 교실 뒤의 책장을 뒤졌다. 책, 그리고 책, 그레타의 스케치북, 반에서 기르는 기니피그의 우리 뒤쪽까지 샅샅이 찾아보았다.

없었다. 기니피그의 우리 안에도 없었다.

나는 교실 한가운데 서서 중얼거렸다.

'제발! 생각을 해.'

창턱에 나란히 놓인 화분들을 살펴보았다. 없었다. 미술용품 보관함에 머리를 집어넣었다. 없었다.

벽에 걸린 시계에서 시간을 확인했다. 시간이 다 되었다. 가슴이 조여들며 숨이 가빠졌다. 이제야말로 정말로 혼자가 되었다는 느낌이 들었다.

엄마도 없고, 유리 몽돌도 없다.

불안의 갑옷

강당에 도착해 보니, 아이들은 이미 객석에 앉아 있었다. 무대 중앙에 의자가 두 개 놓여 있었다. 결선 진출자인 서배스천이 왼쪽 의자에 앉아 있었다. 파이퍼 선생님이 어서 가서 자리에 앉으라고 손짓했다. 서배스천이 빙그레 웃었다.

"우리, 잘해 보자."

'68, 72.'

나는 고개를 끄덕였다.

'76, 80.'

서배스천은 짝이 맞는 양말을 신었다. 그게 내 마음을 어느 정도 가라앉혀 주지 않을까? 그런데 전혀 가라앉혀 주지 못했다.

오늘은 해너와 브리짓이 나란히 앉았다. 미리 자리가 정해져 있었겠지만.

숫자들이 일정한 가격으로 머릿속에서 째깍거렸다. 강당 뒷줄에 앉아 있는 아빠가 보였다. 옆에 앉아 있는 두 사람은 서배스천의 엄마와 아빠일 것이다. 잊고 있었다. 결선 진출자의 부모님이 이 대회에 초대받는다고 했던 걸……. 엄마는 오지 않았다. 아빠가 손을 흔들었다.

그렇다. 내 계획은 처음부터 무용지물이었다. 우승한다 해도 엄마가 시상식에 오는 일은 없었다. 그런데도 엄마가 올 거라고 생각했다. 엄마들은 다 그러니까.

혼자 앉아 있는 아빠를 보고서야 비로소 깨달았다. 내가 틀렸다. 케이트 언니가 맞았다. 엄마는 우리를 떠났다. 숫자들이 점점 더 속도를 높여서 행진했다. 이안이 말라리아에 걸린 건 아니겠지? 혹시 장티푸스에, 뇌수막염에.

'84, 88, 92, 96, 100, 104.'

서배스천이 시를 낭송했다. 나는 듣지 않았다. 아들의 낭송이 끝나자마자 환호하는 서배스천 부모님의 모습이 보였다. 객석의 아이들도 자리에서 일어나 환호하며 발을 굴렀다. 브리짓은 자리에서 일어나지 않은 채 엄지손톱에 바른 까만색 매니큐어 젤을 다듬고 있었다. 반항아처럼 의리를 지켜 주는 브리짓이 새삼 고마웠다.

함성이 커지면서 분위기는 점점 더 달아올랐다.

'숫자를 잊지 마.'

시를 생각해야 하는데……, 도저히 그럴 수가 없었다.

선생님이 나한테 마이크를 건네주었다. 마이크는 너무 무거웠고, 내 손은 너무 미끄러웠다. 기침이 나왔다. 머릿속에서는 끊임없이 숫자가 이어졌다.

'108, 112, 116, 120.'

수많은 눈동자가 나를 쳐다보았다. 아무리 마주 보아도 그 눈동자들의 기세는 수그러들지 않았다. 아빠가 보였다. 곧 자랑스러운 자리에 설 딸을 기다리고 있었다.

'124, 128.'

"언제든 준비되는 대로 시작하면 돼."

선생님은 내가 입을 다물고 있는 이유가 떨려서일 거라고 생각한 모양이었다. 아니면 극적인 효과를 내기 위해 일부러 그런다거나.

내가 공유할 수 있는 건 오직 한 가지뿐이었다.

머릿속에서 숫자가 새어 나와.

'132, 136.'

온통 숫자 생각뿐이야.

'140, 144.'

광활한 공간에서 얼어붙었어. 움직일 수 없어.

'148, 152.'

오른쪽, 오른쪽, 제발 오른쪽.

'156, 160.'

줄을 맞춰, 똑바로 해, 정리해, 손을 씻어.

'164, 168.'

그래도 아직이야.

'172, 176.'

숫자가 다가와, 밀려와, 쏟아져 내려.

'180, 184.'

정상적인 생각은 더 이상 없어.

'188, 192.'

나는 눈앞의 얼굴들을 마주했다. 아빠의 눈길과 마주치자, 숫자들이 입 밖으로 튀어나왔다.

196, 200, 204, 208, 212, 216, 220, 224.

나의 숫자들이 모두가 볼 수 있는 곳으로 나왔다.

째깍, 째깍, 째깍, 째깍.

228, 232, 236, 240, 244, 248, 252, 256.

나는 멈출 수가 없었다.

순식간에 강당은 무섭도록 고요해졌다. 박수를 보내며 무대 위로 올라오는 파이퍼 선생님도 무슨 일이 벌어진 것인지 모르겠다는 듯이 어리둥절해하는 표정이었다.

객석에서 쏟아지는 따가운 눈길 사이에서 천천히 해너와 브리짓의 모습이 보였다. 두 사람은 일어서서 손뼉을 치고 있었다. 나는 애써 뒷줄을 외면했다. 아빠의 충격받은 얼굴을 차마 감당할 자신이 없었다. 숫자를 어디까지 셌는지 전혀 기억이 나지 않았다.

나는 무대 뒤로 도망쳤다. 그리고 아무에게도 보이지 않을 두꺼운 벨벳 커튼 뒤로 숨었다. 주머니에서 종이를 꺼내, 아무 숫자나 고른 뒤 거기서부터 차례로 세어 나갔다.

'132, 136.'

마침내 나와 숫자 둘뿐이었다.

'심호흡해.'

잠시 후, 파이퍼 선생님이 나를 찾아냈다. 온몸이 뜨거웠다. 선생님이 여기에 없었으면 좋겠다. 땀이 목을 타고 흘러내렸다. 끈적끈적했다. 숫자를 더 빠르게 세었다.

'140, 144, 148, 152, 156, 160, 164, 168.'

지금 고개를 들면 선생님이 나를 내려다보고 있을 것이다. 선생님의 치켜 올라간 눈썹과 번들거리는 이마, 갸우뚱한 고개.

'그렇지만 선생님께 말하면 안 돼. 아무한테도 말하면 안 돼. 혹시 엄마한테는 말해도 될지 몰라. 그렇지만 엄마는 여기 없잖아. 안 오잖아. 172, 176.'

선생님이 내 몸 위로 허리를 숙였다.

"몰리."

선생님의 눈길이 느껴졌다. 숫자들의 소리가 점점 커졌다.

'180, 184, 188, 192.'

이윽고 어깨에 다정하게 와 닿는 손길이 느껴졌다. 나도 모르게 몸이 흠칫 떨렸다.

"다 괜찮아. 선생님이 약속할게. 그냥 얼굴 좀 보여 줄래?"

"안 돼요."

'196, 200.'

소금기가 섞인 땀방울이 등을 타고 흘러내렸다.

'모두 날 싫어할 거야. 나도 내가 싫어. 204, 208.'

"몰리, 선생님한테 얘기해 줄래?"

머리 위로 선생님의 뜨거운 입김이 느껴졌다. 나는 고개를 끄덕였다. 자세를 고쳐 앉은 다음 입술을 깨물었다. 그리고 종이만 하염없이 내려다보았다.

'212, 216.'

선생님이 종이를 가져갔다.

'제발 제 숫자를 가져가지 마세요. 제발 제 숫자를 가져가지 말라고

요! 제발이요.'

불안이 종아리에서부터 빠르게 기어올랐다. 결국 나를 둘러싸고 있던 불안의 갑옷이 벗겨지고 말았다. 바닥 타일에 박힌 점들이 보였다. 그 점들을 세기 시작했다.

'더 빨리, 더 빨리, 더 빨리. 4, 8, 12, 16.'

타일마다 같은 수의 점이 찍혀 있는 걸까?

'20, 24.'

첫 번째 타일도, 두 번째 타일도, 세 번째 타일도, 점은 모두 예순여덟 개였다.

"몰리. 괜찮아. 선생님한테는 얘기해도 돼."

강당에서 벗어나 복도로 빠져나가는 아이들의 발소리가 들렸다. 아리아나의 목소리가 커튼 뒤까지 들렸다.

"몰리는 대체 뭐가 문제래? 오늘 완전히 제정신이 아닌 것 같던데."

아리아나는 말로써 나의 따귀를 올려붙이고 있었다.

'듣지 마. 첫 번째 타일에 점이 몇 개인지 기억할 수가 없잖아.'

"오늘 몸이 안 좋아서 그래. 별일이 있는 게 아니라……."

해너 목소리였다.

"별일 아니라고? 표정이 포스앤루드로우 거리에서 본 노숙자하고 똑같던데? 완전히 얼이 빠져 있었잖아."

또 아리아나였다.

'그냥 숫자를 세. 아까 어디까지 셌지? 108, 112. 기억이 안 나.'

"쓸데없는 소리 하지 마! 몰리는 괜찮아. 그냥 좀 아픈 것뿐이야. 감기인가 뭔가랬어. 그래서 그런 거야."

해너는 끝까지 내 편을 들었다.

'116, 120.'

"글쎄, 넌 그렇게 말하겠지. 걔하고 제일 친하니까. 그런데 지금 네 친구는 제정신이 아니야. 두고 봐, 이게 시작일 테니까."

"아리아나, 멍청이 같은 소리 그만해. 몰리는 괜찮아. 나하고 주말 내내 같이 있었어. 몰리는 감기에 걸린 거라고."

브리짓이었다. 금세 일행이 조용해졌다.

'브리짓, 고마워. 124, 128.'

"몰리, 선생님 얼굴 좀 볼래?"

'보면 안 돼요. 그러면 선생님이 내 비밀을 알게 되잖아요. 132, 136.'

"몰리, 넌 선생님한테 소중한 학생이야. 선생님이 돕고 싶어서 그래."

나는 나지막이 속삭였다.

"선생님은 못 도와요."

집중력이 흐려지고 있었다.

'140, 144.'

선생님이 내 턱을 손으로 부드럽게 감싼 뒤 들어 올려서 새빨개진 내 두 눈을 들여다보았다. 눈물이 뺨을 타고 흘러내렸다.

"아무도 못 도와줘요. 너무 늦었어요."

"누군가를 돕는 데 너무 늦은 때는 없어."

'148, 152, 156, 160.'

"제가 그만두면 나쁜 일이 닥칠 거예요."

"뭘 그만두는데?"

선생님이 물었다. 그 목소리가 부드러운 이불처럼 따뜻했다. 마치 나를 안전하게 감싸는 것 같았다.

나는 선생님에게 속삭였다.

"숫자 세는 거요."

그리고 숫자를 크게 외쳤다.

"164, 168, 172, 176!"

내 상처가 겉으로 훤히 드러났다.

"우리 몰리, 어쩌니?"

선생님이 팔을 벌려 나를 감싸 안았다.

복도는 매우 조용했다. 오로지 파이퍼 선생님과 숫자, 그리고 나뿐이었다.

'4, 8, 12, 16.'

교장실로 가는 길이었다. 나는 주머니에 손을 넣어 유리 몽돌을 찾았다. 그렇지만 유리 몽돌은 사라졌다, 우리 엄마처럼.

문득 이안이 걱정되었다.

'아빠가 여기 계시면, 이안은 대체 누구하고 있는 거지? 만약 이안이 지금 숨을 쉬지 않는다면? 아무도 그걸 모르고 있으면 어떻게 하지? 당장 병원에 가야 하는데, 데려갈 사람이 없으면 어떻게 해? 20, 24, 28, 32.'

어제 날짜 〈보스턴 글로브〉에는 일곱 살짜리 남자아이에 관한 기사가 실렸다. 아이 아빠는 아들이 단순히 감기에 걸린 줄 알고 밤새 내버려 두었다. 끝내 아이는 죽었다. 원인불명의 균에 감염되었다고 했다.

'선생님만 방해하지 않으면 나는 계속 이안을 지킬 수 있어. 36, 40,

44, 48. 선생님은 몰라. 52, 56, 60, 64. 난 알아. 내가 멈추면, 나쁜 일들이, 무서운 일들이 닥칠 거야. 외할아버지 때도 그랬잖아. 내가 선반에서 휴이에게 제자리를 찾아 주지 못해서였어. 그런 일이 벌어지게 내버려 둘 순 없어. 이안한테는 절대 안 돼. 68, 72, 76, 80.'

선생님의 입술이 움직이고 있었다. 뭔가를 말하는 것 같았지만, 내 귀에는 하나도 들리지 않았다. 나와, 내 숫자와, 내 두려움 때문이었다.

'84, 88, 92, 96.'

선생님은 무성영화 속 배우 같았다. 손이 허공에서 천천히 춤을 추고, 입이 그에 맞춰 움직였다.

'선생님은 몰라. 멈추지만 않으면 난 지지 않아. 멈추지 않을 거야. 100, 104, 108, 112. 앞으로도 절대 멈출 일은 없어. 116, 120, 124, 128.'

우리는 복도를 돌아 교장실 쪽으로 걸어갔다. 시곗바늘이 3을 향했다. 수업이 끝나는 종이 울렸다. 문득 선생님이 나와 함께 있는데, 수업은 누가 했을지 궁금해졌다.

이윽고 교장실에 다다랐다. 교장실에 들어가 보는 건 처음이었다.

'132, 136, 140, 144.'

방 한쪽에 큼지막한 책상이 있고, 그 맞은편에 철제 의자 두 개가 놓여 있었다. 벽에는 학급별 단체 사진들이 걸려 있었으며, 컴퓨터 옆에는 부인과 두 아이가 함께 찍은 가족사진이 놓여 있었다.

'완벽해. 네 사람이야. 우리 가족은 다섯 명인데. 5는 4도 아닌 데다 홀수이기까지 해. 148, 152.'

교장실은 보건실과 같이 대기실을 썼다. 고개를 들어 보니, 보건 선생님이 제시의 무릎에 흐르는 피를 닦아 주고 있었다.

'내 미친 마음도 저렇게 거즈로 닦아 낼 수 있었으면. 156, 160.'

창문 너머로 해너가 보였다. 내가 자신을 알아차리기를 기다리고 있었다. 해너는 나와 눈이 마주치자 재빨리 손을 흔들었다. 하지만 나는 손을 흔들지 않았다.

'164, 168.'

선생님이 나에게 자리에 앉으라고 손짓했다. 교장 선생님이 빙그레 미소를 지었다.

'172, 176. 교장 선생님이 있다고 집중력이 흐트러지면 안 돼. 불안이 물러나기 시작했어. 금방 진정될 거야. 이안은 괜찮을 거야.'

교장 선생님의 입술이 움직이기 시작했다. 나는 고개를 숙이고 오로지 숫자에만 집중했다.

'180, 184, 188, 192.'

바닥에 얼룩이 보였다. 속이 울렁거렸다.

'그냥 내버려 둬. 저건 내가 치워야 할 게 아니야. 196, 200, 204, 208.'

나는 눈을 감았다. 얼룩이 더는 보이지 않았다.

'212, 216.'

나의 침묵이 급작스레 멈췄다. 교장실 문이 벌컥 열렸기 때문이다.

아빠였다.

숫자들이 뒤엉켜서 마구 떨어져 내렸다. 숫자들은 이제 아빠의 걱정스러운 눈길에서 나를 막아 줄 수 없었다. 나는 아픈 게 아니었다. 미친 거였다. 방향을 잃었다, 내 숫자들처럼.

아빠가 말했다.

"몰리, 이제 괜찮아. 아빠가 왔잖아."

아빠 눈에서는 다정함과 염려가 동시에 흘러내렸다. 그리고 혼란도.

"어디 있었니? 한참 찾았어. 네가 시를 낭송하는 모습을 보고 난 뒤로 얼마나 걱정했는지 아니?"

"아빠, 이안은 지금 누구하고 있어요? 이안은 괜찮아요?"

생각이 최악의 경우로 치달았다. 아빠가 학교에 온 진짜 이유는 이안이 자기 침대에서 스파이더맨 옷을 입은 채 세상을 떠났다는 소식을 전하기 위해서일지도 몰랐다.

나는 필사적으로 숫자들을 떠올렸다. 숫자들이 필요했다. 처음으로 떠오른 숫자를 움켜쥐었다.

'240, 244.'

아빠는 내 손을 꼭 잡았다.

"이안은 잘 있어. 루시 이모가 집에 와 있거든. 지금쯤 주방에서 이안한테 특제 완두콩 수프를 끓여 주고 있을걸."

특제라니……. 나를 웃게 만들려고 하는 말이었다. 루시 이모는 요리 솜씨가 형편없었다. 그런데 나는 웃지 않았다. 숫자를 세었다.

'248, 252.'

아빠가 내게로 다가와 속삭였다.

"몰리, 대체 무슨 일이니?"

나는 아무 말도 하지 않았다.

아빠는 교장 선생님과 파이퍼 선생님에게 다시 물었다.

"이게 어떻게 된 일인지 말씀 좀 해 주시겠습니까?"

'256, 260. 그냥 계속 숫자를 세. 아빠고 선생님이고, 여긴 아무도 없는 거야. 멈추지 마. 264, 268, 272, 276.'

"몰리, 아빠한테 얘기해 봐. 아까 무대에서는 왜 그런 거야?"

나는 말없이 앉아 숫자를 세었다.

'280, 284.'

파이퍼 선생님이 나섰다.

"내가 의사는 아닙니다만, 몰리가 지금 스트레스를 상당히 많이 받고 있는 것 같아요. 매우 불안해하고 있고요."

'288, 292, 296, 300.'

아빠는 커다란 손에 얼굴을 묻고 있다가 한참 만에 입을 열었다.

"얼마 전에 아내가 일 년 예정으로 토론토로 떠났습니다. 나는 일이 너무 바빴고요. 그게 아마 몰리한테는 몹시 힘들었던가 봅니다."

아빠 눈에서 눈물이 흘러내렸다. 아빠는 손을 뻗어 내 머리카락을 귀 뒤로 넘겨 주었다.

'304, 308.'

아빠가 말을 이었다.

"여러 가지 이유가 뒤섞여서 벌어진 일 같습니다. 몰리가 상처를 좀 입었겠지만 곧 괜찮아질 겁니다. 몰리, 어떻게 생각하니?"

나는 아주 천천히 입을 열었다. 교장 선생님이 내 대답을 들으려고 책상 위로 허리를 굽혀야 할 만큼 작은 목소리였다.

"그럼요, 전 괜찮아요."

아빠는 한숨을 쉬더니, 자리에서 일어나 문 쪽으로 걸어갔다.

파이퍼 선생님이 물었다.

"몰리, 괜찮다고 한 다음에 또 뭐라고 하지 않았니? 아까는 잘 안 들렸어. 괜찮아. 우리한테는 다 말해도 돼."

선생님의 다정한 목소리는 폭풍우 속에서 허우적거리다 잡은 구명조끼 같았다.

"312, 316, 320, 324, 328, 332."

아빠가 획 돌아섰다.

"336, 340, 344, 348."

"몰리 아버님, 몰리 학생은 아무래도 상담이 필요한 것 같습니다. 학교에 상담 선생님이 계시니까 그분과 논의해도 좋습니다. 물론 개인적으로 다른 방법을 찾으셔도 괜찮고요."

'352, 356, 360, 364, 368, 372.'

아빠는 파이퍼 선생님과 교장 선생님을 번갈아 보며 말했다.

"염려의 말씀은 감사합니다만, 몰리가 엄마와 떨어져 지내는 일로 많이 상심한 것 같습니다. 기간이 일 년밖에 안 된다고 해도 말이죠. 괜찮으시다면 몰리를 데리고 가서 이 문제에 관해 진지하게 이야기를 나눠 보는 것이 최선일 듯합니다."

아빠는 다시 문 쪽으로 걸어갔다. 이번에는 나도 아빠를 따라 문으로 향했다.

'376, 380, 384, 388.'

문득 뒤를 돌아보니, 파이퍼 선생님이 나를 물끄러미 바라보고 있었다. 선생님 곁에 있는 편이 더 나을 듯싶었다. 적어도 선생님은 내가 숫자를 세어도 내버려 둘 테니까.

나는 피리 부는 사나이를 따라가며, 한발 한발 앞으로 내디딜 때마다 바닥을 내려다보았다.

'392, 396.'

머릿속의 숫자가 입 밖으로 나오지 않도록 최대한 주의했다.

자동차 조수석에 들어가 앉자, 당장이라도 질식할 듯 숨이 막혔다. 발목에 난 상처의 굳은 딱지가 또 근지러웠다. 딱지를 손으로 벅벅 긁었다. 양말 위로 피가 배어 나왔다.

'나는 양말이 싫어.'

나는 다리를 꼬았다. 상처에서 나는 열이 다리를 타고 올라왔다. 숫자를 더 빨리 세었다.

'400, 404, 408, 412.'

아빠와 나는 집으로 오는 내내 침묵을 지켰다. 내 머릿속은 온통 숫자뿐이었다. 우리 집 마당으로 들어설 즈음, 숫자는 600까지 왔다. 아빠가 차의 시동을 껐다. 이윽고 나를 빤히 쳐다보았다.

"몰리, 우리 이야기 좀 해야 할 것 같다. 도대체 뭐가 문제니?"

'제가 미쳤어요.'

"저도 모르겠어요."

'604, 608.'

"엄마가 없어서 요즘 힘든 거 잘 알아. 아빠가 신경 써 주지 못해서 미안하다."

아빠는 창문 밖으로 고개를 돌렸다.

'612, 616, 620, 624.'

나는 흐르는 눈물 때문에 정신을 차리고 있기가 힘들었다.

'아빠가 나를 미워하고 있어.'

"앞으로는 같이 있는 시간을 좀 늘리도록 하자. 아빠가 금요일에는 회사를 쉴게."

나는 아빠를 똑바로 바라보았다.

"엄마가 알고 있었어요?"

"엄마가 알고 있었느냐니, 뭘?"

"오늘 결선 대회인 거요. 거기에 초대받은 거요. 엄마도 알았어요?"

아빠는 내 시선을 피했다.

"얘기해 주세요."

"우리 딸, 엄마는 사정이 생겨서 올 수 없었어. 학교에서 일정을 너무 촉박하게 알린 데다, 하필이면 오늘 주스 관련 큰 행사에서 발표를 맡았다고 했거든."

내 폐에서 산소가 빠져나가면서 급격히 쪼그라들었다.

"몰리, 미안하다. 사랑해."

아빠가 더 뭐라고 말하기 전에, 나는 차문을 열고 집 안으로 달려갔다. 그리고 계단을 뛰어 올라가 방문을 세차게 닫은 뒤 침대로 곧장 뛰어들었다.

'628, 632, 636, 640.'

방 안에는 오직 나와, 숫자와, 비비 킹의 노래뿐이었다, 고개를 돌려 피규어 컬렉션을 보기 전까지는.

고함이 터져 나왔다.

"이안!"

고장난 수도꼭지

머릿속에서 숫자들이 와르르 무너졌다. 위태롭게 쌓인 막대기 더미에서 마지막 하나가 빠졌다.

나는 다시 고함을 질렀다.

“이안!”

분노와 불안이 서로 다투어 터져 나왔다.

‘644, 648, 652, 656.’

내 피규어는 엉망진창이었다. 줄이 비틀어지고, 방향이 돌아가고, 바닥으로 넘어졌다. 모든 것이 제자리에서 벗어났다.

그때 비비 킹의 노래가 끼어들었다. 엄마가 오는 날까지 25일이 남았다는 것을 알리고 있었다. 나는 휴대폰을 한쪽 구석으로 휙 집어 던졌다. 결국 엄마는 돌아올 생각이 아예 없었다. 케이트 언니가 맞았다.

눈물이 쏟아졌다. 이제 모두 내가 미쳤다는 사실을 알게 되었다. 모두가 나를 싫어할 터였다. 숨이 잘 쉬어지지 않았다.

엄마가 떠올랐다. 엄마가 미웠다. 엄마는 기어코 돌아오지 않을 거다. 엄마는 절대로 오지 않는다. 그 멍청한 대회에서 제아무리 우승을 한다 한들, 엄마는 절대로 오지 않았을 것이다. 절대로 이안에게, 케이트 언니에게, 나에게 돌아오지 않는다.

그런데 우습게도 내가 이 상황을 되돌릴 수 있을 거라고 생각했다. 결국 나는 그렇게 하지 못했다.

나는 너구리 휴이를 집어 들었다.

'600, 664.'

이 멍청한 피규어들도 미웠다.

'668, 672.'

어딘가로 간다는 건 어딘가를 떠난다는 것과 정확히 같은 뜻이다. 생각을 하면서, 숫자를 세면서, 숨을 쉬는 건 너무 지치는 일이었다. 어느새 나는 휴이를 부츠 뒤축으로 자근자근 밟고 있었다.

한 번 더, 한 번 더, 한 번 더, 한 번 더.

발밑에서 갈색 유리 조각이 산산이 흩어졌다.

'676, 678.'

나는 해리를 집어 들었다. 소, 돼지, 독수리도 집어 들었다. 선반에 남아 있는 피규어를 모두 쓸어 내렸다. 어느 것 하나도 내 발길질에서 무사하지 못했다.

쾅, 쾅, 쾅, 쾅.

'엄마는 돌아오지 않아. 더는 완벽하지 못하겠어. 684, 688. 완벽은 이제 방향을 잃었어, 나처럼.'

피규어를 마구마구 짓밟고 난 뒤, 바닥에 주저앉아 눈물을 하염없이 쏟았다.

'692, 696.'

이안이 방 안으로 쭈뼛쭈뼛 걸어 들어왔다.

"누나, 미안해. 만지면 안 되는 건 알았는데……."

이안은 깨진 유리 조각들 가운데 앉아 흐느끼고 있는 나를 보고 말을 잇지 못했다.

내가 말했다.

"제자리에 있는 게 하나도 없어. 꼭 있어야 하는 자리가 있는데."

숫자가 기억나지 않았다. 다시 처음부터 시작했다.

'4, 8, 12, 16.'

"누나, 내가 원래 자리로 다 돌려놓으려고 했어. 그런데 코끼리를 어디다 놔야 하는지 생각이 안 나서. 그러다가 어, 있잖아……. 어, 잘못해서 돌고래를 깨 버렸어. 정말, 정말로 미안해."

이안은 엄지손톱 밑의 거스러미를 이로 물어뜯었다.

나는 속으로는 비명을 질러 댔지만, 밖으로는 짐짓 아무 말도 하지 않았다.

'20, 24.'

"누나, 누나 피 나."

이안은 내 발목을 가리켰다.

"누나가 왜 피가 나냐면, 이안이 소파에서 죽어 있을까 봐 너무너무 무서워서."

'28, 32.'

이안이 콧잔등을 찌푸리며 한 걸음 물러섰다.

"누나는 네가 죽었을까 봐 내내 걱정했어. 왜냐하면 누나가 행운의 유리 몽돌을 잃어버렸거든. 게다가 이안이 누나 피규어를 엉망으로 만들어 버렸고, 누나가 그걸 다 깨트려 버렸어. 그리고, 그리고, 또 더는 이런 것들을 못 견디겠어!"

얼굴이 불에 타는 것 같았다. 그러나 이안은 고래고래 소리지르는 나를 아랑곳하지 않았다.

"내가 왜 죽었다고 생각했는데?"

이안은 천진난만한 표정으로 방 안에 불운의 징조가 있는지 둘러보았다. 나는 머릿속으로 이안에게 천 번이고 만 번이고 사과를 했다.

'36, 40.'

"내가 누나한테 반창고 가져다줄게."

이안은 방에서 나는 듯이 잽싸게 빠져나갔다.

"반창고 필요 없어. 그냥 내버려 둬."

나는 이안의 등에 대고 혼잣말처럼 중얼거렸다.

'60. 맞나? 아까 어디까지 세고 있었지? 생각해. 어디까지 셌더라? 기억이 안 나. 젠장! 다시 처음부터 시작해야 하잖아. 4, 8.'

"여기."

이안은 방으로 미끄러지듯 다시 들어왔다. 발이 몸보다 먼저 왔다. 그러고는 조그마한 반창고 상자를 내밀었다. 그 반창고가 나를 고쳐 줄 수 있기라도 한 것처럼.

"그딴 거 필요 없어. 그런 거 아무 소용 없다고!"

'12, 16, 20, 24.'

"아니야. 소용 있어. 반창고 붙이면 피가 안 나니까. 그러면 누나 카펫에 피가 안 묻잖아."

이안은 너무 다정하고 너무 작다. 그리고 나보다 좋은 누나를 만나야 한다.

"이딴 카펫 어떻게 되든 상관없어."

내가 한 말은 사실이 아니었다. 카펫에 핏자국이 생기는 순간, 나의 완벽한 세계를 무지막지하게 위협할 것이다.

'28, 32, 36, 40.'

"누나는 깔끔한 걸 좋아하잖아. 아주아주 깔끔해야 돼. 그래서 맨날 맨날 손을 씻는 거야."

이안은 주머니를 뒤적이더니 한 주먹 가득 반창고를 꺼냈다.

"여기. 이것도 다 가져. 이거 붙이면 나을 거야."

"낫는다고? 누나하고 지금 장난하는 거야? 이깟 반창고로는 누나를 못 고친다니까!"

나는 잠시 말을 끊었다.

'정말로 말할 준비가 됐어? 44, 48, 52, 56.'

"이안, 누난 미쳤어. 다친 게 아니라, 정신이 이상해진 거야."

온몸이 뻣뻣하게 굳었다.

'말했어, 말해 버렸어.'

나는 이안의 얼굴을 가만히 들여다보았다. 이안의 슬픈 눈이 나를 물끄러미 바라보았다. 더 이상 숨기지 못한 나를, 아픈 나를, 진짜 나를 꿰뚫어 보고 있었다.

'60, 64.'

나는 이안이 뭐라고 말하기를 기다렸다. 그렇지만 이안은 아무 말도 하지 않았다.

이안은 파란색 커다란 눈으로 나를 가만히 보다가 온 힘을 다해 꽉 껴안았다. 그리고 자그마한 손을 펴서 나에게 보여 주었다. 손 안에 유리 몽돌이 있었다.

"내가 빌려 갔어. 오늘 체육 시간에 구름다리 철봉 건너는 걸 했거든. 그런데 내가 할 수 있을지 몰라서. 누나가 접때 이 유리 몽돌이 행운을 가져온다고 했잖아. 어, 그래서, 내가 가져갔어. 근데 오늘만 가지려고 한 거야."

이안은 유리 몽돌과, 반창고로 이어붙인 돌고래와, 수없이 많은 반창고를 나에게 흩뿌린 뒤 밖으로 달려나갔다. 나는 내 행운의 유리 몽돌을 집어 손바닥에서 만지작거리다가, 그대로 벽으로 집어 던져 버렸다. 파란색 파편이 주황색 카펫 위로 흩뿌려졌다.

갑자기 초인종이 울렸다. 이안한테 고백한 뒤로 나는 줄곧 방에 있었다. 결국은 그걸 입 밖으로 꺼냈다. 나는 미쳤다. 정말로 미쳤다. 손가락이 따끔거렸다. 내 숨소리가 너무 보잘것없었다.

유리 파편이 무릎을 찔렀지만 조금도 움직이지 않았다. 숫자들은 퍼즐처럼 사방으로 흩어졌다. 숫자를 세는 것은 이제 불가능했다. 고개를 숙여 발목에 붙어 있는 반창고와, 카펫에 남아 있는 핏자국을 바라보았다.

거울 속에서 나를 보고 있는 아이가 누구인지 모르겠다.

'나는 어디로 갔을까?'

아래층에서 이안이 부르는 소리가 들렸다.

"누나! 해너 누나하고 브리짓 누나 왔어!"

'해너하고 브리짓이 같이?'

나는 깊이 숨을 들이마셨다. 숫자 세기를 다시 시작했다.

'4, 8, 12, 16.'

똑똑.

방문이 조금 열렸다. 밖에서 해너가 나직한 목소리로 물었다.

"몰리, 나하고 브리짓이야. 들어가도 돼?"

침묵.

"몰리, 가방만 가져다주려고 왔어."

해너는 조심스럽게 문을 살짝 더 열었다. 먼저, 거울에 해너가 비쳤다. 자신을 바라보는 아이가 나라는 걸 해너가 깨닫는 데는 시간이 조금 더 걸렸다. 지금의 나는 나같이 보이지 않았다. 전혀 닮지 않았다.

해너가 방 안으로 들어오자, 브리짓이 그 뒤를 따라 들어왔다.

해너가 인사를 건넸다.

"안녕."

해너는 유리 파편을 피해 조심조심 걸어와 내 옆에 재킷을 펼쳤다. 그리고 그 위에 앉아 내 손을 잡았다. 나는 당장 손을 빼고 싶었다.

'20, 24, 28, 32.'

그렇지만 빼지 않았다. 해너에게, 아니 모두에게 분노했던 마음은 이안에게 고백을 하면서 모두 사라졌다. 브리짓은 반대편에 앉았다.

불편한 침묵이 내려앉았다.

"난 네 으깬 감자가 좋더라."

해너는 나를 웃기려고 애썼다. 브리짓과 함께 어색하게 깔깔 웃었다. 해너는 또 시도했다.

"몰리, 다 괜찮을 거야."

해너는 내 얼굴에 달라붙어 있던 머리카락들을 뒤로 넘겨 준 다음, 새끼손가락을 슬쩍 내밀었다. 브리짓은 여전히 돌처럼 굳어 있었다.

'36, 40.'

내가 말했다.

"이번에는 안 그럴 것 같아. 새끼손가락을 걸어 봤자 아무것도 달라지지 않을 거야."

브리짓이 나섰다.

"그런 시시한 창작시 낭송 대회 누가 신경이나 쓴다고."

'44, 48.'

"그런 건 상관없어. 진짜 문제는 그 대회가 아니야. 내가 원래대로 돌아가지 못한다는 게 문제야."

'52, 56, 60, 64.'

"몰리, 그런 말 하지 마. 너, 본선에서는 엄청 잘했잖아. 그냥 운이 없는 날이었어. 네가 어디가 이상했던 게 아니라."

"맞아. 오늘 부고란에 그런 사례가 실렸어. 카바노프라는 사람이 죽었대. 어떤 노인이 실수로 브레이크 대신 액셀을 밟아서 길 건너편의 편의점을 덮쳤거든. 마침 카바노프 씨는 그 편의점에서 음료수를 사고 있었고. 정말이지 두 사람 다 참 운이 없는 날이었지."

해너가 브리짓에게 핀잔 어린 시선을 던졌다. 조금도 도움이 되지 않는다는 듯한 표정을 지으면서…….

"E. B.의 법칙 19번. 실패는 창의적인 방법을 찾으라는 기회의 조언일 뿐이다."

해너는 내 손을 잡은 손에 힘을 주었다.

"아니, 그게 아니야. 실패는 그냥 실패야. 넌 몰라. 왜냐하면 너는 그동안 쭉 완벽했으니까."

'68, 72.'

"어? 나하고는 생각이 아주 다르네. 나는 머리가 맨날 말을 듣지 않아. 옷은 죄다 갈색뿐이고, 과학 성적은 최악이지. 또……."

"해너, 네 이름에는 알파벳이 여섯 개야. 짝수잖아. 4로 나눠지는 않지만 그래도 좋은 숫자야. 네 이름 해너(Hannah)는 앞으로 읽어도 뒤로 읽어도 똑같잖아. 브리짓(Bridgett), 네 이름에도 알파벳이 여덟 개야. 짝수에다 심지어 4로 나뉜다고. 그런데 내 이름은 M, o, l, l, y, 다섯 글자야. 홀수……. 최악이지."

'76, 80.'

"몰리, 무슨 말을 하는지 모르겠어. 완벽한 건 너야. 나, 진심으로 말하는 거야. 넌 머릿결도 좋지, 맥도 널 좋아하지, 라이언도 널 좋아하지, 그리고 그레그도 널 좋아하지. 넌 공부도 잘하잖아. 그뿐이 아니잖아. 또……."

"그런 건 전혀 중요하지 않아."

'84, 88, 92, 96.'

"그런 게 왜 안 중요해?"

해너는 이해가 되지 않는다는 듯한 표정으로 윗입술을 깨물었다.

"왜냐하면 나는, 나는……."

'그냥 말해.'

"너는 뭐? 우리한테 말해 봐. 우린 널 돕고 싶어."

해너는 나를 설득하려 애썼다.

"나는 미쳤으니까."

'100, 104. 말했다!'

"몰리, 넌 미친 게 아니라 그냥 스트레스를 받은 거야. 지금 감당해야 할 일이 너무 많으니까. 너희 엄마가 캐나다로 가셨고, 너희 아빠는 일만 하시고……. 그래서 그런 거야."

해너가 덧붙였다.

"사람은 스트레스를 받으면 누구나 이상한 행동을 해."

브리짓이 끼어들었다.

"저기, 전에 내가 너한테 우리 아빠 얘기해 줬잖아."

브리짓은 말을 끊고 해너를 힐끗 쳐다보았다. 더 자세한 것까지는 말하고 싶지 않은 눈치였다.

"어쨌든 난 요새 매일 부고를 써. 스트레스를 받으면 사람들은 누구나 평소엔 안 하던 짓을 해. 절대로 이상한 거 아니야."

나는 몸을 일으켜 어깨동무를 한 다음, 몇 달 만에 처음으로 두 사람의 얼굴을 빤히 바라보았다.

"아니, 나는 정말로 미쳤는걸?"

이제 아무도 나를 막을 수 없었다.

"창작시 낭송 대회에서 한 짓은 아무것도 아니야. 너희가 방에 들어올 때부터 나는 속으로 4의 배수를 세고 있었어. 누구랑 같이 걸을 때는 그 사람이 꼭 내 오른쪽에 와야 해. 왼쪽은 불길하거든. 그리고 양치

질을 할 때는 구역을 나눠서 이를 네 번씩 닦아. 중간에 제대로 안 된 것 같은 생각이 들면 처음부터 다시 해야 해. 손은 너무 많이 씻어서 다 부르텄어. 피규어를 진열할 땐 반드시 자를 써. 숙제를 네 번씩 새로 할 때도 있어. 숙제를 하다가 중간에 글씨가 틀려도 안 되고, 연필심 자국이나 지우개 자국이 남아도 안 되거든. 연필은 아침마다 깎아서 순서대로 정리해. 더 말할 수도 있지만, 이제 너희도 무슨 말인지 알아들었을 것 같아."

'108, 112.'

"몰리, 언제부터?"

해너는 두 번째 손가락으로 파란색 머리카락 끝을 돌돌 말았다. 해너의 눈길이 나에게 왔다가 브리짓에게 갔다가 다시 나에게 돌아왔다.

"좀 됐어."

"왜?"

"그래야 나쁜 일에서 지킬 수 있을 것 같아서."

'116, 120.'

브리짓이 물었다.

"누구를?"

"이안. 내가 숫자를 그만 세거나, 손을 안 씻거나, 아니면 뭐든 해야 되는 일을 안 하는 순간, 머릿속에서 불안이 폭발하면서 나를 가만두지 않아. 이안이 아프다, 이안이 다쳤다, 이안이 죽었다, 그런 걱정을 떨칠 수가 없어."

'124, 128, 132, 136.'

"몰리."

해너가 나를 와락 끌어안았다. 브리짓도 나를 껴안았다.
두 사람은 어쨌거나 나를 사랑하는 게 틀림없었다.

아빠가 방으로 들어오다가 그대로 멈칫 섰다. 색색의 유리 파편이 튀어 있는 내 카펫을 본 것이다. 아빠는 한숨을 크게 내쉬었다. 나쁜 소식이 있을 때 나오는 아빠의 습관이었다. 마지막으로 그렇게 한숨을 내쉰 때는 엄마가 토론토로 떠나던 날이었다.

"얘들아, 아저씨가 몰리하고 얘기할 게 좀 있거든. 오늘은 그만 돌아가 주면 좋겠다. 나중에 언제든지 다시 놀러 오고."

"아니요, 아빠. 전 얘들이 같이 있었으면 좋겠어요."

'140, 144.'

아빠는 들고 온 물을 벌컥벌컥 마신 다음, 내 침대 끄트머리에 걸터앉았다.

"방금 엄마하고 통화했다."

순간 내 눈에 눈물이 고이더니, 그대로 뺨을 타고 주르르 흘러내렸다. 엄마가 보고 싶었다.

'148, 152.'

"엄마한테 오늘 일을 얘기했어."

'이제 나쁜 뉴스가 나올 차례야.'

"엄만 다신 안 오신다죠? 그렇죠?"

아빠는 내 말에 깜짝 놀란 눈치였다.

"뭐라고? 몰리, 엄마는 당연히 집으로 돌아오지."

"엄마는 결선 대회에 안 오셨잖아요. 그래서 전 엄마가 우리를 완전히 잊고 토론토에서 쭉 살기로 하신 줄 알았어요."

아빠는 내 눈에서 흘러내리는 눈물을 닦아 주고는, 앞으로 흘러내린 머리카락을 뒤로 넘겨 주었다.

"엄마도 아빠도 우리 딸을 사랑해. 엄마는 일 때문에 토론토에 간 거야. 너나 케이트, 이안을 두고 떠난 것이 아니야. 그 둘은 엄청 달라."

"뭐가 다른지 모르겠어요."

"그래, 그렇지만 그건 이제 중요하지 않아. 엄마는 곧 토론토에서 돌아올 거야."

"아주요?"

나는 카펫에서 독수리의 부러진 날개를 집어내었다.

"그건 잘 모르겠다. 우선 멀리까지는 생각하지 말자. 어쨌든 아까 엄마하고 얘기하던 중에 이제까지 전혀 몰랐던 사실을 알게 됐어."

"엄마하고 아빠가 서로 숨기시는 게 있는 줄은 몰랐어요."

"그런 건 없어. 이건 숨기거나 그러는 게 아니야. 엄마가 아빠를 만나기 전 얘기거든. 외할머니 얘기야. 외할머니는 우리가 사귀기 전에 돌아가셨으니까. 아까 아빠가 엄마한테 오늘 있었던 일을 얘기하니까, 사실은 외할머니가 강박 장애를 앓으셨다고 했어."

숫자들이 속도를 올렸다.

'156, 160.'

나는 유리 파편으로 어지러운 카펫으로 시선을 떨구었다. 나쁜 소식이었다. 해너가 내 어깨를 안아 주었다.

"그 당시에 정식으로 진단을 받은 건 아니래. 그렇지만 엄마 얘기로 미루어 봤을 때, 강박 장애 증상하고 상당히 비슷해."

해너가 물었다.

"강박 장애란 게 뭐예요?"

아빠는 턱수염을 만지작거리면서 물을 한 모금 마셨다.

"강박 장애는 하고 싶지 않은 생각을 떨쳐 버릴 수가 없는 거야. 그래서 반갑지 않은 생각을 안 하려고 아무 관계 없는 행동을 반복적으로 할 때가 있는 거지."

브리짓이 물었다.

"어떤 행동이요?"

나는 아무 관계 없는 행동이 어떤 것인지 잘 알고 있었다. 숫자를 세고, 머리를 빗고, 손을 씻고, 방을 정리하는 것. 생각할수록 너무 바보 같아서 차마 입 밖에 낼 수가 없었다.

'164, 168.'

"외할머니는 살갗에서 피가 날 때까지 손을 씻으셨대. 손을 계속 씻지 않으면 당신의 세균에 옮아서 사랑하는 사람들이 다 죽을 거라고 걱정하셨다나 봐."

브리짓이 다시 물었다.

"외할머니도 다 아시잖아요. 저녁 식사 전에 손을 안 씻었다고 해서 가족들이 다 죽는 게 아니라는 걸……. 아니에요?"

"그럴 수도 있고 아닐 수도 있어. 외할머니도 그런 두려움이 터무니없다는 걸 알고는 계셨겠지만, 그게 진짜 문제가 아니었으니까."

나는 맞은편 벽에 걸린 거울을 바라보았다.

'다들 내 눈동자가 금빛인 게 외할머니하고 똑같다고 했지. 내가 외할머니를 닮은 걸까?'

나는 내 두 손을 내려다보았다.

'172, 176.'

"그래서 외할머니는 어떻게 하셨어요?"

어느새 내가 묻고 있었다.

"처음에는 아무한테도 말씀을 안 하신 것 같아. 다들 어렸을 때니까. 그냥 미쳐 간다고 생각하셨겠지."

나는 아빠를 빤히 쳐다보았다. 아빠는 지금 내가 아닌 다른 아이가 딸이었으면 좋겠다고 생각하고 있을지도 모르겠다는 생각이 들었다.

"어느 날, 외할머니가 갑자기 외출을 하지 않겠다고 하셨대. 손이 너무 지저분하다고. 그렇게 씻어도 의자나 문손잡이나 벽이나, 아무것에라도 손이 닿으면 다시 더러워졌다고 생각하셨던 거지."

나는 두 손을 엉덩이 밑에 깔고 앉았다.

"그길로 욕실로 달려가 손을 박박 문질러 씻으셨대. 외할머니가 몇 시간이나 계속 손을 씻는 걸 보고 외할머니의 어머니, 그러니까 외외증조할머니가 병원에 진료 예약을 하셨다나 봐. 병원으로 가는 길 내내 외할머니 손에서 피가 흘렀대. 살갗이 벗겨질 때까지 손을 씻으셨던 거지."

방 안은 쥐 죽은 듯 고요했다. 아빠는 얘기를 이어 갔다.

"그 당시에는 아이들의 강박 장애를 전문적으로 진료하는 의사가 없었어."

브리짓이 물었다.

"그런 증상이 있는 아이들도 있어요?"

"엄청나게 많지."

해너는 손톱을 잘근잘근 씹으며 물었다.

"그런데 이 얘기가 몰리하고 무슨 상관이에요?"

"강박 장애는 유전되는 경향이 있거든."

아빠가 방에서 나간 뒤로, 우리 셋은 그대로 침묵에 잠겼다. 나는 숫자를 몇 개 건너뛰었다.

'192, 196.'

머릿속이 혼란스러웠다.

브리짓이 먼저 입을 열었다.

"나도 걱정되는 게 진짜 많아. 나도 그거야."

해너가 대꾸했다.

"그럴지도. 그렇지만 몰리한테 그런 게 진짜로 있는지는 아직 몰라. 누구에게나 걱정은 있고, 안심하기 위해서 고집스럽게 하는 행동이 있으니까. 나도 밤새 옷장에 불을 켜 놔. 시험 보는 날에는 무조건 행운의 분홍색 티셔츠를 입고."

해너는 잠시 말을 끊었다.

"그래서 내가 단원 평가를 반칙이라고 하는 거야."

브리짓이 물었다.

"혹시 그거 나도 걸리게 될까? 그러니까 내일 아침에 눈을 뜨면 갑자기 사망자 이름순으로 부고를 정리하게 된다든가……."

해너가 브리짓의 정강이를 발로 걷어찼다.

브리짓이 덧붙였다.

"기분 나쁘라고 한 얘기 아니야."

‘200, 204.’

브리짓은 노트북을 열고 검색창에 강박 장애라고 써 넣었다. 나는 어떤 사이트가 열릴지 이미 알고 있었다. 브리짓은 강박장애협회 홈페이지를 클릭했다.

“이런 증상이 있는 사람이 생각보다 많구나. 이런 단체도 있고.”

‘208, 212.’

해너가 말했다.

“여기 나와 있네. ‘강박 장애는 전염성이 없다.’ 그러니까 그만 쫄고 이것 좀 끌래?”

해너가 브리짓의 노트북을 손으로 가리켰다.

“싫어. 이것 좀 들어 봐.”

브리짓은 사이트에 나온 내용을 읽어 내려갔다.

“맥스, 나이는 열세 살. 얘의 불안은 잠글 수 없는 고장난 수도꼭지 같대. 얘네 부모님은 다른 사람들이 상처 입지 않는다고, 나쁜 일이 당장 벌어지는 건 아니라고 끊임없이 말하면서 안심시켜야 한대. 이 맥스라는 애는 불안한 정도가 너무 심해서 나쁜 일이 닥칠까 봐 학교도 못 간다잖아.”

해너가 짜증을 냈다.

“브리짓, 그만 좀 해.”

브리짓은 해너의 말은 못 들은 척하며 계속해서 읽었다.

“미란다, 나이는 열한 살. 얘는 점검을 해야 하는 애야. 뭘 하고 나면 제대로 잘됐는지 열 번씩 점검한대. 조지, 열두 살. 얘는 너희 외할머니하고 증상이 비슷하다. 전형적인 결벽증이야. 손에서 피가 날 때까지 씻는대. 여길 보면, 이 아이들은 모두 걱정을 멈추지 못한다고 적혀 있어. 고장난 수도꼭지처럼."

'216, 220.'

해너가 브리짓의 정강이를 또 힘껏 걷어찼다.

고장난 수도꼭지는 여기저기에 아주 많았다.

완벽하지 않아도 돼

안도와 불안이 뒤섞인 채 씻겨 내려갔다. 따뜻한 물로 샤워라도 한 것 같은 기분이었다. 이제 모두가 내 비밀을 알았다.

'456, 460.'

더는 숨기지 않아도 되었다.

해너와 브리짓이 집으로 돌아가자, 아빠가 다시 내 방으로 올라왔다. 그리고 내 옆에 조심스럽게 앉았다.

"아빠가 약속할게. 왜 이런 일이 생겼는지 금방 알아낼 거야. 강박 장애일 수도 있고 다른 이유일 수도 있어. 그게 무엇이든 간에, 넌 혼자가 아니야."

아빠는 내 뺨을 살짝 들어 이마에 입을 맞추었다.

"미안하다. 다 아빠 잘못이야. 너무 일에만 매달려 있었어. 그러느라 네 곁에 있어 주지 못했어. 이번에 똑똑히 알았어. 이제 아빠는 늘 네 옆에 있을 거야. 그러니까 너는 다른 걱정을 안 해도 돼."

"이건 아빠 잘못이 아니에요. 아빠가 뭘 하신 게 아니잖아요."

나는 창문 밖으로 눈을 돌려 마당을 바라보았다. 우리 집 마당도 손질이 잘돼 있을 때가 있었는데, 지금은 잡초만 무성했다. 잡초에는 내 이상한 행동과 닮은 구석이 있었다. 생명력이 지나치게 강하며, 좀처럼 수그러들지 않는 거.

"아빠는 이해 못 하세요. 이건 아빠하고 아무 상관 없어요. 그냥 그런 생각이 드는 걸 멈출 수가 없는걸요. 제 마음이 절 그렇게 놔주지 않아요. 이안을 지키려면 이 방법밖에 없어요."

'464, 468.'

나는 페이스북에서 읽은 마리아의 이야기를 떠올렸다. 마리아는 자기 동생을 지키기 위해 손을 씻는다고 했다. 부디 홀수는 피했으면 좋겠다.

아빠는 침대에서 일어서서 손을 흔들었다.

"이안을 뭐로부터 지키려고?"

"나쁜 일에서요."

'472, 476.'

"몰리, 그게 무슨 말이니?"

"자세히는 몰라요. 어떤 느낌인지만 알 수 있어요. 제가 어딘가로 가버린 듯한 느낌이에요. 원래의 몰리가 미친 아이로 바뀌치기 된 느낌이요."

"몰리, 넌 아무 데도 안 갔어. 여전히 아빠 딸 그대로야. 아빠가 너랑 같이 방법을 찾아낼 거야."

'숨을 쉬어.'

아빠는 방에서 나가며 이렇게 덧붙였다.

"아빠가 앤드류 선생님 병원에 진료 예약할게."

그때 케이트 언니가 방문 사이로 머리를 내밀었다.

"흠, 오늘 창작시 낭송 대회에서 일이 많았다며?"

"그 얘긴 하기 싫어."

'480, 484, 488, 492.'

케이트 언니는 정말로 완벽했다. 케이트(Kate) 이름은 네 글자인 데다 키가 164센티미터였다. 성적은 전 과목 A, 학교 축구팀에서 제일 인기 많고 머릿결도 참 좋았다.

"알았어."

언니는 방 안으로 들어와 내 옆에 앉았다. 그러고는 가만히 내 어깨를 감쌌다.

"너, 괜찮을 거야."

"언니가 어떻게 알아?"

"내 동생이니까 누구보다 잘 알아."

나는 언니의 어깨에 머리를 기댔다.

'496, 500.'

"몰리, 어서 나가자."

아래층에서 아빠가 부르는 소리가 들렸다.

"지금이요?"

배꼽에서부터 불안감이 치밀어 올랐다.

"그래, 지금. 병원에 예약한 시각까지 십오 분 남았다. 아빤 자동차 열쇠를 챙길 테니까, 얼른 아래층으로 내려와."

언니는 나를 한 번 더 안아 준 뒤 방에서 나갔다. 나는 혼자만의 불안 속에 남겨졌다.

방 안을 둘러보았다. 부서진 피규어, 파란색 유리 몽돌 파편, 여기저기에 흩어진 반창고. 갑자기 배가 조여 왔다. 무릎을 꿇고서 카펫에 흩어진 휴이와 해리를 한 곳으로 쓸어 모았다. 판다의 뒷다리도 집어 들었다.

"몰리!"

아빠 발소리가 점점 가까워졌다. 목구멍이 뻣뻣하게 막히면서 땀방울이 귀를 타고 목 뒤로 흘러내렸다. 드디어 아빠가 방 안에 들어섰다.

"지금 가야 해."

"못 가겠어요. 할 일이 있……."

"아빠하고 같이 병원에 가는 거, 그게 지금 네가 할 일이야."

"못 가요. 병원에 가기 전에 방부터 치워야 해요. 그렇지 않으면 잘못될 거예요. 다 잘못될 거라고요."

눈물이 흘러내렸다. 감당할 게 너무 많았다. 걱정을 해야 하고, 숫자를 세야 하고, 또 모든 일에 완벽해야 했다.

아빠는 부드럽지만 단호한 목소리로 말했다.

"몰리, 어서 일어나. 아빠하고 같이 가야 해."

아빠는 나를 일으켜 세운 뒤 내 눈을 똑바로 바라보았다.

"몰리, 사랑한다. 그렇지만 아빠 혼자서는 어쩌지를 못해. 우리 모두 힘을 합쳐야 해. 부탁이야. 가자."

나는 아빠를 따라 방에서 나섰다. 아빠가 방문을 닫자, 어질러진 채 남겨진 방이 나를 향해 소리를 바락바락 질렀다. 계단을 터벅터벅 걸어 내려가는 동안, 숫자가 마구 헝클어졌다.

'처음부터 다시 시작해야 해. 4, 8, 12, 16. 방이 엉망진창이야. 20, 24, 28, 32.'

머리가 어지럽고 손가락이 욱신거렸다. 숨이 잘 쉬어지지 않았다.

아빠와 함께 병원에 도착했을 때, 나는 부러진 판다 다리를 손에 쥐고 있었다. 안경을 코 위로 밀어 올렸다. 초침 소리와 내 숫자 소리가 같은 박자로 나아갔다.

'104, 째깍, 108, 째깍, 112, 째깍, 116, 째깍.'

나는 눈을 감았다. 피로감이 온몸으로 밀려들었다. 아빠 어깨에 머리를 기댔다. 아빠가 고개를 숙여 내 이마에 입을 맞추었다.

"금방 괜찮아질 거야."

'120, 째깍, 124, 째깍, 128, 째깍, 132, 째깍.'

아빠 말을 믿을 수 있다면 좋겠다. 나는 눈을 번쩍 떴다. 맞은편에서 어떤 아이가 쳐다보고 있었다.

'저 아이는 나한테 무슨 문제가 생겼는지 알아볼까?'

'136, 째깍, 140, 째깍.'

꼬마가 금발의 곱슬머리를 나풀거리며 제자리에서 맴돌고 있었다. 열세 바퀴째 멈춰 서더니, 왼손 검지로 콧구멍을 후벼 판 뒤 코딱지를 입으로 가져갔다. 내 목구멍에서 뜨거운 것이 훅 치밀어 올라왔다.

'144, 째깍, 148, 째깍, 152, 째깍, 156, 째깍, 160.'

"몰리 네이선스."

호리호리한 체격의 간호사가 내 정보가 담긴 폴더를 손에 들고 이름을 불렀다. 아빠와 나는 간호사 뒤를 따라 앤드류 선생님의 진료실로 들어갔다. 선생님이 인사를 건넸다.

"네이선스 씨, 안녕하셨습니까?"

선생님이 아빠와 악수를 하며 나에게 고개를 끄덕여 보였다.

"몰리, 왔구나."

그러고는 곧 커다란 엉덩이를 까만색 인조 가죽 의자에 파묻었다. 나는 오른쪽 의자로 가서 앉았다.

선생님이 부드러운 목소리로 물었다.

"자, 몰리. 무슨 일인지 한번 얘기해 볼래?"

'160, 164, 168, 172.'

"선생님, 나는 딸이 무척 걱정스럽습니다."

아빠는 나를 돌아보며 말을 이었다.

"몰리 말로는 언제나 숫자를 세게 된다고 하네요. 물건을 정리하지 않으면 동생한테 나쁜 일이 닥칠 거라는 이야기를 계속하고요. 그 전에 한 가지 아셔야 할 점은, 아내와 최근에 별거를 시작했습니다. 아내는 지금 일 년 계획으로 토론토에 가 있어요."

"네이선스 씨, 걱정스런 마음은 이해합니다만, 몰리한테서 직접 이야기를 들어야 합니다. 몰리와 단둘이 이야기를 나누고 싶네요. 네이선스 씨는 진료가 마무리될 즈음에 들어오시도록 하죠."

아빠가 나를 바라보았다. 진료실에 나를 혼자 두고 나가기 싫은 기색이 뚜렷했다. 나는 고개를 끄덕였다. 아빠는 자리에서 일어나 머뭇머뭇 문 쪽으로 걸어갔다.

"몰리, 문밖에 있을 테니까 필요하면 언제든지 불러."

아빠가 밖으로 나갔다.

'마음이 놓인다.'

"자, 몰리, 이제 네가 여기에 왜 왔는지 이야기를 나눠 볼까?"

선생님은 등받이에 몸을 기대며 머리 뒤로 두 손을 깍지 끼었다. 문득 선생님이 4를 좋아하는지 궁금했다. 나는 바닥을 내려다보며 숫자를 어디까지 셌는지 기억을 더듬었다. 또 걱정이 모습을 드러냈다.

'어디까지 셌는지 기억해 내야 해. 176! 그래, 그거야! 180, 184, 188.'

나는 여태껏 사로잡혀 있던 미친 생각과 이상한 행동을 털어놓기 시작했다.

"뭔가 이상한 기분을 처음 느낀 건 외할아버지가 돌아가셨을 때였어요. 외할아버지는 저에게 외할머니가 남긴 유리 피규어를, 이름이 휴이예요, 그러니까 너구리를 주셨는데……. 그걸 주실 때 그러셨어요. 휴이에게 완벽한 자리를 찾아 주라고요. 그리고 얼마 안 있어서 외할아버지가 돌아가셨어요. 아마도 제가 휴이를 잘못된 자리에 놓아서인 것 같아요."

나는 고개를 들어 선생님을 빤히 쳐다보았다. 선생님은 깍지를 낀 손으로 숱이 없는 은색 뒷머리를 받친 채 내 말을 가만히 듣고 있었다.

'192, 196.'

나는 숨을 깊이 들이마시고는 눈물을 닦아 냈다.

"몰리, 완벽이란 뭐지? 그게 어떤 거야? 어떤 느낌이니?"

"줄을 맞춰 서는 거요. 양쪽이 똑같은 거요. 반으로 나누어떨어지는 거요. 그래서 제가 피규어의 간격을 재는 거예요. 한 번, 두 번, 세 번, 네 번. 맞았다는 생각이 들 때까지요. 그게 완벽한 거예요. 모든 게 딱 맞았다는 생각이 들 때가 있어요."

'200, 204.'

선생님은 앞에 놓인 종이에다 뭐라고 끼적였다.

"지금은 어떤 것 같니?"

"최악이요. 뭔가 잘못됐어요. 더는 완벽할 수가 없어요. 너무 오래 걸려요. 제대로 되었다는 생각이 들려면 해야 하는 게 너무 많아요. 처음에는 물건만 잘 정리하면 괜찮았어요. 그러다가 갑자기, 왜 나왔는지는 저도 모르겠는데, 4라는 숫자를 생각하기 시작한 거예요. 머리를 빗을 때, 옷을 고를 때, 길을 걸을 때, 숙제를 할 때요."

'208, 212.'

"무척 힘들었겠구나."

선생님은 안경 너머로 내 눈을 물끄러미 들여다보았다. 동그란 까만 테가 내 안경하고 비슷하게 생겼다.

"힘들지만 절대로 하지 못할 정도는 아니었어요. 그러다가 걱정이 시작된 거예요. 걱정이 시작되면 상황이 추잡하고 이상해져요. 점점 더 이상해지고 있어요."

'216, 220.'

"어떤 걱정인지 얘기해 줄래?"

나는 선생님이 내 말을 장난으로 듣고 있는 건 아닌지 의심스러워졌다. 아니다, 그런 것 같지는 않았다. 선생님은 내 말을 잘 듣고 있었다. 정말로, 듣고 있었다.

"동생이 걱정돼요. 제 동생 이안이요. 제 마음을 조금이나마 편하게 해 주는 이런 짓들을 하지 않으면 이안에게 꼭 나쁜 일이 생길 것만 같아요."

나는 발목의 상처에 앉은 딱지를 손으로 긁었다. 딱지가 벌어지면서 피가 흘러내렸다.

'224, 228.'

"어떤 나쁜 일?"

"자다가 갑자기 죽는 거요. 뇌척수막염 때문에 죽거나, 아니면 이웃 사람이 출근하는 차에 치여 죽거나요."

'232, 236.'

선생님은 아무 말도 하지 않았다. 나는 선생님을 똑바로 쳐다보며 물었다.

"제가 미쳤다고 생각하세요?"

목소리가 떨렸다, 내가 정말로 미쳤을까 봐.

얼마 뒤, 아빠가 진료실로 들어왔다. 이마에 걱정이 깊게 새겨져 있었다. 나는 가슴속이 타 들어가는 것만 같았다.

"외할머니와 몰리의 증세가 비슷한 듯합니다. 강박 장애 말입니다."

'240, 244, 248, 252.'

선생님의 말이 이어졌지만, 내 머릿속은 오직 파커 레이와 마리아로 꽉 차 있었다.

나는 집에 도착하자마자 곧장 방으로 달려갔다. 두 눈을 질끈 감고서 나와는 다른 나이기를 기도했다. 완벽이나 숫자 세기, 4의 배수 같은 건 절대로 신경 쓰지 않는 나이기를. 이런 내가 나타나기 전의 나를 필사적으로 떠올렸다. 어렴풋하게나마 그 아이가 보이는 듯도 했다.

숫자는 처음부터 다시 시작되었다.

'4, 8, 12, 16.'

지금 강박 장애 체크리스트를 점검해 본다면, 그때보다 '예'의 개수가 많아졌을 것 같았다. 어쩌면 처음부터 이 상태였는지도 모르지만. 단지 내가 몰랐을 뿐.

그때 휴대폰에서 벨소리가 울렸다. 엄마였다. 엄마 목소리를 듣는 순간, 눈물이 주르르 흘러내렸다.

"몰리, 잘 있었니?"

"네."

"다 괜찮아질 거야."

막상 엄마 목소리를 듣자, 정말로 그럴 거라고 믿고 싶어졌다. 엄마에게 내 모습이 보이지 않는다는 사실을 잊고서 대답 없이 고개만 끄덕였다.

"몰리, 사랑해. 엄마가 곧 돌아갈게."

이 순간, 나는 행복해야 마땅했다. 너무나 바랐던 일이니까. 그렇지만 지금은, 그저 무감각했다. 전화를 끊고서 방 안을 둘러보았다. 선반 위에 아무것도 없는 건, 록빌 레스토랑에서 외할아버지한테서 휴이를 받은 뒤로 처음 있는 일이었다. 바닥에 흩어져 있었던 색색의 유리 조각 파편들도 보이지 않았다.

"흠, 우리 작품 어때?"

케이트 언니와 이안이었다.

“멋져. 고마워.”

두 사람이 나의 혼란을 정리해 주려 했다는 것이 그저 고마웠다.

‘20, 24.’

언니가 말했다.

“엄마가 곧 오실 거래. 아빠가 그러셨어.”

“응.”

“그것 때문일 수도 있어. 엄마는 원래 여기 계셨어야 해. 처음부터 떠나지 말았어야 했다고.”

언니와 나는 말없이 서로에게 공감했다.

그런데 언니가 대뜸 이렇게 말했다.

“몰리, 너한테서 엄마 향기가 나.”

나는 언니를 껴안으며 속으로 숫자를 세었다.

‘28, 32, 36, 40.’

이안은 스파이더맨 복장으로 내 책상 옆에 서 있었다.

“이안, 어제 소리질러서 미안해. 넌 잘못한 거 하나도 없어. 알지?”

“알아.”

이안은 이렇게 대답하고서 내게 손을 내밀었다. 이안이 내민 손에 베토벤이 놓여 있었다.

“케이트 누나가 붙이는 거 도와줬어.”

다음 날, 오스카와 산책을 다녀와 보니 주방에 엄마가 있었다. 엄마는 우리가 커플로 산 갈색 부츠를 신고 있었다. 까만 머리칼도 떠나기 직전에 잘랐던 그대로 짧았다.

"엄만 거짓말을 하셨어요."

나는 엄마의 크랜베리색 스웨터 등에 대고 말했다. 이건 내가 그리던 재회가 아니었다. 내가 그려 왔던 건 감격적인 포옹과 눈물과 사랑한다는 고백이었다. 그런 재회 대신 차갑디차가운 나의 말이 바닥으로 떨어져 사방으로 흩어졌다.

엄마가 뒤로 돌아서더니 두 팔을 벌리고 내게로 다가왔다. 그토록 그리워하던 엄마의 포옹이었다. 하지만 나는 뒤로 성큼 물러섰다. 또다시 숫자들이 튀어나왔다.

'20, 24, 28, 32.'

"엄마는 나를 떠나는 게 아니라고 하셨어요. 일 때문에 가시는 거라고. 그런데 그건 거짓말이었어요."

엄마는 크림색 식탁 위에 물컵을 내려놓았다.

"거짓말이 아니었어. 진심이었어. 엄마는 일 때문에 토론토에 간 거야, 너희를 떠난 게 아니라……."

'36, 40, 44, 48.'

"엄만 여길 떠나셨어요, 나와 언니와 이안을 남겨 두고. 아빠도요."

엄마는 시선을 돌렸다. 아빠에 관해서는 부정할 수 없어서였다. 토론토로 떠날 즈음에는 벌써 육 개월째 아빠와 별거 중이었으니까.

나는 새로 손질한 엄마의 파란색 손톱을 바라보았다. 해너의 머리색깔하고 비슷했다. 전에는 엄마 손톱에서 그런 색을 본 적이 없었다.

엄마가 한 걸음 다가왔다.

'52, 56, 60, 64.'

나는 한 걸음 뒤로 물러섰다.

"몰리, 미안해. 엄마가 미안해."

내 휴대폰에서 비비 킹의 노랫소리가 요란하게 울려 퍼졌다. 엄마가 미소를 활짝 지었다.

"엄마가 그동안 일을 잘 조율하지 못했어. 그렇지만 지금 이렇게 돌아왔잖아."

나는 눈물을 떨치며 엄마를 두고 주방에서 나왔다. 방으로 뛰어 올라갔다가 하필 두고 온 물건이 있어서 다시 아래층으로 내려갔다. 뜻밖에도 주방에서 케이트 언니 목소리가 들렸다.

"그러지 마세요."

"네 얼굴 보니 좋아서 그래. 엄청 보고 싶었단 말이야."

엄마의 다정한 목소리에도 언니가 자못 딱딱하게 대꾸했다.

"그러지 마시라고요."

"우리 케이트, 정말 좋아 보인다."

"진심이에요. 그러지 마세요."

"뭘 그러지 말란 말이니?"

"우리 엄마처럼 굴지 말라고요."

"너희 엄마가 맞는걸."

"토론토행 비행기에 탄 순간부터 엄마한테는 절 양육할 권리가 사라졌어요."

"케이트, 그건 말도 안 되는 소리야. 아빠가 여기 있었잖아."

"하지만 엄마는 없었잖아요. 엄마는 내가 케빈한테 차였을 때 여기 없었어요. 매일 밤 이안이 혼자 울면서 잠들 때도 여기 없었고요. 몰리가 전교생 앞에서 하릴없이 무너져 내렸을 때도 여기 없었잖아요."

내가 학교에서 무너졌던 이야기를 듣자, 금세 온몸이 뻣뻣해졌다.

'68, 72.'

"그러니까 엄마는 이제 저를 키울 권리가 없어요."

곧이어 언니의 울음소리가 들렸다.

엄마가 언니한테 다 괜찮을 거라고 말해 주었으면 좋겠다. 그렇지만 엄마는 오랫동안 아무 말이 없었다.

내가 주방으로 들어갔을 때는 이안이 엄마를 껴안고 있었다. 언니는 반대편에서 티슈를 손에 들고 멀뚱히 서 있었다.

나는 엄마에게로 가서 비즈 목걸이를 건넸다. 그리고 언니 옆에 나란히 섰다. 엄마 표정을 보고서야 그동안 언니가 했던 말이 맞았다는 걸 알아차렸다.

엄마는 목걸이를 스스로 두고 떠났다. 엄마는 우리를 떠났다. 엄마는 나를 떠났다.

'76, 80.'

엄마는 목걸이를 목에 걸었다.

"고마워. 이 목걸이도 하고 싶었어. 너희 모두 보고 싶었고. 너희 셋한테 설명할 방법이 없다는 건 알지만, 엄마가 떠날 땐 그래야만 하는 이유가 있었어. 그리고 지금 엄마가 있어야 할 곳은 바로 여기 너희들 옆이야."

나만의 숙제

창작시 낭송 대회에서의 사건은 이제 사 개월하고 사흘 전의 일이 되었다.

나는 잡지를 집어 든 다음, 큐브 퍼즐을 완성하는 데 오 초 남짓 걸린다는 아이에 관한 기사를 읽는 척했다. 사실은 오로지 숫자를 세지 않는 데에만 집중하고 있었다. 아빠는 벽에 걸린 금속제 액자를 뚫어지게 쳐다보고 있었다. 그 액자에는 이런 글이 적혀 있었다.

완벽을 무작정 선의 적으로 돌리지 마라. ―작자 미상

그레첸 고돈 선생님의 병원에는 이런 종류의 액자가 눈 닿는 곳마다 걸려 있었다. 화장실에 있는 글귀는 이랬다.

우연히 강박 장애를 가지게 되었을 뿐, 나는 그저 한 명의 사람이다.

—패트리샤 퍼킨스 도일

앤드류 선생님이 그레첸 선생님을 추천해 주었다. 그런대로 마음에 들었다. 선생님의 큼지막한 큐빅 올빼미 귀고리에 적응하기까지는 시간이 좀 걸렸지만.

병원 대기실 문이 열렸다. 짧게 자른 빨간 머리칼을 위로 빠짝 세운 남자아이가 걸어 들어왔다. 파커 레이였다. 알고 보니 파커는 우리 동네 바로 옆옆 동네에 살고 있었다. 파커와는 지난주에 대기실에서 우연히 만나서 11이라는 숫자에 대해 오랫동안 이야기를 나누었다. 11에 마음이 편해지는 사람이 있다는 사실이 아직도 믿기지 않았다.

나는 손을 흔들었다. 파커는 반갑게 인사를 건네며 내 옆에 앉았다.

"안녕?"

"응, 안녕?"

아빠는 애써 우리의 대화를 안 듣는 척했다. 파커가 M&Ms 초콜릿 봉지를 뜯은 뒤 초록색만 골라서 꺼냈다.

"목요일에 YMCA에서 우리랑 비슷한 아이들이 만나는 모임이 있어. 너도 올래?"

파커의 질문에 대답하기 전에 분홍색 유니폼을 입은 간호사가 내 이름을 불렀다.

"몰리 네이선스."

"어, 저기, 나중에 말해 줄게."

'우리랑 비슷한 아이들의 모임.'

11을 좋아하는 아이들 사이에 내가 앉아 있는 모습이 잘 상상이 되지 않았다. 내가 아는 사람 중에 11을 좋아하는 아이는 파커뿐이었다. 파커는 맥스라는 비글을 기르는데, 우리는 지난주에 동네에서 만나 맥스와 오스카를 함께 산책시켰다. 그것도 그레첸 선생님의 진료 과정 중 일부였다.

나는 간호사를 따라 진료실로 들어갔다. 내 이상한 행동과 생각에 관해서는 첫날에 모두 털어놓았다. 선생님은 조금도 움찔하지 않았다. 이제까지 그럴 수밖에 없어서 이상한 행동을 하는 아이들을 수없이 많이 봐 왔다고 했다.

"창문에 키스하기도 하고, 신발을 핥기도 하고, 종이를 먹기도 하고, 전등을 껐다 켰다 하기도 하고, 글을 반대 방향으로 읽기도 하고, 휘파람을 짧게 네 번 길게 한 번 불기도 하고. 몰리, 넌 이상하거나 미친 게 아니야. 도움이 좀 필요할 뿐이야."

그때 나는 선생님 얘기를 들으면서, 신발을 왜 핥고 싶은 건지 문득 궁금해졌다.

"강박 장애는 의심에서 비롯되는 거야."

선생님은 세상 사람들은 보지 못하는 나의 내면을 들여다보았다.

"겁에 질려도 괜찮아. 그렇지만 마음의 희생양이 될 필요는 없어. 이제 너한테 의심과 싸워 이기는 데 필요한 무기를 줄 거야. 처음에는 이 싸움이 상당히 힘들겠지만 차차 쉬워져."

선생님이 나한테 내민 것은 트위즐러였다.

오늘도 진료실 탁자에 트위즐러가 놓여 있었다. 모두 열 가닥. 트위즐러 테스트였다. 나는 오늘 세 가닥을 먹을 수 있어야 했다. 내가 트위즐러를 한 가닥 집자 선생님이 다정하게 물었다.

"집에서는 어땠어?"

"어제하고 오늘은 괜찮았어요. 그런데 이번 주 초반은 거의 C⁻ 정도였어요."

선생님이 상냥하게 웃었다.

"몰리, 좋은 쪽으로 생각할 것. 꼭 기억해. 늘 좋은 면에만 집중해야 한다고."

지난주의 내 숙제는 숫자 세지 않기였다. 한 달 전에는 교실에서 숫자 세지 않기였다. 이제는 아예 세지 않아야 했다. 정말로 힘든 숙제였다. 선생님이 트위즐러를 한 가닥 더 내밀었다.

"피규어 쪽은?"

이 숙제가 더 힘들 것이라는 경고는 미리 받았다. 이안에게 피규어를 가지고 놀라고 해야 했다. 놀이가 끝나고 정리하는 것까지는 괜찮지만, 자를 사용하는 건 금지였다.

그때 겁에 질려서 다 내던지는 바람에 남아 있는 피규어는 이제 열네 개뿐이었다. 지난주에 이안이 피규어로 닌자 놀이를 하는 것까지는 내버려 두었지만, 결국에는 자를 쓰고 말았다. 딱 한 번뿐이었지만.

"B라고 할 수 있어요. B⁺도 될 것 같고요. 이안한테 피규어를 가지고 놀라고 한 다음에 방에서 나왔으니까요."

선생님이 세 번째 트위즐러를 내밀었다. 이것까지 먹으면 이제 일곱 가닥이 남았다.

"어디로 갔는데?"

"엄마가 집에 잠깐 들르셨거든요."

이번에는 선생님이 눈썹으로 말했다.

'흠, 흥미로운데?'

"엄마를 보고 나서 기분이 어땠어?"

"괜찮았어요."

선생님이 내 눈을 유심히 들여다보았다.

"엄마가 와서 좋은 것이 엄마가 떠나서 화난 것보다 더 큰 듯해요. 케이트 언니는 여전히 화가 나 있지만요. 이안은 엄마가 다시 유치원에 데려다주니까 그것만으로도 그저 행복해하고요."

나는 잠시 말을 끊었다가 덧붙였다.

"엄마는 비즈 목걸이도 계속 목에 걸고 계세요. 셔츠하고 진짜 안 어울리는데. 그리고 저한테 새로운 주스를 맛 봐 달라고 하셨어요."

"괜찮았니?"

"밀크셰이크보다는 별로예요."

엄마는 토론토로 돌아가지 않았다. 이곳 랜턴에 마마스 주스라는 매장을 차리겠다고 했다. 우리하고 더 가까이에서 지내고 싶다고.

"엄마가 이사한 아파트에는 다녀왔니?"

그것도 내 숙제였다. 나는 엄마의 새 아파트에서 얼마 동안 놀다 와야 했다. 우리가 사는 집에서 몇 킬로미터가량 떨어진 거리에 있었다.

나는 고개를 끄덕이며 트위즐러를 바라보았다.

"지난주에 이안이랑 같이요. 엄마가 시금치, 케일, 대파, 샐러리를 넣어서 겨울나기 주스를 개발하신다고 해서 도와 드렸어요. 그런 다음 집에 왔고요.

선생님이 거기서 내가 뭘 했고 뭘 안 했는지 세세하게 캐묻기 전에

최신 연애 뉴스를 먼저 전하기로 했다.

"참, 엄마하고 아빠가 데이트했어요."

선생님은 이런 종류의 뉴스를 참 좋아했다. 그래서 그런지 진료실에는《피플》이나《유에스위클리》같은 가십 잡지들이 잔뜩 쌓여 있었다.

아니나 다를까, 새로운 소식에 선생님 눈썹이 높이 올라갔다.

"지난주에 두 분이 플라잉피쉬 레스토랑에 가셨다가 자정이 넘어서야 집에 오셨어요. 저는 케이트 언니하고 안 자고 기다렸고요. 두 분이 우리를 보더니 막 웃으시더라고요."

그게 두 번째 데이트였다.

선생님은 예의상 미소를 슬쩍 지어 보였다.

"저도 그런 데이트에 별 의미가 없다는 건 알아요. 언니가 진작에 말해 준걸요. 사실은 앞으로 어떻게 되길 바라는지도 잘 모르겠어요. 지금으로서는 괜찮은 것 이상이에요."

"괜찮은 것 이상이라니, 그 정도면 상당히 좋은걸."

이번에는 진짜 미소였다.

"아까 얘기를 다 못 끝냈네. 방에 다시 돌아와서 피규어를 보니까 어땠어?"

"그 정돈 별거 아니죠, 뭐."

선생님과 나는 함께 웃음을 터뜨렸다.

"다시 정리했어요. 자를 안 쓰고 줄도 안 맞췄어요. 그냥 바닥에서 집어서 서랍에 넣어 두었어요."

나는 세 번째 트위즐러를 먹었다.

"몰리, 정말 대단하다."

"그런데 그런 것들을 하고 나면 금방 피곤해져서 낮잠이 자고 싶어져요."

"그렇겠지. 아주 잘하고 있어."

나는 선생님에게 이안과 케이트 언니에 대해 간단히 말한 다음, 엄마와 아빠에 대해서는 좀 더 길게 이야기했다. 이야기가 다 끝나고 나서 파커의 제안을 어떻게 생각하는지 의견을 구했다. 선생님은 강박장애 아이들 모임에 관해 말한 뒤, 한번 다녀오는 것도 좋을 듯하다고 대답했다.

"그것도 숙제예요?"

선생님이 웃음을 터뜨렸다.

"아니, 그건 선택 사항."

상담이 거의 끝나 가자, 선생님은 나에게 다음 주에 해야 할 일을 적은 목록을 건넸다.

"피규어들을 마구 흩트려 볼 것."

선생님의 숙제 목록은 계속 늘어났지만, 내 생각은 피규어를 흩트려야 한다는 것에서 별로 더 나가지 못했다.

이 숙제를 도울 수 있는 사람은 딱 한 명뿐이었다.

작별 인사

아빠가 교정 봐야 할 원고를 내밀었다. 오늘 내가 할 일이었다. 아빠는 문법이나 맞춤법을 점검하는 걸 극도로 싫어했다. 몇 주 전, 나와 아빠는 청소년 강박 장애에 관한 기사를 함께 쓰기로 했다. 문법 교정 말고도 인터뷰와 취재를 내가 맡았다. 벌써 그레첸 선생님과 엄마, 아빠, 케이트 언니, 이안, 그리고 파커를 인터뷰했다.

원고를 살피고 있을 때, 브리짓이 찾아왔다. 표지에 '전도유망한 부고'라고 적힌 검은색 바인더를 내밀었다.

"내가 쓴 거야. 너는 편집에 관심이 많잖아. 네가 편집을 해 주면 참 좋을 것 같아."

"이게 뭔데?"

"내 책. 자비로 출판할 계획인데, 그 전에 문장은 바른지, 맞춤법은 맞는지, 실수는 없는지 확인하고 싶어서. 부고에서 맞춤법이 틀리면 너무 웃기잖아."

바인더의 두께는 못해도 7센티미터는 되어 보였다.

"이걸 언제 다 썼어?"

"좀 걸렸어. 그건 중요한 게 아니야. 편집해 줄 거야?"

"그럼. 아빠랑 같이 쓴 원고부터 교정하고 나서 바로 할게."

"고마워. 이건 여기 놓고 갈게. 아 참, 혹시 나중에 네가 내 부고를 쓰게 된다면 이 책을 참고해. 특히 76쪽 핑크맨 선생님에 관한 내용이 중요해. 난 그 대목을 읽을 때마다 눈물이 나거든."

"브리짓, 너한테 다른 취미 생활을 꼭 찾아 줘야겠어."

나는 브리짓을 보내고 현관문을 닫은 다음, 부고에 관한 그 두꺼운 바인더를 가슴에 안았다. '나'라는 존재로 돌아가고 있는 듯한 느낌이 들었다. 힘들긴 하지만, 걱정과 싸우는 일은 점점 더 쉬워지고 있었다.

일기장은 차에 두고 내렸다. 해너네 집까지는 아빠가 데려다주었다. 현관으로 걸어 들어가는데 휴대폰이 바르르 떨렸다. 라이언이 보낸 문자 메시지였다. 창작시 낭송 대회 우승작인 서배스천의 〈바다〉 낭송 동영상 링크가 함께 왔다. 영상은 조회 수가 벌써 1,000회나 되었다. 나는 빙그레 웃었다. 다음 창작시 낭송 대회에 출품할 시는 이미 써 두었다. 오로지 나만을 위한 시였다.

트럭 한 대가 경적을 울리며 해너네 마당으로 후진해 들어왔다. 오늘은 해너가 이사하는 날이었다. 해너 아빠는 요리사로 취직했다. 빅레드토마토라는 이탈리안 레스토랑인데, 하필이면 시애틀에 있었다.

해너가 달려나왔다. 나는 해너를 껴안으면서 두 가지를 꾹 참았다.

숫자를 세지 않아야 하고, 눈물을 흘리지 않아야 했다.

우리는 함께 이층 해너 방으로 올라갔다. 옷장 바닥에 자리를 잡고 앉았다. 이삿날의 혼돈을 피할 수 있는 곳이었다. 우리는 오랫동안 손을 맞잡고 있었다. 내 뺨에는 소리 없이 눈물이 흘러내렸다.

"가져왔어?"

해너도 목이 메었다.

"응. 그런데 그것보다 먼저, 너한테 줄 선물이 있어."

나는 가방에서 비닐봉지를 조심스럽게 꺼냈다. 다행히 물이 아직 남아 있었다.

"맥스하고 인사해."

선명한 파란색 샴투어가 봉지 안에서 빙글 한 바퀴를 돌았다. 자기 이름을 들었나 보다. 아니면 내 목소리가 이상했는지도 모르겠다. 아니면 샴투어의 원래 습성일지도…….

"몰리, 진짜 예쁘다."

해너는 맥스를 프레디가 있던 어항에 놓아주었다.

"자, 이제 내가 가져온 거 보여 줄게."

"잠깐만, 나도 선물이 있어."

해너가 나에게 내민 것은 뜻밖에도 수표였다.

"나, 창업 경연 대회에서 이등 했어."

"해너, 정말 대단하다."

"우리 아빠가 취직하셨잖아. 그래서 이 상금으로는 다른 걸 하기로 했지."

나는 손에 쥔 수표를 한참 동안 내려다보았다. 수령인이 강박장애협회로 되어 있었다. 해너는 상금을 전부 강박장애협회에 기부하기로 한 모양이었다. 우리는 서로를 꼭 껴안았다.

해너와 나는 다시 해너와 나다.

"찜찜한 기분으로 도저히 떠날 수가 없어서, 멜빈 할머니한테 가서 지난번에 주신 돈을 창업 경연 대회 참가비로 냈다고 말씀드렸어."

"그랬더니?"

"원래 50달러를 주시려고 했던 게 맞대."

처음부터 할머니한테 물어보라고 말한 사람이 나라는 사실은 굳이 들추지 않기로 했다.

"몰리, 넌 뭐 가져왔어?"

"뭘 가져왔냐면, 우리가 초등학교 3학년 때 해바라기로 분장한 채 손 잡고 찍은 사진, 내 첫 '색깔의 날' 기념 레이스에서 일등 하고 받은 메달, 복숭아색 립글로스, 64색 크레파스 세트, 바주카 조 풍선껌에 들어 있던 내 운세, 새끼 돼지 피규어, 작년 여름 소풍 때 우리가 머리를 산발한 채 교정기를 드러내며 활짝 웃고 있는 사진."

"넌 산발한 적 없잖아."

"그래, 정정. 네가 산발을 하고."

나는 빙그레 웃었다.

"또 있어?"

"응, 캠프에서 네가 색실로 땋아 만들어 준 열쇠고리. 그리고 민트 초코 쿠키 네 개."

"민트 초코 쿠키도 같이 넣는 거야?"

"아니, 이건 지금 먹을 거야."

나는 해너에게 두 개를 주고 나머지 두 개는 내가 먹었다.

"너는 뭐야?"

"내 최초 사업인 로렐레인 레모네이드 사업 계획서, 골디락스가 죽었을 때 네가 그려 준 그림."

"그 물고기 죽었을 때 너 엄청 슬퍼했지. 사흘 내내 울었잖아. 네가 프레드를 기르기 시작했을 때 정말 다행이라고 생각했어."

"나, 발찌도 넣을 거야. 그때 축제에서 롤러코스터 타고 나서 산 거 말이야."

"너, 롤러코스터에서 내린 뒤에 길에다 엄청 토했지."

"맞아, 그때야. 생각나게 해 줘서 고마워. 어쨌든 이 책도 넣을 거야, 《엘로이즈》. 네가 우리 집에 와서 자는 날에는 자기 전에 꼭 읽었잖아. 그리고 만다린 고메 중식당에서 식사하고 나서 받은 빨간 줄무늬 박하사탕 두 개, 나를 표현하는 팔찌 두 개……. 파랑, 빨강, 노랑 혼합 팔찌인데, 너하고 나 각자 한 개씩이야."

"그리고 편지를 써서 같이 넣으면 좋을 것 같아."

나는 해너의 수첩에서 종이를 한 장 찢었다. 다행히 아직 이삿짐에 들어가지 않고 남아 있었다.

"우리가 십 년이나 이십 년 뒤에 파내면 지금 쓴 편지가 들어 있는 거잖아. 아직 어린 우리가 어른이 된 우리에게 쓴 편지."

우리는 한참 동안 편지 쓰기에 매달렸다. 아래층에서 해너 아빠가 이삿짐 센터 직원들에게 천장이 낮으니 머리를 조심하라고 외치는 소리가 들렸다. 오랫동안 모아 둔 앤티크 요정들은 옮길 때 특히나 더 주의해 달라는 당부와 함께.

미래의 해너와 몰리에게

안녕? 너희가 이 편지를 읽고 있는 건 우리가 이 타임캡슐을 묻었기 때문이야. 우린 너희가 둘 다 멋지게 성장했고, 또 여전히 친구이길 바라. 결혼을 하고 아이까지 있을 거라고 생각하면 좀 웃기지만.

우리는 지금 열다섯 살이야. 우리의 계획은 이래. 해마다 여름 방학이 되면 어김없이 서로를 만나러 가고, 대학교에 가면 같은 기숙사에 들어갈 거야. 그리고 세상을 지배하려고 해.

세상을 지배하겠다는 말은 농담이야. 이걸 너희가 읽을 즈음이면, 몰리는 유명한 시인이 되어 있고, (숫자 세기나 정리정돈 습관은 당연히 사라졌고.) 해너는 멋진 사업체를 운영하고 있기를 바라.

지금 당장은 서로 멀리 떨어지는 것이 슬프지만, 아까 말한 계획대로 꼭 할 거야. 머지않았어. 그리고 약속해 줘. 만약 너희가, 그러니까 나이가 많아진 우리가 이 캡슐을 파낸 뒤 꼭 새로운 캡슐을 다시 묻겠다고. 그리고 십 년 뒤에 또 찾아와야 해.

2018년 2월 1일

―사랑을 담아, 해너와 몰리가

나는 편지를 세 번 (네 번이 아니라 세 번!) 접은 뒤 '미래의 해너와 몰리에게'라고 쓴 봉투에 넣었다. 이 타임캡슐을 위해 해너는 신발 상자 하나를 시애틀에 보내지 않고 남겨 두었다. 상자는 퀸즈힐 언덕 꼭대기에 있는 참나무 아래에 묻을 계획이었다.

“시애틀은 별로 안 멀어.”

내 말에 해너가 고개를 돌렸다. 신발 상자를 테이프로 싸는 해너의 뺨에서 눈물방울이 또르르 흘러내렸다.

“직항 비행기 타고 가잖아. 맛없는 기내식을 먹고 나서, 공포 영화 한 편을 보고 나면, 어느새 착륙하고 있을 거야.”

해너는 나를 향해 가짜 웃음을 지어 보였다. 갑자기 맹장 수술을 하게 되어서 학교 연극에 참여하지 못하게 되었을 때도 이렇게 웃었다. 그때 해너의 대역이었던 리베카 존스는 행복하게 〈이상한 나라의 앨리스〉에서 앨리스가 되어 주었다.

해너가 말했다.

“네 말이 맞아. 아빠가 방학만 하면 곧바로 널 만나러 갈 수 있게 해준다고 하셨어. 아니면 여름 방학 기간을 둘로 나누자. 반은 시애틀에 있고, 반은 랜턴에 있는 거야.”

“그거 좋다.”

이삿짐 트럭의 문이 닫히는 소리가 들렸다.

“해너, 갈 시각이다.”

해너 아빠가 계단에서 해너를 부르고 있었다.

원래는 해너와 같이하기로 한 일이지만, 우리한테는 시간이 별로 없었다. 눈이 어떻고 교통체증이 어떻고, 무엇보다 비행기를 놓치면 안 된다고 했다. 나는 부츠를 신고 터덜터덜 언덕을 올랐다. 삽과 상자를 든 채 오스카를 데리고.

퀸즈힐 언덕 꼭대기에 도착했을 때는 손가락이 얼어서 감각이 없었다. 어젯밤에 해너는 새로운 집에 도착했다고 문자 메시지를 보냈다. 이제 페이스북 메시지는 쓸 수 없었다. 링크스의 페이스북 계정을 알게 된 아빠가 아예 닫아 버렸다.

그리고 인터넷으로 전화를 걸어 웹카메라로 새 집을 보여 주었다. 빨간 벽돌집의 까만 현관문 앞에 잔디밭이 있었다. 집 바로 옆에 호수가 있어서, 우리가 통화하는 사이에 거위 떼가 나타나 마당에 심어 둔 씨앗들을 다 파먹었다. 거위들이 하도 꽥꽥거리는 통에 전화 통화가 힘들 정도였다.

해너 방은 예전하고 거의 똑같았다. 노란 튤립과 빨간 석류로 꾸몄다. 해너는 카메라로 줌을 당겨서 캠프에서 찍은 우리 둘의 사진을 보여 주었다. 사진이 놓인 책상 바로 옆에는 맥스와, 《성공하는 사업가를 위한 E. B.의 법칙》 책이 놓여 있었다.

해너는 아이디어 룸도 보여 주었다. 이름은 아이디어 룸이지만, 사실은 지하실 한 귀퉁이였다. 해너 아빠가 창업 사무실로 쓰라며 내준 공간이었다. 해너는 행복하기도 하고 슬프기도 한 것 같았다. 전화를 끊으면서 이렇게 말했다.

"몰리, 보고 싶어."

"해너, 나도야."

해너에게 '안녕.'이라고 인사하는 일은 내가 이제까지 해야 했던 일 중에서 손에 꼽을 만큼 힘든 일이었다. 엄마한테 작별을 고한 것과 내 이상한 행동을 그만둔 것과 비슷한 정도로 힘들었다.

나는 가방에서 삽을 꺼내 해너와 미리 정해 두었던 나무 옆을 파기 시작했다. 사실 타임캡슐은 그레첸 선생님의 아이디어였다. 오스카는 나뭇가지를 찾아 눈밭을 뛰어다녔다. 나는 땅바닥에서 나뭇가지 하나를 주워 오스카에게 던져 주었다. 그리고 다시 땅을 파기 시작했다.

땅을 파는 일은 생각보다 호락호락하지 않았다. 우선 흙이 지저분하고, 또 캡슐이 들어갈 만큼 깊게 파기가 힘들었다. 지면이 너무 딱딱했다. 땅이 너무 비협조적이었다. 완전히 꽝꽝 언 것도 아닌데 도무지 파이지가 않았다. 계속 한 자리만 팠는데도 좀체 진도가 나가지 않았다.

나는 오스카를 부른 다음, 파내던 구덩이에 나뭇가지를 꽂았다. 오스카는 잠깐 땅을 파는 듯하더니 금방 다른 일에 정신이 팔렸다. 이빨로 나뭇가지를 물고는 저만치로 달아나 버렸다.

그때 다른 아이디어가 반짝 떠올랐다.

"오스카, 이리 와. 집에 갈 거야."

나는 삽을 내려놓고 오스카와 함께 집으로 돌아갔다. 집에서는 케이트 언니와 이안이 커피 아이스크림을 통째로 퍼먹고 있었다.

이안이 물었다.

"누나도 먹을래?"

나는 고개를 저었다.

"나 좀 도와줘. 누구 혹시 땅 파고 싶은 사람 있어?"

두 사람은 곧장 부츠를 신었다. 곧이어 셋이 함께 퀸즈힐 꼭대기로 향했다. 이안이 상자를 들고 흔들었다.

"여기 안에 뭐 있어?"

"해너 누나하고 누나 물건."

"물건을 왜 땅에 묻으려고 해?"

언니가 대답했다.

"그건 타임캡슐이라는 거야. 내 생각엔 괜찮은 아이디어 같아."

나는 빙그레 웃었다. 내가 완전히 무너져 내린 뒤로, 우리 셋은 시간을 같이 보낼 때가 많았다. 그건 참 좋은 것 같았다. 좀 낯설면서도 꽤 좋았다.

셋이서 힘을 합쳐 땅을 팠다. 십오 분 정도 지나자 상자가 들어갈 만한 구덩이가 생겼다.

언니가 말했다.

"이 안에 넣기 전에 무슨 말이라도 해야 하는 거 아니야? 아니면 뭐 기념식 같은 거라도?"

나는 어깨를 으쓱했다.

"모르겠어. 그냥 '십 년 뒤에 만나자.' 이럴까?"

나는 상자를 흙과 눈으로 덮은 다음 휴대폰으로 사진을 찍어 해너와 그레첸 선생님한테 (숙제 인증으로) 보냈다. 이안이 나무를 타려고 버둥거리는 동안, 언니와 나는 캡슐을 묻은 자리 옆에 나란히 앉았다.

언니가 물었다.

"너, 괜찮아?"

"응, 아니, 잘 모르겠어. 그냥 해너가 보고 싶어."

숫자는 더 이상 나를 찾아오지 않았다. 어쩌면 이게 새로운 시작일지도 모르겠다. 어쩌면 그레첸 선생님 말이 맞을지도. 상황은 점점 나아지고 있었다.

언니가 흙투성이가 된 손을 내 손 위에 포갰다.

나는 가만히 내버려 두었다.

강박 장애 아이들이 모인 장소로 들어갔다. 창문 옆에 감자칩이 놓인 탁자가 있고, 그 옆에 파커 레이가 보였다. 빙그레 미소 지으며 나를 향해 엄지를 척 치켜들었다. 번역하자면, 숫자는 세지 말고 감자칩만 먹으라는 뜻이었다.

나는 미소를 밝게 지었다.

데이본이 모임을 시작했다. 이번 주에는 참가자가 나를 포함해 열다섯 명이었다. 오늘 처음 온 여자아이도 있었다. 겁을 먹은 창백한 얼굴과 살갗이 벗겨진 두 손이 뚜렷하게 대조를 이루었다. 아이는 내 시선을 느꼈는지 두 손을 엉덩이 밑에 깔고 앉았다. 그 아이의 어깨에 팔을 두르고 괜찮아질 거라고 말해 주고 싶었다.

나는 철제 접이식 의자를 요란하게 덜컹거리며 자리에서 일어섰다. 열심히 준비를 했는데도 온몸이 떨렸다. 이건 처음 있는 일이었다. 또 다른 처음이었다.

목에 뭐가 걸린 것처럼 괜히 목청을 다듬었지만, 사실은 숨을 돌릴 시간이 필요했을 뿐이다. 숨을 들이마셨다가 천천히 내쉬었다.

"나는 일기장에 적어 뒀던 걸 공유하고 싶어."

파커의 열띤 박수 소리가 조용한 공간을 가득 메웠다.

나는 천천히 입을 열었다.

어둠을 지나면
빛이 있어
두려움을 지나면
희망이 있어

완벽을 지나면
내가 있어
완벽하지 않지만
아름다운 내가

나는 시를 낭송한 뒤 이렇게 덧붙였다.

"나는 몰리라고 해. 올해 열여섯 살이 되었고, 내 이름의 알파벳은 다섯 글자야."

꼭 완벽하지 않아도 돼

첫판 1쇄 펴낸날 2018년 9월 10일
6쇄 펴낸날 2021년 5월 10일

지은이 엘리 스와츠 **옮긴이** 김선영
펴낸이 박창희
편집 김수진 이민주 **디자인** 권은숙
마케팅 이상민 **회계** 양여진

펴낸곳 (주)라임
출판등록 2013년 8월 8일 제 406-2013-000091호
주소 경기도 파주시 회동길 57-9, 우편번호 10881
전화 031) 955-1820, 1821 **팩스** 031) 955-1825
이메일 lime@limebook.co.kr **인스타그램** @lime_pub

ISBN 979-11-89208-07-3 44840
979-11-951893-0-4 (세트)

* 잘못된 책은 구입하신 서점에서 바꾸어 드립니다.
* 본서의 반품 기한은 2026년 5월 31일까지입니다.